ACABUS
Verlag

Peter Splitt

Eifel-Pakt

ACABUS
Verlag

Splitt, Peter: Eifel-Pakt, Hamburg, ACABUS Verlag 2014

Originalausgabe
ISBN: 978-3-86282-328-4

Dieses Buch ist auch als eBook erhältlich und kann über den Handel oder den Verlag bezogen werden.
PDF-eBook: ISBN 978-3-86282-329-1
ePub-eBook:ISBN 978-3-86282-330-7

Lektorat: Elisabeth Hofmann, ACABUS Verlag
Cover: © Marta Czerwinski, ACABUS Verlag
Covermotive: blonde girl looks at the evening city near the river © prazis - Fotolia; A.Savin [CC-BY-SA-3.0-2.5-2.0-1.0 (http://creativecommons.org/licenses/by-sa/3.0) or FAL], via Wikimedia Commons

Bibliografische Information der Deutschen Nationalbibliothek:
Die Deutsche Nationalbibliothek verzeichnet diese Publikation in der Deutschen Nationalbibliografie; detaillierte bibliografische Daten sind im Internet über http://dnb.d-nb.de abrufbar.

Der ACABUS Verlag ist ein Imprint der Diplomica Verlag GmbH, Hermannstal 119k, 22119 Hamburg.

---

http://www.acabus-verlag.de
Printed in Europe

ERSTER TEIL

1

An einem klaren Morgen im August, der nur andeutungsweise von einem feinen Schleier über den grünen Hügeln der Eifel beeinträchtigt wurde, saß Wolfgang Ebersberger in seinem geräumigen Dachstudio und faltete Papierflugzeuge. Als Kaufmann verdiente er nicht schlecht und hatte sich vor einiger Zeit von seinen Erlösen das Fachwerkhaus aus dem 17. Jahrhundert am Rande des historischen Ortskerns von Monreal gekauft und liebevoll restaurieren lassen. In dem weiß-getünchten Untergeschoss waren jetzt Lagerräume untergebracht und oben, unter dem roten Fachwerkgiebel, befand sich das Paradestück: sein Büro.

Während er sich so kreativ betätigte, trank er Kaffee, rauchte Pfeife und nahm das eine oder andere Telefongespräch entgegen. Er hatte schon immer die Fähigkeit besessen, mehrere Dinge gleichzeitig zu tun.

Kurz vor halb elf drückte er einen bestimmten Knopf an seiner Telefonanlage, um sich bei seiner Sekretärin, die in dem kleinen Vorzimmer hockte, bemerkbar zu machen.

„Komm doch bitte mal rein, Schätzchen."

Ihr eigentlicher Name war Irene, aber er nannte sie einfach Schätzchen. Der Flieger war fast fertig und bis sein Lieferant eintraf, würde er sich mit ein paar Späßchen die Zeit vertreiben. Schätzchen war ein tüchtiges, aber übergewichtiges Mädchen, welches er sorgsam ausgesucht hatte. Stets stand am frühen Morgen eine Tasse mit frisch gebrautem Kaffee auf seinem Schreibtisch. Sie erledigte seine Korrespondenz, führte seine Telefonate und bügelte, falls es notwendig war, sogar seine Hemden. Dazu besaß sie dieses schmutzige Etwas, welches er an einer Frau so liebte. Sie trug viel zu kurze Röcke und Stöckelschuhe mit extrem hohen Absätzen. Manchmal, wenn er gerade über irgendwelchen Papieren saß und auf nichts und niemanden achtete, schlich sie sich an ihn heran.

„Herr Ebersberger", pflegte sie dann zu sagen, drehte seinen Schreibtischstuhl zu sich herum, verbeugte sich vor ihm und hob ihren Rock bis zu den Hüften hoch. „Bekomme ich heute keinen Begrüßungskuss?"

Kennengelernt hatten sich Wolfgang und Irene auf einer Veranstaltung des Kleingartenvereins in Monreal. Das war an einem heißen Sommertag gewesen und die Frauen hatten enge Sommerkleider getragen. Hochgewachsen und sonnengebräunt, wie er war, hatte er sich die Aufmerksamkeit vieler Damen gesichert. Dann war die eher unscheinbare Irene erschienen und hatte ihn nach seinen Wünschen gefragt. Dabei hatte sie natürlich die Getränke gemeint, doch Wolfgang hatte mit dem Andeuten einer Verbeugung ihre Hand genommen und sofort das Funkeln in ihren Augen bemerkt. Später hatte er den Charmeur vom alten Schlage so perfekt gespielt, dass selbst Humphrey Bogart in *Casablanca* vor Neid erblasst wäre. Als sie ihm ein Eifelpils brachte, hatte er direkt und bestimmt zunächst ihre Hand, dann ihren Arm, ihre Schulter und ihre Hüfte berührt. Sie glühte, das hatte er sofort gespürt. In ihrem Fall war es gar nicht mehr notwendig, mit Raffinessen und Feingefühl vorzugehen. Diese Frau wollte einfach genommen werden und er beschloss, ihr seine Bereitschaft dazu so deutlich wie möglich zu signalisieren.

Nachdem er sein Bier getrunken und eine Frikadelle verspeist hatte, führte er sie von der allgemeinen Gesellschaft weg, indem er noch hier und da stehen blieb und sich irgendwelches Grünzeug anschaute. Danach verschwand er mit ihr durch eine Seitentür und gelangte auf jenen rustikalen Pfad, der hinter den urigen Fachwerkhäusern entlang bis hinunter zum Fluss führte. Als er sich sicher war, dass man sie von der Anlage aus nicht mehr sehen konnte, nahm er ihr Gesicht in beide Hände und küsste sie auf den Mund. Irene ihrerseits steckte ihm ihre Zunge entgegen und schob beide

Hände unter seine Leinenjacke. In dieser Position verblieben sie eine Weile, schleckten und knutschten was das Zeug hielt, bis Irene sich auf einmal verstohlen umschaute und ihn mit sich zog. Es ging in Richtung der Damentoilette, die sich in einem kleinen Anbau, direkt neben dem Vereinslokal, befand. Wolfgang hatte mit einer sexhungrigen Frau gerechnet, eine, die man leicht erobern konnte, aber nun musste er feststellen, dass ihre sexuellen Vorlieben mindestens genauso ausgefallen waren wie die seinigen. Ohne zu zögern bot er ihr die Stelle als Sekretärin an, und im Laufe der darauffolgenden Wochen wurde sie zu seiner festen Geliebten. In seinem Büro trieben sie fast alles, was ein Mann und eine Frau miteinander treiben konnten. Bald schon erkannte er, dass Irene all das, was sie für ihn tat, mit der aufrichtigen Freude einer Frau tat, die allzu lange auf ein erfülltes Liebesleben hatte warten müssen.

Auf den ersten Blick konnte man Wolfgang Ebersberger als einen glücklichen Menschen bezeichnen. Nicht nur, dass er beruflich sehr erfolgreich war und viel Geld verdiente; auch sonst hatte ihn das Leben stets verwöhnt. Er war überzeugter Single und die neunundvierzig Lebensjahre, die er bereits hinter sich gebracht hatte, sah man ihm nicht an. Seinen Gesundheitszustand hatten die Ärzte als gut bezeichnet, wenn man von einem leichten Übergewicht einmal absah. Dazu besaß er strahlend weiße Zähne, die Haare auf seinem Kopf waren noch seine eigenen und mit seinem gewinnenden Lächeln flogen ihm sämtliche Sympathien zu. Man mochte ihn, Männer ebenso wie Frauen. Kurzum, er war ein Mann in den besten Jahren seines Lebens.

„Wo sie nur bleibt?"

Zweifellos machte sie sich schön für ihn.

Zum Teufel mit den Weibern, dachte Wolfgang und drückte abermals auf den besagten Knopf. Nichts tat sich. Als er bereits aufgeben wollte, öffnete sich die Tür, durch die man von Irenes Vorzimmer direkt in sein Büro gelangte, und sie erschien. Ihren Mund hatte sie mit einem knallroten Lippenstift frisch geschminkt und die Schultern gestrafft, um ihre beachtliche Oberweite ganz besonders hervorzuheben.

„Was gibt's, Boss?"

Als ob du das nicht wüsstest, du kleines Biest. „Ich würde gerne etwas Schönes sehen."

„Haben Sie mich deshalb hereingerufen?"

„Aber sicher!"

„Und das ist alles, was Sie wollen?"

„Wie? Ist das denn etwa nicht genug?"

Sein Blick sprach Bände. Eine Weile hielt sie seinem Blick stand, dann legte sie die Hände auf die Hüften und kam auf seinen Schreibtisch zu. In diesem Moment läutete das Telefon.

Verdammt, ausgerechnet jetzt! Als er abnahm, fauchte ihn eine Frauenstimme wütend aus dem Hörer an.

„Ich mach dich fertig, Wolfgang! Ich schwör es! Wenn ich erst in Monreal bin, dann bist du dran."

Die Dame, die ihn so ankeifte, war seine Geschäftspartnerin Daniela Neumann: Achtunddreißig, klein, blond und hübsch. In diesem Moment starrte sie finster auf den Monitor ihres Laptops, der aufgeklappt auf dem Verkaufstisch von N&E lag. N&E stand für Neumann und Ebersberger und war das Kürzel für den Antiquitätenladen, den sie gemeinsam mit Wolfgang betrieb. Und genau dem galt im Moment ihr ganzer Zorn. Aufgebracht berichtete sie ihm, was sich zugetragen hatte.

Wolfgang verzog keine Miene. Er atmete tief durch, bevor er etwas erwiderte.

„Ist er sich denn sicher? Ist sich Helmut denn wirklich ganz sicher, dass es sich um dasselbe Stück handelt? Ich meine, besteht denn keine Chance, dass er sich irrt?"

Daniela schnaufte in den Hörer.

„Mein Bruder ist sich absolut sicher! Es handelt sich genau um jene Maske, die vor ein paar Jahren aus einem peruanischen Museum gestohlen worden ist."

Niedergeschlagen las sie ihm die Mail vor:

> „**Betreff:** Zeremonielle Maske. Material: Gold. Provinz: Museo de la Nación Lima - Peru.
>
> Die Maske weist die stilisierte Form der Moche-Kultur auf, wie man sie im Norden Perus gefunden hat. Sie stammt wahrscheinlich aus dem sechsten Jahrhundert nach Christus. Die langgezogenen Augenbrauen sind typisch für diese Periode. Diese Maske ist besonders wertvoll, weil sie so gut erhalten ist. Es tut uns sehr leid, aber es besteht absolut kein Zweifel, dass dieses Stück gestohlen und auf dem Schwarzmarkt verkauft worden ist."

Wolfgang Ebersberger schüttelte den Kopf. „Und wer will das beurteilen?"

„Helmut ist ein international anerkannter Kunst-Experte, wenn ich dich daran erinnern darf. Du selbst bist es gewesen, der ihn zu Rate ziehen wollte. Die Maske steht auf der Liste gestohlener Kunstobjekte. Das kannst du dir sogar im Internet anschauen. Außerdem liegen in allen Auktionshäusern Kopien aus."

Wolfgang war sprachlos. Mit einem Wink deutete er Irene an, sie möge den Raum verlassen. Für heute hatte er die Nase voll von irgendwelchen Spielchen. Durch den Telefonhörer bekam er mit, wie Danielas Laptop herunterfuhr.

„Sind wir jetzt fertig?" fragte er.

Seine Partnerin nickte missmutig, ohne dass er es sehen konnte. Dann legte sie auf.

Wolfgang, du verdammter Kerl. Habe ich dir nicht immer gesagt, du sollst dir nichts andrehen lassen, was nicht vollständig dokumentiert ist. Sie schäumte vor Wut. *Solch einen Fehler können wir uns einfach nicht leisten. Wenn ich dich in die Finger kriege. Gott, ich könnte ihn wirklich umbringen!* Sie griff nach ihrer Strickjacke und der ledernen Handtasche. Beides hatte ihr Helmut zum Geburtstag geschenkt.

Nichts wie raus! Sie brauchte dringend frische Luft. Durch die Ausgangstür trat sie hinaus ins Freie. Ein schmaler, gepflasterter Weg schlängelte sich durch gepflegte Grünflächen, welche Geschäfte, Restaurants und Parkplätze miteinander verbanden. Noch immer war ihr ganz übel von dem Schreck. Ihre schlimmsten Befürchtungen hatten sich bestätigt. *Verdammt, verdammt, verdammt!*

Für Passanten, die an ihr vorbeigingen, hatte sie keinen Blick übrig. Selbst an diesem heißen Augusttag war das Rondell äußerst beliebt, seit die Stadtväter von Gerolstein dieses exklusive Einkaufszentrum auf die grüne Wiese gesetzt hatten. Auch an den Wochenenden war es nicht ungewöhnlich, dass bereits am frühen Morgen Busse mit Tagesausflüglern aus Holland und Belgien die Parkplätze besetzten. Alle kamen zum Shoppen her, auch wenn man schon über eine gut gefüllte Geldbörse verfügen musste, wollte man hier so richtig einkaufen.

Daniela war eine der Ersten, die im Rondell einen Mietvertrag unterschrieben hatten. Instinktiv hatte sie gespürt, welche Vorteile es in sich barg, zu einer Geschäftskette zu gehören, die vorrangig als edel und hochqualitativ vermarktet wurde. Da sich die meisten der Händler auf irgendetwas spezialisiert hatten, gab es kaum Konkurrenz untereinander, auch wenn die Geschäfte immer zahlreicher wurden. Neben privaten Kunden bediente Daniela unter anderem Händler in anderen Landesteilen sowie im Ausland. Ihr Geschäft besaß einen soliden Ruf, auch wenn sie momentan eine gewisse Durststrecke durchmachte.

Bei dem Gedanken an ihren guten Ruf stieß Daniela einen schweren Seufzer aus und ging zurück in ihren Laden. Wütend drückte sie gegen die Eingangstür, bis sie aufsprang. Drinnen versuchte sie sich zu beruhigen. Mit einem Taschentuch wischte sie über eine Jugendstil-Anrichte, die links neben der Tür stand. Die Staubschicht war entsprechend dick.

Sie konnte es immer noch nicht fassen. „Verdammter Wolfgang", murmelte sie immer wieder. „Ach zum Teufel mit dir. Mit deinem dummen Kauf hast du meine ganze Arbeit zunichte gemacht. Halt, nein. Stimmt nicht!", sagte sie laut, während sie hinter die Verkaufstheke trat und begann, die goldene Maske mit einer speziellen Folie zu verpacken. „Mit dem weiteren dummen Kauf von dir!"

Über die Jahre hatte Wolfgang versucht, schnell reich zu werden. Danach war er des Öfteren mit sogenannter heißer Ware aufgeflogen. Aber so schlimm wie dieses Mal war es noch nie gewesen. *Fünfzigtausend Euro! Gottverdammte fünfzigtausend Euro hat er für die Maske bezahlt!* Die konnten sie jetzt bis an den Rand des Ruins bringen. Sie biss die Zähne zusammen. Noch immer hatte sie sich nicht beruhigt.

„Ich habe schon einen Käufer", hatte er großspurig behauptet, als sie ihn angerufen hatte. „Mach dir bloß keine Sorgen, Daniela. Das ist ein völlig verrückter Sammler. Der bezahlt mindestens doppelt so viel für die Maske. Glaub mir, ich weiß schon, was ich tue."

„Nein, Wolfgang! Du weißt eben nicht, was du tust! Am besten lässt du es einfach. Kauf bloß keine Antiquitäten mehr … Wolfgang? Hallo?" Nichts, die Leitung war tot gewesen und natürlich hatte er auch nicht zurückgerufen. Ein paar Tage später war dann die Maske eingetroffen. Daniela hatte sie ausgepackt und die Probleme quasi gewittert, die da auf sie zukommen würden. Sie hatte sogar noch versucht, einen Archäologen zu Rate zu ziehen. Jemand, der wusste, wie man mit solch einem delikaten Fundstück umging. Aber so richtig genützt hatte es ihr nichts. Den Rat, sich des heißen Eisens so schnell wie möglich zu entledigen, hätte sie sich auch selber geben können.

Und trotz alledem hatten Wolfgang und sie vieles gemeinsam. Sie kannten sich von der Kunsthochschule. Wolfgang war dort Gastdozent gewesen und dabei hatten sie ihre gemeinsame Leidenschaft für alles Alte entdeckt. Dabei war der Gedanke an ein eigenes, anspruchsvolles Antiquitätengeschäft entstanden. Doch nach ihrem Examen hatten sie sich zunächst für einige Jahre aus den Augen verloren. Wolfgang war nach Peru gegangen und sie hatte für ein hiesiges Museum gearbeitet. Aber dann hatte er plötzlich vor ihrer Tür gestanden und von einem beträchtlichen finanziellen Polster gesprochen, das er nun in Antiquitäten investieren wollte. Und sie hatte ihn niemals gefragt, woher das Geld gekommen war oder ob er in Südamerika sein Glück gemacht hatte.

Und so hatten sie angefangen: mit seinem Geld und ihrem Fachwissen über Antiquitäten. Dazu kam noch ein gewisses Feingespür für eine spezielle Kundschaft, und das Geschäft boomte. So sehr, dass es sie bald ernährte und darüber hinaus noch etwas abwarf. Später hatte Wolfgang andere Ideen. Er war inzwischen so etwas wie ein stiller Teilhaber geworden und kümmerte sich ausschließlich um den Papierkram. Daneben ging er einem neuen Geschäft nach: Import und Export. Er importierte Waren aller Art aus Südamerika. Darunter befanden sich auch Antiquitäten, wovon er die besten Stücke selbst behielt, und den Rest Daniela in den Laden stellte. Die dadurch ständig wechselnden Auslagen brachten ihr eine zunehmende Stammkundschaft. Zusätzlich entwickelte sie beachtliche Fähigkeiten, wenn es um echte Schnäppchen ging. So hatte sie einmal auf einer Kunstauktion vier Bilder eines unbekannten Malers ersteigert, die sie für Werke von Otto Dix hielt. Sie war noch überrascht gewesen, dass sie überhaupt den Zuschlag bekommen hatte, aber die Bilder waren verstaubt und vergammelt gewesen. Doch ihre Einschätzung hatte sich als zutreffend erwiesen, und sie hatte mit dem Deal so viel Geld verdient, dass sie den Laden im Rondell anmieten konnte. Und sogar für neue Ware war noch etwas übrig gewesen, doch jetzt …

Sie tippte Wolfgangs Nummer in ihr Handy ein.

„Wolfgang, du bist tot, du Idiot", zischte sie wütend, als seine Mailbox antwortete. „Wenn du auch nur einen Funken Verstand besitzt, dann bleibst du in Monreal, denn wenn ich dich zu fassen kriege …"

„Entschuldigung?", ertönte eine verblüffte männliche Stimme hinter ihr.

„Oh!" Daniela erschrak und drehte sich um. Schnell steckte sie das Handy in ihre Tasche. „Es tut mir leid, ich habe Sie gar nicht hereinkommen hören."

Ein gut gekleideter Mann in den Vierzigern lächelte sie an. Seine Blicke ruhten einen Moment lang auf ihrem Gesicht, bevor sie über die ausgestellte Ware glitten.

„Suchen Sie etwas Bestimmtes?", fragte Daniela und legte vorsichtig die Folie mit der Maske in die Holzschublade unter der Theke.

„Ich dachte, Sie hätten möglicherweise präkolumbische Keramiken aus Südamerika", sagte der Mann. „Ein Freund von mir hat neulich bei Ihnen eine Nazca-Keramik gekauft und meinte, Sie hätten vielleicht noch mehr davon?"

„Vor gut einer Woche?"

„Ja."

„Beige mit bunten Mustern und einem Bügel?"

„Ja, ganz genau. So hat sie ausgesehen." Der Mann nickte. „Er hat mir gestern erst gezeigt, was er bei Ihnen gekauft hat."

„Aber das ist ja ein Zufall." Daniela zwang sich zu einem Lächeln. „Ich habe tatsächlich ein paar neue Stücke hereinbekommen. Gerade eben. Sie sind noch nicht einmal ausgepackt. Damit wollte ich mir noch Zeit lassen, aber da Sie schon einmal hier sind und danach fragen, vielleicht möchten Sie ...?"

Der Mann strahlte. „Oh ja, ich würde sie mir gerne ansehen."

In diesem Moment wusste Daniela, dass er ganz bestimmt etwas kaufen würde.

Im Allgemeinen konnte sie ihre Kunden ganz gut einschätzen. Dieser Mann würde bestimmt nicht aus ihrem Laden gehen, ohne etwas von der neu eingetroffenen Ware erstanden zu haben. Sammler waren eben so. Und wenn es nur galt, vor den Kollegen mit einer neuen Akquisition zu prahlen.

Sie öffnete die erste Kiste, die ein Paketservice erst vor ein paar Stunden gebracht hatte, und begann die Keramiken auszupacken. Es war zwar keine Vase der Chavin-Kultur dabei, aber immerhin welche aus der Nazca-Epoche; und die würden auch einen guten Preis erzielen. Präkolumbische Ausgrabungsstücke erfreuten sich zunehmender Beliebtheit. Zum Glück hatte sie vorgesorgt und besaß einige ausgewählte Stücke in ihrem Sortiment. Allerdings würde sie jetzt die meisten davon verkaufen müssen, um Wolfgangs Fehler wieder auszubügeln. Seufzend stellte sie eine große Figur auf den Verkaufstisch. Mit dem Trottel würde sie sich später befassen. Im Moment musste sie irgendwie dafür sorgen, das Defizit wieder auszumerzen.

„Dieses Gefäß ist wirklich spektakulär." Sie setzte ihre Brille auf und erklärte in bester Verkaufstaktik: „Es stammt aus der späten Nazca-Epoche. Sehen Sie sich nur die feine Linienführung an."

Das Telefon klingelte. Sie entschuldigte sich und ging ins Hinterzimmer, das ihr gleichzeitig als Büro diente, und nahm ab. Am anderen Ende der Leitung war ihr Bruder Helmut aus Bonn.

„Ich dachte, wir hätten abgemacht, dass du gestern Abend noch bei mir vorbeikommen solltest?", sagte er emotionslos. Daniela seufzte stumm.

„Wir haben gar nichts abgemacht. Nur miteinander telefoniert."

„Das weiß ich aber besser."

Daniela hatte überhaupt keine Lust, sich noch mehr zu ärgern. Jedenfalls nicht über ihren Bruder.

„Ich schau in den nächsten Tagen mal bei dir rein", sagte sie diplomatisch. „Aber mit Sicherheit hatten wir nicht abgemacht, dass ich gestern noch vorbeikommen sollte."

„Na gut, vielleicht irre ich mich auch." Helmuts Stimme klang auf einmal erstaunlich milde.

„Sobald ich Zeit habe, komme ich bei dir vorbei. Aber jetzt muss ich Schluss machen. Ich habe gerade Kundschaft im Laden", sagte Daniela und legte auf. *Mein Bruder betreibt manchmal eine Art emotionaler Erpressung,* dachte sie. *Und das Schlimmste ist, dass er damit immer wieder bei mir durchkommt. Hoffentlich ist Rita heute etwas früher in ihrem Laden. Ich muss ihr unbedingt erzählen, was passiert ist. Na ja, ist eigentlich auch egal. Ich werde sie gleich anrufen.* Die Aussicht auf einen ruhigen Nachmittag war dahin.

2

Auf der Straße, die am Gerolsteiner Stausee entlangführte, war es stockdunkel. Die Scheinwerfer ihres Autos reichten nicht weiter als bis zur nächsten Biegung. Daniela hasste dieses düstere Teilstück zwischen ihrem Zuhause in Birresborn-Rom und der Stadtbibliothek von Gerolstein, wo sie am heutigen Abend einen Vortrag gehalten hatte. Das Thema lautete: Präkolumbische Hochkulturen des alten Peru. Ihr spezielles Fachgebiet.

Noch immer konnte sie die Straße nicht entlangfahren, ohne an jenes Ereignis vor über einem Jahr denken zu müssen, als dieser Verrückte sie verfolgt hatte. Regelmäßig, wie aus dem Nichts, war Scheinwerferlicht hinter ihr aufgetaucht und hatte sie so geblendet, dass ihre Heimfahrt zu einem Höllentrip wurde. Und der endete schließlich für sie im Graben und danach im Krankenhaus. Und das war längst noch nicht alles gewesen.

Auch jetzt blickte sie ständig prüfend in den Rückspiegel, obwohl sie wusste, dass der Mann, der sie letztes Jahr bedrängt und belästigt hatte, sicher hinter schwedischen Gardinen saß.

Verkrampft setzte sie ihren Weg fort. Ein Fahrzeug kam ihr mit quietschenden Reifen entgegen. Sie zuckte zusammen und konnte sich gerade noch an ihr Lenkrad klammern. Ihr Wagen schlingerte. *Verdammt, das war knapp!* Jetzt war das andere Fahrzeug auf gleicher Höhe. Einige junge Typen grölten ihr etwas durch eine geöffnete Fensterscheibe zu. Dann gaben sie Gas und spurteten davon. Daniela war wieder allein. Angstschweiß benetzte ihre Stirn.

Ich muss nur noch die Zufahrt zu den Eishöhlen hinter mir lassen, dann habe ich es fast geschafft. Das Geräusch eines weiteren Wagens ließ sie aufhorchen. Dieser fuhr deutlich langsamer. Im Rückspiegel sah sie zwei Scheinwerferlichter auf sich zukommen. *Ich glaube, jetzt spinne ich total. Am besten fahre ich einfach weiter.* Auch wenn sie vor Angst zitterte, trat sie fast automatisch aufs Gaspedal. Ihr Wagen machte einen Satz nach vorne. Auch ihr Hintermann beschleunigte. Langsam fuhr eine dunkle Limousine an ihr vorbei. Daniela versuchte, möglichst unauffällig in das andere Fahrzeug hineinzuspähen, aber sie konnte den Fahrer nicht erkennen. Jetzt bremste er an dem Stoppschild weiter vorne, was sie an den aufleuchtenden Bremslichtern erkannte. Daraufhin blieb der Wagen stehen. *Verdammt! Warum fährt er denn nicht weiter?*

Sie spürte, wie sich ihre Muskeln verkrampften. *Nun fahr schon los!* Ob der Fahrer sie beobachtete?

Ihr Handy! Natürlich, das hatte sie ganz vergessen. Es befand sich in ihrer Handtasche auf dem Beifahrersitz. Noch während sie den kleinen Apparat hervorzerrte, ertönte lautes Motorengeräusch. Der Wagen vor ihr beschleunigte und verschwand.

Gott sei Dank! Daniela spürte, wie ihre Hände zitterten. Sie blickte hinter ihm her und kam sich selten dämlich vor. „Jetzt leide ich schon unter Paranoia“, sagte sie zu sich selbst, behielt aber das Handy fest in jener Hand, mit der sie eigentlich schalten wollte. Ihr Wagen ruckelte, dann stand er still. *Abgesoffen!* Auch ihr Handy rührte sich nicht. *Ein Funkloch, so ein Mist! Aber wen könnte ich anrufen?*

Sie betätigte den Anlasser. Ihr Wagen startete glücklicherweise sofort wieder. Langsam fuhr sie weiter und hielt an dem Stoppschild, wo auch der andere Wagen zuvor angehalten hatte. Alles war still. Ihre Füße brannten, als sie beschleunigte, um die freie Tankstelle zu passieren, die jetzt auf der rechten Seite in ihr Blickfeld kam. Tagsüber tummelte sich hier das wahre Leben. Zu dieser Stunde jedoch war die Tankstelle geschlossen und lag verlassen da. *Schnell weiterfahren.*

Trotzdem beschlich sie wieder das Gefühl, beobachtet zu werden. An den Zapfsäulen war niemand, bloß ein dunkler Wagen. *Komisch, der ist mir zuvor noch gar nicht aufgefallen. Großer Gott, ist das etwa derselbe Wagen von vorhin?*

Daniela gab Gas. *Nichts wie weg!* Der fremde Wagen fuhr ebenfalls los. Ohne Licht. Verzweifelt wählte sie mit der linken Hand den Notruf und hielt sich das Handy ans Ohr, während sie mit der rechten das Lenkrad dirigierte. *Immer noch kein Empfang.* Es ertönte kein Freizeichen und das Display zeigte an, dass der kleine Apparat nach einem Netzt suchte. *Verfluchte Eifel!*

Jetzt war der andere Wagen auf ihrer Höhe und fuhr langsam neben ihr her. Die Scheiben waren abgedunkelt. Ganz offensichtlich spielte der Fahrer mit ihrer Angst.

Sie hielt das Handy vor ihren Mund und tat so, als würde sie telefonieren. Plötzlich beschleunigte der Wagen wieder und verschwand in der Dunkelheit vor ihr.

Nur noch ein kleines Stück weiter.

Rechts flackerte eine Straßenlaterne. Irgendetwas stimmte nicht mit der Birne. Sie ging immer an und aus. Als sie daran vorbei war, piepste das Handy. *Endlich!* Das kleine Ding hatte ein brauchbares Netz gefunden. Aber jetzt brauchte sie es nicht mehr. Sie war bald zu Hause. Das Örtchen Rom erschien nach einer scharfen Kurve und zählte vielleicht ein Dutzend Häuser. Sie fuhr die Anhöhe hinunter und bog in ihre Einfahrt ein. Dabei schaute sie sich noch ein letztes Mal nach der dunklen Straße um, die jetzt hinter ihr lag. Da war keine Menschenseele zu sehen. Sie wusste, dass niemand hinter ihr her war, aber sie kam einfach nicht dagegen an. Ständig musste sie sich umdrehen.

Nachdem sie vor über einem Jahr von diesem Kerl verfolgt, belästigt und in Angst versetzt worden war, hatte sie sich sehr verändert. Die einst so charakterfeste Frau, die es liebte, sich in der Öffentlichkeit zu präsentieren, vermied jetzt öffentliche Auftritte, wo es nur möglich war. Eine Ausnahme blieben ihre Vorträge in Gerolstein, zu denen sie sich verpflichtet fühlte. Ansonsten beließ sie es beim Schreiben gelegentlicher Kolumnen für das lokale Heimatblatt.

Daniela parkte ihren Wagen auf dem kleinen Vorplatz und eilte die Vordertreppe zu ihrem Fachwerkhaus hinauf, das früher einmal eine Weinkellerei beherbergt hatte. Als sie näher kam, reagierten die Bewegungsmelder sofort und die breite Fensterfront wurde hell erleuchtet. Nun gab es keine Dunkelheit mehr, in der sich jemand verbergen konnte. Mit einem Schritt war sie beim Briefkasten, der neben der Haustür hing, und griff nach der Post. Eilig überflog sie die Briefumschläge. *Werbung, was sonst?*

Etwas fiel zu Boden. Eine Rose. Jemand musste sie an den Türrahmen gestellt haben. Daniela verzog das Gesicht, bückte sich, hob sie auf und warf sie über das Treppengeländer.

Innen trat sie in eine bereits hell erleuchtete Diele, die Wohnzimmer, Esszimmer und Küche miteinander verband und in einen kleineren Flur mündete. An seinem Ende befand sich eine Treppe, die hinauf in den zweiten Stock führte, wo sich ihr Arbeitszimmer, das Bad und die Schlafzimmer befanden. Fast automatisch schaute sie auf ihr Telefon. Das blinkende Licht des Anrufbeantworters fiel ihr ins Auge. Geistesabwesend drückte sie auf Wiedergabe, während sie nachschaute, ob sich zwischen ihrer Post nicht doch noch etwas Interessantes befand. *Klick, aufgelegt.*

Sie blickte auf das Display. *Unbekannte Nummer.* Sicher hatte sich jemand verwählt. Der zweite Anruf kam von einer dieser lästigen Telemarketing-Firmen. *Die nerven einen also schon, obwohl man gar nicht zu Hause ist.* Der dritte Anrufer hatte nicht sofort aufgelegt. Ganz deutlich konnte sie sein schweres Atmen hören. Wieder begannen ihre Hände zu zittern. Sie legte langsam die Post auf das Tischchen neben dem Telefon und setzte sich auf eine der unteren Treppenstufen.

Hier atmete sie tief durch. *Nichts*, sagte sie sich. *Es ist absolut nichts. Sicher nur wieder so ein Werbe-Fuzzie oder irgendein Witzbold.* Genauso gut konnte es ein Irrtum sein. Jemand hatte sich verwählt. Das kam vor. Daniela stand auf und wollte gerade in die Küche gehen, als das Telefon erneut klingelte. Sie erschrak und lehnte sich gegen die Wand. Jeden Moment musste der Anrufbeantworter anspringen.

„Daniela? Ich bin es, Wolfgang." Sie griff zum Hörer.

„Wo bist du?", herrschte sie ihn an.

„Ich bin noch im Büro. Ich hab dir doch gesagt, dass ..."

„Hör zu, Wolfgang! Wir müssen reden!"

„Ist ja schon gut, ich weiß Bescheid. Wie wär's denn morgen in der Eifelstube? Wir könnten ..."

„Nein, jetzt, Wolfgang!"

„Daniela, es ist schon nach zehn. Ich habe einen anstrengenden Tag hinter mir. Können wir nicht ..."

„Das ist mir egal. Hör zu! Wir haben ein ernsthaftes Problem. Ich habe genug von deinen Alleingängen. So geht das einfach nicht mehr weiter. Ich meine, wir beide sind Partner. Da kannst du doch nicht einfach ..."

Seufzend gab er nach. „Okay, okay. Du hast ja recht. Immerhin hat Helmut gesagt, es sei eine Belohnung ausgeschrieben worden."

„Wie bitte? Jetzt willst du auch noch eine Belohnung kassieren?"

„Und wenn schon?"

„Na, die wird wohl kaum ausreichen, um allein die Versandkosten für die verdammte Maske zu bezahlen. Immerhin weiß ich nun wenigstens, was ich mit ihr tun muss. So ein verdammter Leichtsinn!"

„Warte, Daniela. Lass uns später darüber sprechen. Ich sehe ja ein, dass ich einen Fehler gemacht habe. Am besten komme ich doch noch raus zu dir."

„In Ordnung, ich werde auf dich warten."

Sie musste sich sehr zusammenreißen, um nicht den Hörer auf die Gabel zu knallen. Sie trat in die Küche und schaltete das Licht ein. Rasch blickte sie sich um. Es war alles in Ordnung.

„Ein Tee wird mir jetzt gut tun", sagte sie sich. Sie setzte Wasser auf und griff nach der Schachtel mit dem Earl Grey, den sie immer im Haus hatte.

Ob Wolfgang auch einen mag? Eigentlich hat er überhaupt nicht verdient, dass ich mich auch noch um ihn kümmere. Egal, ich stelle ihm einfach eine Tasse hin. Verdammt, irgendwo müssen doch auch noch Kekse sein …

Daniela versuchte sich abzulenken. Die Hauptsache war, dass sie etwas zu tun hatte und nicht darüber nachdenken musste, was sie ihrem Partner sagen wollte, und vor allem, wie sie es ihm sagen würde. *Und wenn ich ihm die Partnerschaft aufkündige? Vielleicht wäre das sogar das Beste für uns. Nur blöd, dass ich damit bereits beim letzten Mal gedroht habe, als er wieder einmal eine seiner dummen Entscheidungen getroffen hatte.* Während sie noch überlegte, pfiff der Wasserkessel und wollte vom Herd genommen werden.

Sie blickte auf die Uhr. Es war zwanzig nach zehn. *Allzu lange wird es nicht mehr dauern.* Während sie den Teebeutel im Wasser ziehen ließ, sortierte sie nochmals die Post. Es war wirklich nur Werbung. Sie trank einen Schluck und blickte erneut auf die Uhr. Jetzt war es halb elf. *Er wird sicher gleich kommen.* Sie setzte sich aufs Sofa und blätterte in der Fernsehzeitung. Da läuft auch immer das gleiche. Langsam spürte sie, wie sie müde wurde.

Um elf Uhr gab das Schlagwerk der alten Standuhr einen dumpfen Ton von sich. Daniela sprang erschrocken auf. *Was? Es ist ja schon elf. Verdammter Wolfgang! Kann er denn niemals pünktlich sein?*

Sie rieb sich den Schlaf aus den Augen und wählte verärgert seine Nummer. Am anderen Ende meldete sich eine Frauenstimme.

Nanu, Irene?, wunderte sie sich und hätte Wolfgangs Sekretärin fast gefragt, was sie zu solch später Stunde noch in dessen Büro tat. Allerdings schluckte sie eine entsprechende Bemerkung hinunter und sagte stattdessen: „Hier ist Daniela. Gibst du mir mal bitte Wolfgang."

Irene schwieg zunächst. Dann fragte sie vorsichtig: „Ist er denn nicht bei dir?"

„Nein, deshalb rufe ich ja an. Und mittlerweile ist es mir auch egal. Richte ihm aus, wir treffen uns morgen in der Eifelstube, so wie er es ursprünglich vorgeschlagen hat."

„Aber, Daniela. Er ist gleich, nachdem er mit dir telefoniert hat, aus dem Büro gegangen. Er müsste längst bei dir sein." Irenes Stimme klang besorgt.

„Müsste, müsste ... ist er aber nicht. Hatte er noch vor, woanders hinzufahren?"

„Um diese Uhrzeit? Sicher nicht. Übrigens, er ist wirklich angepisst wegen dieser Geschichte mit der Maske."

Daniela zog eine Grimasse. „So angepisst wie letztes Jahr, als er die angeblich echte Jadefigur gekauft hat?"

„Aber nein. Viel schlimmer. Er ist richtig schlecht drauf und weiß, dass er es vermasselt hat."

„Das hat er auch, ganz genau! Fast hätte er uns in den Ruin getrieben."

„Ist es wirklich so schlimm, Daniela? Das Geld lässt sich doch sicher wieder reinholen?"

„Und wenn schon. Aber was ist mit unserem guten Ruf? Unsere Klienten achten sehr auf Seriosität. Und letztendlich kann ihm die Sache eine Menge Ärger einbringen. Der Handel mit gestohlenen Antiquitäten ist eine Straftat."

„Oh Gott, bloß das nicht. Wolfgang ist doch nicht kriminell."

„Hör zu, Irene. Ich weiß, dass du Wolfgang sehr schätzt, aber manchmal ist er einfach viel zu oberflächlich. Und er hat sich wirklich nicht gemeldet?"

„Nein. Da war zwar ein Anruf von seinem Handy, etwa vor fünfzehn Minuten, aber er hat nichts gesagt. Ich habe nur so ein seltsames Geräusch gehört."

„Was denn für ein Geräusch?" Daniela spürte wie ihr kalt wurde. *Doch nicht etwa ein anonymer Anrufer?*

Irene fuhr fort: „Ich habe ein paarmal seinen Namen gesagt, aber es hat niemand geantwortet."

„Hm ... seltsam. Vielleicht hat er das Handy irgendwo liegen gelassen?"

„Das wäre allerdings möglich. Warte mal, Daniela, da kommt gerade ein Anruf auf der anderen Leitung. Vielleicht ist es Wolfgang."

Daniela legte den Hörer auf das Beistelltischchen und lief in die Küche. Der Tee war fast schon kalt. Als sie wieder am Telefon war, fragte sie: „Bist du noch dran, Irene?"

„Natürlich."

„Und, war es Wolfgang?"

Irene schluckte. „Nein, jemand hat sich verwählt."

„Schade, aber weißt du was? Lass uns lieber Schluss machen. Es ist schon spät genug. Bitte sag Wolfgang, dass ich auf ihn gewartet habe."

„In Ordnung, Daniela. Wenn ich ihn sehe, sag ich ihm, dass er dich anrufen soll. Bleib nicht mehr so lange auf, hörst du!"

„Mach ich, Irene. Schlaf gut, wir sprechen uns morgen." Daniela legte den Hörer auf die Gabel. Sofort beschlich sie ein unbehagliches Gefühl. Sie ging zur Haustür und vergewisserte sich, dass diese verschlossen war. Alles war still. Es gab nichts Ungewöhnliches. Bis auf Wolfgangs Ausbleiben natürlich. Während sie hinauf in ihr Schlafzimmer ging, überlegte sie nochmals, was sie ihm am nächsten Morgen sagen würde.

3

Daniela erwachte und war weit davon entfernt sich wohl zu fühlen. Sie hatte kaum geschlafen und starrte benommen auf die mit Holzpaneelen verkleidete Zimmerdecke. Ihr Verstand schien ihr einen Streich zu spielen. Nicht wissend, was ihr der Tag bringen würde, schnappte sie sich ihre Jeans, ging ins Badezimmer und dort direkt unter die Dusche. Mit voller Absicht drehte sie nur den Kaltwasserhahn auf. *Brr, ist das kalt!* Ihr fröstelte. Während das kalte Wasser auf sie niederprasselte, kamen ihr die Gedanken vom Vortag in den Sinn. *Habe ich mir die Entscheidung auch gut überlegt? Wolfgang wird nicht gerade begeistert sein. Aber wenn das Vertrauen einmal dahin ist …*

Sie nahm die Waschlotion und seifte sich von Kopf bis Fuß ein. Vielleicht gelang es ihr, dieses ungute Gefühl einfach von sich abzuwaschen. Was sie danach brauchte, war ein klarer Kopf, um in Ruhe nachdenken zu können. Selbst ihr Haus, das sie so liebte, kam ihr vor wie ein stickiges Gefängnis. Noch während sie sich abtrocknete, beschloss sie, laufen zu gehen. Damit hatte sie zu ihrer wilden Zeit angefangen, während sie die Kunsthochschule besuchte. Damals war sie fast jeden Tag vor Beginn der Vorlesung um das scheußlich graue Basaltgebäude herumgelaufen, während ihre Kommilitonen noch zu schlafen pflegten oder gerade gähnend aus ihren Betten stiegen.

Anstatt in die Jeans schlüpfte sie in ihren orangefarbenen Jogginganzug und hastete die Treppe hinunter auf den Flur. Sie war gerade bei der Tür angekommen, als das Telefon klingelte. Als sie den Hörer abnahm, vernahm sie Irenes Stimme, die aber irgendwie fremd klang.

„Daniela?“

„Ja.“

„Gut, dass ich dich erreiche. Du musst sofort herkommen! Oh mein Gott …“

Irene schluchzte ins Telefon. Die kleine Uhr auf dem Display zeigte kurz vor halb zehn an.

„Was ist denn los, Irene? Du klingst ja völlig aufgelöst. Hat Wolfgang sich gemeldet?“ Daniela spürte die sich ausbreitende Gänsehaut auf ihren Armen.

Irene stammelte und schluchzte etwas in den Hörer. Doch ihre Antwort war zunächst nicht zu verstehen. „Was meinst du?“

„Er ist tot, Daniela.“

„Wer ist tot?“

„Wolfgang! Jemand hat ihn erstochen.“

„Was sagst du da?“ Daniela sank auf die Treppenstufe.

„Wolfgang ist tot. Er ist erstochen worden. Die Polizei hat seinen Wagen gefunden. Er hing leblos über dem Lenkrad.“

„Großer Gott. Du meinst er ist ... nicht mehr da? Einfach so? Bist du ... Ist jemand bei dir?“

„Die Polizei ist hier. Bitte komm schnell.“

„Bin schon unterwegs.“

Das kann doch nicht wahr sein. Das glaube ich einfach nicht. Wolfgang ist tot? Er kann doch nicht einfach tot sein.

Daniela versuchte aufzustehen, aber ihre Beine spielten nicht mit. Langsam sank sie wieder auf die Treppenstufe zurück. Sie hielt sich die Hände vors Gesicht und spürte, wie ihre Augen feucht wurden. In sich gekehrt verharrte sie einen Augenblick, fast ratlos, dann griff sie entschlossen nach ihrem Autoschlüssel. Sie wusste, dass sie der Wahrheit ins Auge sehen musste. Zeit zum Trauern würde es noch genug geben.

Sie hatte sich nicht mehr umgezogen und kaum wahrgenommen, wie sie die Strecke nach Monreal hinter sich brachte, aber plötzlich stand sie vor dem historischen Gebäude, indem sich Wolfgangs Büro befand. Ohne auf die Einsatzfahrzeuge der Polizei zu achten, die am Straßenrand parkten, lief sie zur Haustür.

„Irene“, rief sie, als sie eintrat.

Irenes Äußeres hatte sich sehr verändert. Sie trug eine dunkle Bluse, einen weiten Rock, flache Schuhe und wirkte um Jahre gealtert.

„Daniela! Gott sei Dank, dass du da bist!“ Irene umarmte sie. Erst jetzt schien sich die Anspannung von ihr zu lösen. Sie heulte, was das Zeug hielt.

„Was soll ich bloß tun? Was soll ich bloß …?“

Daniela versuchte, sie zu trösten, wusste aber nicht, was sie ihr sagen sollte. Automatisch drückte sie Irene an sich. Dann vernahm sie eine andere Stimme.

„Sind Sie seine Geschäftspartnerin?“

Ein auf den ersten Blick ungepflegt wirkender Mann, irgendwo in den Fünfzigern, erhob sich und kam auf sie zu. Er war hochgewachsen, aber hager. Seine Gesichtsfarbe war gelblich, unter den Augen lagen schwere Ringe. Das braune Haar war an den Schläfen bereits weiß und schien oben auf seinem Kopf gänzlich zu verschwinden.

Um die Lippen lag ein angewiderter Zug. Das lag am zu vielen Alkohol, den er täglich literweise in sich hineinkippte, um das auszublenden, was ihn in der letzten Zeit mehr und mehr ankotzte. Besonders das, was seine Arbeit betraf.

Daniela hielt Irene weiterhin fest umschlungen. „Ja, die bin ich. Mein Name ist Daniela Neumann.“

„Können wir einen Moment ungestört miteinander reden, Frau Neumann? Ich bin Kommissar Laubach von der Polizei in Daun.“

„Ja, natürlich.“ Sie nickte. Er kam ihr bekannt vor, obwohl sie noch niemals mit ihm persönlich zu tun gehabt hatte. Aber die Zeitungen in der Eifel waren voll mit Berichten über seine Arbeit. „Können Sie mir sagen, was genau passiert ist?“, fragte sie.

Kommissar Laubach räusperte sich. „Kollegen von mir haben heute früh einen Anruf entgegengenommen. Demnach stand an der L96 ein ungesichertes Fahrzeug mit einem verletzten Insassen. Die Beamten und der Rettungsdienst sind dann auch gleich losgefahren, doch als sie an besagter Stelle eintrafen, war der Mann bereits tot. Zum Glück hatte er seine Papiere bei sich, und die wiesen ihn als Wolfgang Ebersberger aus, wohnhaft in Monreal. Was wir bis jetzt wissen, ist, dass Herr Ebersberger gestern Abend sein Büro verlassen hat und angeblich noch zu Ihnen wollte. Ist das korrekt?"

„Ja, das stimmt."

Laubach blickte Irene an, doch die schien das alles um sie herum nicht wahrzunehmen.

„Merkwürdige Uhrzeit", sagte er trocken, als er sich wieder Daniela zuwandte. „Kam es öfters vor, dass er Sie um diese Uhrzeit besuchte, Frau Neumann?"

Daniela schüttelte den Kopf. „Im Allgemeinen nicht. Aber gestern hatten wir noch etwas Dringendes zu besprechen. Geschäftlich, meine ich."

„Und das hätte nicht bis heute warten können?"

Daniela suchte nach einem Taschentuch, um sich eine Träne aus dem Auge zu wischen. Sie fand es in ihrer Handtasche.

„Die Angelegenheit war wirklich sehr dringend, und so etwas pflege ich am liebsten sofort und auf der Stelle zu besprechen", sagte sie und schluchzte.

Laubach blickte sie streng an.

„Aber er ist nicht gekommen?"

„Nein, er ist nicht gekommen."

„Und da haben Sie sich keine Sorgen gemacht?"

„Nein, nicht sofort."

„So? Passierte ihm das denn öfter?"

„Ist schon vorgekommen. Er war manchmal sehr zerstreut."

Wieder lief ihr eine Träne über die Wange. Sie blickte zu Irene, aber die zeigte keinerlei Reaktion. Stur vergrub sie den Kopf in ihren Händen.

„Und was hat ihn so abgelenkt?"

Laubachs Worte ließen Daniela zusammenzucken. Sie hatte gar nicht bemerkt, dass sie bereits in der Vergangenheitsform von Wolfgang sprach.

„Er besaß eine lebhafte Fantasie, worüber er manchmal Arbeit und Zeit vergaß. Nur die Leute sahen es ihm meistens nach, weil er sehr charmant sein konnte."

„Also dachten Sie sich nichts dabei, als er gestern Abend nicht bei Ihnen auftauchte?"

„Nun ja. Etwas seltsam war es schon, aber ich bin dann bald zu Bett gegangen."

„Und wann haben Sie zum ersten Mal erfahren, dass Herr Ebersberger nicht nach Hause gekommen ist?"

„Nach Hause? Gar nicht. Irene hat mich heute Morgen angerufen. Da fällt mir ein … seine Angehörigen … mein Gott, wissen die schon Bescheid?"

„Wir haben sie noch nicht verständigt."

Laubach blickte aus dem Fenster. Vor dem Haus stand sein Assistent Rainer Sigismund und sprach mit ein paar Journalisten. Er pflegte seinen Assistenten aufgrund dessen Auftretens auch Schwarzenegger zu nennen. *Soll er ruhig mit ihnen sprechen und sich wichtigtun*, dachte Laubach. Im Grunde genommen war er froh, dass ihm die Fragerei selbst erspart blieb. Er winkte Sigismund zu sich hinauf. Als er vor seinem Chef stand, wirkte Schwarzenegger zum ersten Mal ein wenig ratlos. Nervös spielte er mit seiner Sonnenbrille. Anscheinend schien er zu ahnen, was jetzt auf ihn zukam. Laubach gab ihm den entsprechenden Wink. Im Grunde hassten sie es beide, solche Nachrichten überbringen zu müssen, aber es musste nun einmal sein, und Laubach war der Boss. Wolfgang Ebersberger besaß entfernte Verwandte, die benachrichtigt werden mussten.

Während Sigismund seine Sonnenbrille aufsetzte und sich anschickte die Räumlichkeiten zu verlassen, wandte sich Laubach wieder den beiden Frauen zu.

„Wissen Sie, ob Herr Ebersberger manchmal Anhalter mitgenommen hat?"

„Wolfgang?"

„Ja."

Daniela schüttelte den Kopf. „Das kann ich mir beim besten Willen nicht vorstellen. Er hätte niemals einen Fremden mitgenommen, es sei denn, es handelte sich dabei um eine junge, hübsche Frau. Warum fragen Sie?"

„Weil er von hinten erstochen worden ist. Wer immer es auch getan hat, muss auf dem Rücksitz gesessen haben."

Irene brach weinend zusammen.

„Das wäre zunächst alles, meine Damen. Aber ehe ich es vergesse, ich würde mir sehr gern einmal Ihren Laden anschauen, Frau Neumann. Gehe ich richtig in der Annahme, dass Sie ihn erst einmal geschlossen halten werden?"

„Natürlich bleibt er vorerst geschlossen", antwortete Daniela barsch. „Aber ich werde nachmittags da sein, um etwas aufzuräumen. Ich muss einfach etwas zu tun haben. Das verstehen Sie doch sicher?"

„Ich verstehe. Ich verstehe alles. Wenn ich Sie jetzt noch bitten dürfte, sich ein wenig um Frau Baumgartner zu kümmern. Der Tod von Herrn Ebersberger scheint sie doch sehr mitgenommen zu haben."

Dem konnte sie nicht widersprechen. Nachdem der Kommissar gegangen war, blieb sie noch eine Zeit lang bei Irene. Der Versuch, sie einigermaßen zu beruhigen, gelang ihr nur mäßig. Schließlich sorgte sie dafür, dass Irene eine Schlaftablette nahm und sich hinlegte. Gegebenenfalls würde sie am Abend noch einmal nach ihr sehen oder sie zumindest anrufen.

Den Schönheiten des Ortes mit seinen historischen Fachwerkhäusern sowie den Ruinen der Löwen- und Philippsburg schenkte sie keinen Blick, als sie in ihren dunkelgrünen

Mini Cooper stieg und losbrauste. Auf der L98 fuhr sie nach Kaisersesch, nahm hier die Autobahn A48 und nach 22 weiteren Kilometern die A1 in Richtung Daun. Dann ging es weiter auf den Bundestraßen B421 und B410 über Gerolstein, immer geradeaus bis nach Birresborn-Rom, wo sie wohnte. Ihr Haus wirkte seltsam verlassen und leer. Komisch! So war es ihr noch nie vorgekommen.

Sie tauschte den Jogginganzug gegen ihre Jeans und wählte eine dazu passende schwarze Bluse. Irgendwie war ihr hundeelend zumute. Die geballte Ladung Ärger und Wut über Wolfgangs Fehlkauf hatte sich in Trauer und Verzweiflung verwandelt.

Sie fuhr zurück nach Gerolstein und parkte den Mini Cooper auf der Parkfläche hinter dem Rondell. Von dort aus ging sie in ihren Laden und überlegte, was sie tun konnte, um den fürchterlichen Gedanken, die sich ihr aufdrängen wollten, zu entfliehen. Aus Gewohnheit ging sie wieder nach draußen und öffnete die Rollläden, obwohl sie ihr Geschäft geschlossen halten wollte.

Als sie wieder reinging, atmete sie tief durch. Das hier war ihre Welt, ihr eigenes Refugium. Der Laden bedeutete viel mehr für sie, als nur ein Ort, an dem sie Geschäfte tätigte. In ihm sah sie so etwas wie ihre eigene Selbstverwirklichung. Und er war das Ergebnis ihrer langjährigen, freundschaftlichen Beziehung zu Wolfgang Ebersberger. Wolfgang, der jetzt einfach nicht mehr da war. *Grausam*, dachte sie und nagte an ihrer Unterlippe. Das tat sie immer, wenn sie besonders angespannt war. So wie jetzt. Fast hätte sie das Läuten der Türglocke überhört. Als sie das sich wiederholende Klingeln auf einmal bemerkte, erschrak sie, drehte sich um und schob ihre sonderbaren Gedanken beiseite. Auf der Türschwelle stand Kommissar Laubach.

„Frau Neumann?“

„Ach ja, Herr Kommissar. Bitte treten Sie doch ein. Gibt es schon etwas Neues?“

„Hallo, Frau Neumann. Ich komme gerade aus dem Präsidium. Nein, es gibt noch nichts Neues. Und deshalb bin ich auch hergekommen.“ Prüfend blickte er sich im Laden um. „Ich hoffe, Sie haben einen Moment Zeit für mich? Ich hab da noch ein paar Fragen.“

„Aber sicher. Ich weiß sowieso nicht recht, was ich hier tun soll. Wolfgangs Tod geht mir ziemlich nahe.“ Wie zur Bestätigung ihrer Worte nickte sie mit dem Kopf. „Also, womit kann ich Ihnen dienen?“

„Hatte ihr Kompagnon Feinde?“

„Feinde? Wolfgang? Das kann ich mir nicht vorstellen. Er war bei allen sehr beliebt.“

Laubach fischte ein schwarzes Notizbuch aus seiner Jackentasche und machte einen Schritt auf sie zu.

„Er lag also mit niemandem im Streit?“

Daniela versuchte, den vorherigen Abstand zwischen ihr und dem Kommissar wiederherzustellen. Die sich hinter ihr befindliche Verkaufstheke hinderte sie allerdings daran.

„Nein, auch davon ist mir nichts bekannt. Warum fragen Sie?“

Er schrieb etwas in das Notizbuch, dann blickte er zu ihr auf.

„Mir ist da etwas zu Ohren gekommen. Haben Sie sich nicht selbst mit ihm gestritten?“

„Ach so, das meinen Sie. Wir sind Geschäftspartner, Herr Kommissar, keine Gegner. Und da gibt es dann und wann auch schon einmal Meinungsverschiedenheiten.“

Zuerst nickte Laubach verständnisvoll. Dann ließ er den Kracher los. „Aber gestern hatten Sie einen heftigen Streit mit ihm, nicht wahr?“

Daniela riss die Augen auf, zuckte aber dann mit den Achseln. „Es ging um eine geschäftliche Angelegenheit, nichts Privates. Es war nicht das erste Mal und wäre sicher auch nicht das letzte Mal gewesen."

Laubach schenkte ihr einen scharfen Blick.

„Leider war es das letzte Mal, Frau Neumann. Sein letztes Mal." Er hielt inne, um sie weiter zu beobachten. Als sie nicht sofort antwortete, meinte er: „Es soll dabei ziemlich hitzig zur Sache gegangen sein. Angeblich haben Sie ihm sogar mit dem Tod gedroht."

Daniela verschränkte die Arme vor ihrer Brust. Allein die Vorstellung war einfach viel zu absurd.

„Wenn Sie das sagen, dann wird es wohl so gewesen sein", entgegnete sie. „Ich habe ihn ziemlich zusammengestaucht, falls Sie das verstehen? Was man eben so sagt, wenn man verärgert ist."

Kommissar Laubach lächelte. Offensichtlich war ihm das bewusst. Daniela begriff nicht ganz, worauf er hinauswollte.

„Sehen Sie, Herr Kommissar. Wolfgang hatte die schlechte Angewohnheit, manchmal etwas zu kaufen, wovon er lieber die Finger hätte lassen sollen. Und genau das ist diesmal wieder passiert, aber ich werde die Misere schon wieder irgendwie ausbügeln."

„Scheint ja etwas besonders Wertvolles gewesen zu sein."

Verdammt! Muss er ausgerechnet jetzt dieses Thema anschneiden?

„Es ging um eine antike Maske, die auf dem Index steht. Aber wie gesagt, ich habe bereits den rechtmäßigen Eigentümer kontaktiert."

„So, haben Sie das? Könnte noch jemand davon gewusst haben?"

„Nein, wieso fragen Sie?"

Auf einmal wusste sie die Antwort. „Ach so, Sie meinen, dass jemand ihn verfolgt haben könnte, um ihn zu berauben?"

„Ganz genau, das war mein Gedanke. Wenn es sich doch um ein so wertvolles Stück handelt, wie Sie sagen?"

„Aber er hatte die Maske doch gar nicht bei sich. Sie ist mir mit einem Kurier zugestellt worden."

Laubach ging ein paar Schritte zur Seite und lehnte sich mit der Hüfte gegen die Verkaufstheke. Es schien, als würde er nachdenken. Sein Atem roch leicht nach Alkohol.

„Hm ... eine Maske, sagen Sie. Und wo befindet sie sich jetzt?"

„Hinten im Safe. Sie ist bereits verpackt."

„Ich würde ganz gerne einmal einen Blick darauf werfen, wenn Sie so gut wären ..."

Daniela sah ihn verärgert an. „Die Maske ist bereits verpackt, Herr Kommissar."

„Nun, wenn Sie so freundlich wären und sie vorsichtig auspacken würden. Sicher macht es Ihnen keine Umstände ..."

Sie seufzte. „Na schön, wenn es sein muss. Einen Moment bitte. Ich bin gleich wieder da."

Sie ging in das hintere Zimmer, schloss den Safe auf und holte das Päckchen heraus. Dann schnappte sie sich ein Messer und ging zurück in den Verkaufsraum. Laubach bestaunte gerade eine uralte Keramik-Figur aus Südamerika, die in einer Vitrine stand.

„Niedlich", sagte er. „Ist die echt?" Dabei nickte er mit dem Kopf in Richtung der Keramik.

„Ja, das ist sie! Nazca, Alt-Peru, circa 500 vor Christus." Sie stellte das Päckchen auf die Theke.

„Was, so alt? Nun gut. Dann wollen wir uns mal die Maske ansehen, die so wertvoll sein soll."

Er half ihr, das Päckchen auszupacken. Darin befanden sich eine weitere Verpackung sowie Styropor und Folie. Als sie schließlich die Maske freigelegt hatten, trat er einen Schritt zurück, um sie besser betrachten zu können.

„Das ist sie also“, sagte er. „Wegen ihr haben Sie sich also mit ihrem Geschäftspartner gestritten?“

„Moche, frühe Periode, wahrscheinlich das Abbild eines Fürsten oder Gottes“, sagte Daniela, anstatt auf seine Frage einzugehen. „Sehen Sie die langgezogenen Augenbrauen? Die sind typisch für …“

„Entschuldigung, aber davon verstehe ich rein gar nichts.“

„Okay. Dann stellen Sie sich einfach vor, dass die Maske sehr alt und sehr, sehr selten ist …“ *Dieser Kulturbanause hat wirklich keine Ahnung von dem, was er da vor sich hat.* „… und aus einer Kultur stammt, die es schon längst nicht mehr gibt.“

„Ach so, jetzt verstehe ich. Und was hat sie für einen Wert?“

„Das hängt immer davon ab, was jemand bereit ist, dafür zu bezahlen.“

„Wie viel hat denn Herr Ebersberger dafür bezahlt?“

„50.000 Euro.“

Laubach pfiff durch die Zähne. „Ein nettes Sümmchen. Und da wollte er noch Gewinn machen?“

„Aber sicher. Er hat sogar davon gesprochen, dass er bereits einen Käufer habe.“

„Und wer soll das sein?

„Ich habe ihn nicht danach gefragt.“

„Ach, haben Sie nicht?“

„Nein. Aber das ist doch auch ganz egal. Die Maske muss so oder so zurückgegeben werden.“

„Und darüber haben Sie mit ihrem Partner gestritten?“

Daniela zögerte noch. Sie hatte gehofft, sich die Einzelheiten ersparen zu können. *Muss der Kerl wirklich so neugierig sein?*

„Es ist so … ihre Herkunft ist … äh, sagen wir, ein wenig fragwürdig.“

„Aha. Sie meinen, es könnte eine Kopie sein? Nachgemacht vom Original?“

„Oh nein. Bezüglich der Authentizität gibt es keine Zweifel."

„Nicht? Wo liegt dann das Problem?"

Langsam geht er mir mit seiner Fragerei auf die Nerven.

„Sie ist aus einem Museum gestohlen worden."

Laubach sah sie an. Sie fühlte, wie sein Blick sie durchbohrte.

„Ich verstehe. Ist schlecht für den Ruf, was?"

„Sehr schlecht." Daniela stieß einen Seufzer aus.

„Also gut. Und warum wollen Sie die Maske nun zurückschicken?"

Sie sah ihn mit großen Augen an. „W...wie meinen Sie das?"

„Ich meine: Warum verkaufen Sie sie nicht einfach?"

Daniela war baff. „Ich verkaufe keine gestohlene Ware!"

„Aber Herr Ebersberger wäre da sicher nicht so zimperlich gewesen?"

„Wollen Sie mir etwa unterstellen, dass ..."

„Ich will gar nichts. Ich muss nur alle Möglichkeiten in Betracht ziehen."

„Hören Sie. Wolfgang war genauso wenig kriminell wie ich! Er hat nur manchmal etwas gekauft ohne nachzudenken. Ich habe ihn dafür zurechtgestutzt, und nun geht die Maske wieder an ihren rechtmäßigen Besitzer zurück."

„Aha, jetzt verstehe ich. Das ist äußerst korrekt von Ihnen. Aber gab es da vor einem halben Jahr nicht so eine Sache mit einer Jadefigur?"

Daniela verdrehte die Augen. *Verdammt! Der Kommissar weiß aber auch wirklich alles.*

„Wir sind hier in der Eifel, Frau Neumann! Neuigkeiten verbreiten sich hier schnell."

Dem gab es nichts hinzuzufügen.

„Es war aber gar nicht so, wie es die Zeitungen dargestellt haben. Wolfgang hatte einen Kunden ..."

„Ah, schon wieder Herr Ebersberger?"

„Das ist nicht fair, Herr Kommissar. Wolfgang war ein seriöser Geschäftspartner. Nur war er manchmal leider etwas zu vertrauensselig."

„Inwiefern?"

„Er nimmt alles für bare Münze, was man ihm erzählt." Sie bemerkte ihren Fehler sofort. „Ich meine, er nahm …"

„Was hätten Sie denn an seiner Stelle getan?"

„Na. Ich hätte wenigstens nach der Dokumentation gefragt. Die Herkunft, verstehen Sie? Bei wertvollen Stücken sollte man immer angeben können, woher sie stammen."

„Hm." Laubach fuhr sich mit dem Finger über die Lippen. „Es ist wirklich seltsam, weswegen manche Menschen ermordet werden, nicht wahr?"

Es dauerte eine Weile, bis Daniela so richtig begriff, was er da gerade gesagt hatte.

„Ermordet? Großer Gott. Sie glauben wirklich, jemand hat Wolfgang wegen der Maske umgebracht?"

„Könnte doch sein, oder nicht?" Er blickte sie scharf an. „Sogar Sie kämen als Tatverdächtige in Betracht."

„Aber … das ist doch absurd."

„So? Und was halten Sie hiervon?"

Er musste gar nichts mehr sagen. Sie wusste sofort, was es war. Wolfgangs Handy!

Laubach drückte auf die Taste.

„Wolfgang, du bist tot, du Idiot! Wenn du auch nur einen Funken Verstand besitzt, dann bleibst du in Monreal, denn wenn ich dich zu fassen kriege …" Er schaltete das Handy wieder aus.

„Wollen Sie es nochmal hören?"

Sie schüttelte den Kopf und schluchzte. „Nein, bloß das nicht."

„Aber es ist doch Ihre Stimme?"

„Ja, das ist sie. Ich hab doch bereits gesagt, dass ich mich über ihn geärgert habe."

„Geärgert ist gut. Das, was auf dem Handy zu hören ist, kommt eindeutig einer Morddrohung gleich."

„A...aber ich hab doch nicht ... ich hab doch nur ..."

Sie wusste nicht mehr, was sie sagen sollte. Der verdammte Kommissar hatte sie ausgetrickst. Damit hatte sie ganz und gar nicht gerechnet. Erst ganz langsam bekam sie sich wieder unter Kontrolle. Trotzig sagte sie: „Na bitte schön. Dann suchen Sie doch hier nach der Tatwaffe. Sicher haben Sie entsprechende Fingerabdrücke gefunden, die sie vergleichen können."

Wieder lächelte Laubach, was er ansonsten nicht sehr häufig tat.

„Also, dann klären Sie mich bitte auf. Wer außer Ihnen würde noch von seinem Tod profitieren?"

Der Schlag saß. Daniela war sprachlos, schob ihn leise beiseite und begann, die Maske wieder zu verpacken. Sie war so was von durcheinander.

„Hallo", ertönte eine andere Stimme von der Tür her. „Daniela?"

Ihr Bruder Helmut steckte den Kopf herein. „Oh, ich wusste nicht, dass du Besuch hast?" Es war kurz vor drei Uhr nachmittags. Bevor sie in den Laden gefahren war, hatte sie ihn angerufen und ihm alles berichtet. Er war gekommen, um ihr beizustehen, auch wenn sie mit ihrer Trauer lieber alleine gewesen wäre. Aber jetzt musste sie da durch.

„Hallo, Helmut", sagte sie. „Das ist Kommissar Laubach von der Kriminalpolizei Daun."

Beim Anblick des Polizeibeamten wich er zurück. „Ist wegen Wolfgang, stimmt's? Mein Gott, ich kann es noch gar nicht fassen. Wer tut denn so etwas? Haben Sie schon etwas herausgefunden, Herr Kommissar?"

„Dazu kann ich noch nichts sagen", erwiderte Laubach barsch. „Frau Neumann, ich muss Sie bitten, später zu mir auf die Wache zu kommen. Ich möchte Ihre Aussage zu

Protokoll nehmen. Und Sie sind sich ganz sicher, dass niemand von der Maske wusste?"

Fängt der schon wieder damit an!

„Das habe ich Ihnen doch bereits erklärt." Daniela war der Verzweiflung nah. Man musste kein Hellseher sein, um zu verstehen, wer seine Hauptverdächtige war.

Laubach winkte ab. „Also gut, dann lasse ich Sie beide jetzt allein. Nur vergessen Sie bitte nicht, für eine Aussage nach Daun auf die Wache zu kommen."

Er trat aus dem Laden und blieb noch einmal vor dem Schaufenster stehen. Jetzt brannte Licht in der Auslage. *Vermutlich ein Zeitschalter*, nahm er an. Schöne exotische Dinge lagen und standen darin. Ganz oben auf der großen Scheibe stand „N&E Antiquitäten" in Goldschrift geschrieben. Im Nachbarhaus gab es eine Boutique, aber deren Auslage war dunkel. Die dazugehörigen Fenster waren hoch und mit viel Stuck umgeben. *Nichts für mich*, dachte Laubach und machte sich von dannen.

Als der Kommissar endlich gegangen war, fiel Daniela ihrem Bruder in die Arme.

„Wie gut, dass du hier bist, Helmut! Es ist ... es ist alles so schrecklich, und dieser Kommissar Laubach glaubt allen Ernstes, ich sei es gewesen."

Ihr Bruder nickte, wenn auch zögerlich. Das, was er soeben gehört hatte, stimmte ihn absolut nicht fröhlich. Trotzdem versuchte er, sich nichts anmerken zu lassen. Das Wichtigste war jetzt, dass sie einen klaren Kopf behielt.

„In Wirklichkeit ist es nun einmal so, Kleines: Je näher du dem Opfer standest, desto eher kommst du als Täter in Frage. Mit Sicherheit wird sich schon bald herausstellen, dass du mit dem Verbrechen aber auch rein gar nichts zu tun hast."

„Dein Wort in Gottes Ohr, Helmut. Immerhin hat er Wolfgangs Handy mit meiner Nachricht auf der Mailbox. Da muss er mich wohl für verdächtig halten, oder?"

Helmut sah seine Schwester an und fragte sich, ob sie wirklich wusste, wie ernst die Lage für sie war. Er stieß einen tiefen Seufzer aus. Daniela und einen Mord begehen? Das war einfach absurd. Er wusste, dass sie niemals dazu fähig wäre.

Sie selbst war jetzt den Tränen nah und fühlte sich innerlich völlig aufgelöst. Ganz langsam wurde ihr bewusst, dass von nun an nichts mehr so sein würde wie früher.

„Oh Helmut, was soll ich bloß tun? Das Geschäft, Wolfgangs Sammlung, der ganze Papierkram? Darum hat er sich doch immer selbst gekümmert und ich habe ihn gelassen. Ich bin schließlich Verkäuferin und keine Buchhalterin."

„Und Irene? Meinst du nicht, sie könnte …"

„Das glaube ich kaum. Von Antiquitäten hat die keinen blassen Schimmer. Mit Sicherheit hat Wolfgang sie nicht wegen ihres Fachwissens eingestellt."

Daniela lächelte müde. Es war ein eher verzweifeltes Lächeln. Ihr Bruder schaute sie an. Besorgnis lag auf seinem Gesicht.

„Hast du denn sonst niemanden, der dir in solch einer Situation helfen könnte? Ich möchte dich nur ungern alleine wissen."

Daniela bewegte ihren Kopf. Langsam, ganz langsam.

„Nein, hab ich nicht. Präkolumbische Kulturen aus Südamerika sind nun einmal ein sehr spezielles Fachgebiet", begann sie gerade zu erklären, als ihr doch noch jemand einfiel.

„Nein, halt! Da gibt es doch jemanden in der Vulkaneifel, der gelegentlich als freier Journalist für das *Eifel Journal* schreibt. Eigentlich ist er Reiseschriftsteller oder so etwas Ähnliches. Warte mal, wie heißt er denn noch gleich?"

Sie bemerkte die Blicke ihres Bruders, die sich jetzt verändert hatten. Er wirkte sichtlich überrascht.

„Joachim? Nein, falsch. Peter? Nein, auch nicht. Moment mal, Peters. Ich glaube jetzt hab ich's. Roger Peters.

Ja, ganz genau, so heißt er. Hat lange Zeit in Südamerika gelebt. Ein, zwei Mal habe ich mit ihm gesprochen, aber nur kurz."

„Und du glaubst, der würde dir helfen?"

„Warum denn nicht? Ich werde ihn gleich mal anrufen. Immerhin geht es hier um antike Kulturgegenstände, und die dürften ihn sehr wohl interessieren."

„Hoffen wir das Beste", sagte Helmut. „Hoffen wir's einfach."

4

Die Person von der Daniela gesprochen hatte, stand vor einem Spiegel im Schlafzimmer und rückte sich die Krawatte zurecht.

Luna, die kleine Mischlingshündin seiner Freundin Edith, zupfte an seinem Hosenbein.

„Lass los, Luna! Ich hab jetzt keine Zeit, um mit dir zu spielen."

Er drückte und drehte an dem Knoten herum.

„Verdammt, sie sitzt schief. Wie ich diese Dinger hasse! Schluss jetzt, Luna. Hör auf damit!"

Genervt verpasste er dem Tier einen sanften Schubs mit dem Fuß. Reflexartig sprang das kleine Wollknäul zur Seite und gab ein leises Knurren von sich. Roger Peters blickte ihr mit einer Unschuldsmiene nach.

„Wer nicht hören will, muss fühlen. Das gilt auch für dich, Luna."

Ohne ihr weitere Beachtung zu schenken, widmete er sich wieder ganz dem Managerlätzchen. Als das Ding zu seiner Zufriedenheit saß, ließ er die Arme sinken und musterte prüfend sein Spiegelbild. Was er sah, war ein ordentlich gebügeltes, weißes Hemd, frisch gewaschene Blue-Jeans, ein neues, helles Sakko und ebendiese Krawatte, die Edith für ihn ausgesucht hatte. Er konnte sich sehen lassen, und trotzdem fühlte er sich irgendwie unwohl. *Bin ich das noch selbst?*, fragte er sich.

Es war ein warmer Sommertag und er würde das Sakko sowieso gleich wieder ausziehen. Er dachte daran, wie er vor vielen Jahren zum ersten Mal Lateinamerika bereist hatte. Zuerst Panama und dann Peru. Dort war es immer so schön warm gewesen, genauso wie heute in Köttelbach. Er lächelte sich zu. Die Haut um sein Kinn herum schien etwas schlaffer geworden zu sein und seine blonde Mähne etwas lichter. Aber ansonsten sah er genauso aus wie früher. Kein Gramm Fett zu viel. Nur die kleinen Fältchen, die sich am Rande seiner Augen gebildet hatten, deuteten auf eine Veränderung hin.

Der Klang einer Gitarre ließ ihn zusammenzucken. Er trat an die Kommode, auf der das Portemonnaie lag, das einmal einem Schamanen in Peru gehört hatte. Sanft streichelte er über das weiche Leder, steckte das feine Etui in seine Sakkotasche und öffnete die Tür. Als er aus dem Schlafzimmer trat und die Treppe hinunterschritt, wurden Ediths Akkorde immer lauter. Sie konzentrierte sich jedoch derart auf ihr Fingerspiel, dass sie seine Schritte überhaupt nicht wahrnahm und einfach weiterspielte, als er bereits das Wohnzimmer betreten hatte. Ein Träger ihres weißen Tops war ihr von der Schulter gerutscht, und mit dem frechen Pferdeschwanz, den pinkfarbenen Shorts und den hohen Korksandalen, sah sie wesentlich jünger aus, als Ende dreißig. Luna lag in ihrem Rattan-Körbchen und rührte sich nicht. *Wenn Hunde sprechen könnten ...*

Als Edith ihn bemerkte, hörte sie auf zu spielen. „Musst du dich immer so anschleichen?“, sagte sie. „Du weißt doch, dass ich das überhaupt nicht leiden kann. Und außerdem hasse ich es, gestört zu werden, wenn ich eine neue Melodie einstudiere.“

Roger Peters versuchte, ihr ein Lächeln zu entlocken, indem er irgendeine alberne Grimasse schnitt, aber Edith hatte ihre Aufmerksamkeit bereits wieder auf die Notenblätter gerichtet, die vor ihr lagen. Dazu schlug sie die ersten Akkorde an. Für ihn klang es irgendwie nach *Stairway to Heaven*.

Er dachte an das Schild mit der Aufschrift „Please do not play *Stairway to Heaven*“, dass er einmal in einem Londoner Musikladen gesehen hatte, und musste grinsen, obwohl ihm gar nicht zum Grinsen zumute war. Seit jenem Vorfall in Oberwinter, als Edith entführt und misshandelt worden war, hatte sie sich sehr verändert. Damals war sie nur knapp dem Tod entkommen. Und aus der einst so fröhlichen und lebenslustigen jungen Dame war eine ernste und zurückhaltende Frau geworden. Dazu kamen ihre ständigen Depressionen und momentanen Gefühlswallungen. Wurde sie wieder einmal von einer dieser Stimmungen ereilt, konnte man sie kaum ansprechen.

„Ich muss los, es sei denn, du brauchst noch etwas", sagte er, aber sie hielt ihren Blick nur stur auf die Gitarre gerichtet. Er gab Luna einen sanften Klaps und verließ das Wohnzimmer. Als er über den Flur hinüber zur Küche ging, erklang erneut die ihm bekannte Melodie. Es war eindeutig der Anfang von *Stairway to Heaven*. Schnell goss er sich einen Espresso ein, den er noch im Stehen trank, ehe er zur Haustür hinaustrat und sich einredete, dass es ihr bald besser gehen würde. Irgendwie war es eine Erleichterung, sich vorzumachen, dass doch noch alles gut werden könnte.

Seine Schuhe verursachten ein knirschendes Geräusch auf dem Kiesweg, der hinunter zur Einfahrt führte, wo er seinen MG geparkt hatte. Er rüttelte an der Fahrertür. Sie klemmte ein wenig. Beim zweiten Mal hob er sie leicht an. Jetzt ließ sie sich öffnen. Er setzte sich hinter das Steuerrad und betätigte den Anlasser. Der Motor des Klassikers stotterte zunächst, bevor er mit einem Getöse ansprang. Bei dem Wagen handelte es sich um eines der letzten Chrommodelle, die in den 70er Jahren gebaut worden waren. Dementsprechend hatte er seine Launen. Als er aus der Einfahrt zurücksetzte, kam gerade ein roter Traktor die Landstraße hinauf getuckert. Schon von weitem winkte ihm Herbert, einer der hiesigen Bauern, mit seiner grünen Kappe zu.

Nichts wie weg!, dachte Roger Peters und betätigte kurz die Wagenhupe zum Gruß. Wenn man sich einmal auf den alten Schlawiner einließ, kam man so schnell nicht wieder von ihm los. Herbert war alles andere als menschenscheu und versuchte, einem bei jeder sich bietenden Gelegenheit ein Geschwätz aufzudrängen. Zugegeben, manchmal konnte er sogar richtig witzig sein, aber heute hatte Roger Peters kein Interesse daran, zu erfahren, wer die nächste Weinkönigin werden würde, oder dass Bauer Lohmann wieder einmal sein Viehzeug gedopt hatte. Heute hatte er etwas ganz anderes vor. Mit einem Gefühl von Stolz und Zufriedenheit bewegte er sein Vehikel durch Köttelbach und hielt an der Kreuzung vor der Abbiegung zur B410 an.

Für einen Augenblick dachte er daran, wie Edith und er sich kennengelernt hatten. Es war bei einem Vortrag in Wuppertal gewesen, und sie hatte hinreißend ausgesehen in ihrem enganliegenden Hosenanzug. Später waren sie in einer kleinen Bar in der Innenstadt von Elberfeld gelandet, und die Sache hatte ihren Lauf genommen. Ja, so war es gewesen - damals. Und dann war er hier in der Eifel gelandet, wo sie wohnte und ein umgebautes Bauernhaus besaß.

Ein lautes Hupen riss ihn aus seinen Gedanken. Fast automatisch trat er aufs Gaspedal, und der kleine Sportwagen machte einen Satz vorwärts. Der Fahrer eines schnittigen Toyotas, der ihn sofort überholte, grinste ihn an und machte seinem Unmut Luft, indem er irgendetwas zu ihm herüberbrüllte, das sich nach „Zigarrenschachtel" anhörte.

Wütend über so viel Respektlosigkeit gegenüber einem echten Klassiker, konzentrierte Roger Peters sich nunmehr ganz auf das Fahren, überquerte die Autobahnbrücke der A1, bog links auf die L46 ab, passierte zwei Kreisverkehre, dann die Gartenstraße, die Leopoldstraße und wieder einen Kreisverkehr, wo er die dritte Ausfahrt nahm und auf der L29 beziehungsweise der Birresbornerstraße direkt nach Rom gelangte. Nach kaum mehr als 30 gefahrenen Kilometern, parkte er den grünen Roadster vor einer breiten Steintreppe, die zum ersten Stockwerk einer ehemaligen Weinkellerei hinaufführte. Er überlegte noch kurz, ob er das

Verdeck schließen sollte, aber es sah nicht nach Regen aus. Also ließ er es offen, hüpfte über die geschlossene Fahrertür und stiefelte die steinernen Stufen hinauf. Die blitzblank geputzte Fensterfront mit den Butzenscheiben gab mächtig etwas her. Die Restaurierung des alten Gemäuers musste Unsummen verschlungen haben. Durch die geschlossenen Vorhänge drang gedämpftes Licht nach draußen.

Daniela Neumann kannte er nur flüchtig. Sie waren einander im Verlagsgebäude des *Eifel Journals* begegnet und hatten hier und da ein paar Worte gewechselt. Dabei war auch Südamerika zur Sprache gekommen. Gut möglich, dass sie sogar eine seiner Publikationen gelesen hatte. Immerhin überschnitt sich ihr Interessengebiet bei dem Thema „Präkolumbische Hochkulturen". Aber das war auch schon alles gewesen und umso mehr hatte ihn dann ihr gestriger Anruf überrascht. Am Telefon war sie verhältnismäßig kurz angebunden gewesen. Sie hatte nur von einem Gefallen und einer interessanten Aufgabe gesprochen, aber das allein hatte schon ausgereicht, um seine Neugierde zu wecken. Alles war besser, als diese langweiligen Kolumnen zu schreiben und über Feuerwehrfeste, Weinköniginnen, Küheschubser und Naturkostläden zu berichten. Er sehnte sich nach einer richtigen Aufgabe. Nach etwas, das ihn forderte.

Also drückte er sich die Nase am Fenster platt und versuchte, in das zweistöckige Gebäude hineinzusehen. Bereits zum dritten Mal hatte er den Messingklopfer gegen das schwere Holzportal fallen lassen, und das Echo des letzten Schlages hallte noch gespenstisch durch die Morgenstille. Drinnen rührte sich immer noch nichts.

Sie scheint nicht da zu sein. Seltsam, wo sie mich doch extra herbestellt hat? Vielleicht sollte ich die Gelegenheit nutzen und mich einmal auf dem Grundstück umschauen? Man kann ja nie wissen.

Vor dem Haus standen Blumenkästen mit bunten Geranien, und eine kleine Holztür führte nach hinten in den Garten. Hier ragten alte Obstbäume in die Höhe und ein Rasenmäher stand einsam und verlassen auf einem nur zur Hälfte gemähten Rasen. Jemand musste abrupt von der Gartenarbeit weggerufen worden sein. Roger Peters schaute sich um. Durch die Glasscheiben der Hintertür konnte er in die Küche sehen. Es war ein fast quadratischer Raum mit Einbauschränken an der gegenüberliegenden Seite. Herd und Kühlschrank befanden sich an einer anderen Wand, die Spüle saß direkt unter dem Fenster. Auch hier war niemand zu sehen.

Der Garten selbst war schmal und lang. Hinter den Obstbäumen befand sich ein kleiner Teich, aus dem eine Wasserfontäne sprudelte. Links daneben, nahe der Grundstücksgrenze, stand eine Steinbank. Die sah irgendwie einladend aus. Er beschloss, noch kurz ins Verlagsgebäude zu fahren, dann wollte er wiederkommen und genau hier auf der Bank auf Daniela Neumann warten. Irgendwann musste sie ja kommen.

„… ich halt es einfach nicht mehr aus, Daniela. Ich weiß, es klingt vielleicht albern, aber ich kann jetzt nicht mehr in diesem Haus bleiben. Jetzt, wo Wolfgang nicht mehr da ist."

„Das finde ich überhaupt nicht albern, Irene." Daniela tätschelte ihr den Arm.

„Du hast einen sehr wichtigen Menschen in deinem Leben verloren. Es ist nur natürlich, dass du einen gewissen Abstand brauchst. Vielleicht kommst du woanders besser mit dem Schmerz und der Trauer zurecht. Mir musst du wirklich nichts erklären."

Eigentlich hatte sie schon längst in Rom sein wollen, aber dann war plötzlich Irene bei ihr aufgetaucht, gerade als ihr Bruder den Laden verlassen hatte und sie zuschließen wollte.

Schlaftabletten sind auch nicht mehr das, was sie mal waren, dachte Daniela.

Und wie sie sich bei ihr ausgeheult hatte. Die Arme war völlig fertig gewesen. Dazu war noch die Fragerei des Kommissars gekommen. Nun, davon konnte Daniela ein eigenes Lied singen. *Anscheinend hat der alle in Verdacht, die irgendwie mit Wolfgang Ebersberger zu tun hatten. Na ja, das ist ja auch kein Wunder. Irgendwo muss er ja anfangen.*

„Was ist, gehen wir? Am besten kommst du mit zu mir. Irgendwie habe ich das Gefühl, wir sehen Laubach sowieso bald wieder."

Irene wischte sich mit einem Taschentuch über die Augen und bemühte sich, zu lächeln. „Ja, lass uns gehen. Ich bin okay."

Als sie Rom erreichten, stand die Sonne bereits hoch am Himmel. Irene wollte sich hinlegen und ausruhen und so beschloss Daniela, dass körperliche Bewegung ihr jetzt vielleicht ganz gut tun würde. Sie hatte vor zwei Tagen den Rasenmäher einfach auf dem halb gemähten Rasen stehen lassen, als sie sich im Haus etwas zu trinken holen wollte, und bei dieser Gelegenheit rasch den Anrufbeantworter abgehört. Dass schon wieder mehrfach aufgelegt worden war, hatte sie erschreckt und irgendwie aus der Fassung gebracht. Danach hatte sie ganz einfach den Rasen Rasen sein lassen und war in ihr Geschäft gefahren, was aber auch nicht besonders viel gebracht hatte. Aber jetzt krempelte sie die Ärmel ihrer Bluse nach oben und schmiss den Rasenmäher an. Als sie an jenem Streifen angelangt war, an dem sie vorgestern aufgehört hatte, beschlich sie auf einmal das unangenehme Gefühl, beobachtet zu werden. Sie schaltete den Rasenmäher wieder aus und ging um das Haus herum. Genau vor der Eingangstür stand Kommissar Laubach, stützte sich an ihrem Briefkasten ab und beobachtete das Haus.

Daniela spürte, wie sie wütend wurde. Diesmal wartete sie erst gar nicht darauf, dass er etwas sagte, sondern ging direkt auf ihn zu.

„Sie schon wieder, Herr Kommissar? Ich kenne meine Rechte. Ich weiß, dass ich nicht mit Ihnen sprechen muss." Sie baute sich vor ihm auf und verschränkte die Arme.

„So, und wer hat Ihnen das geraten? Ihr Anwalt oder Ihr Bruder?"

Dieser Laubach war wirklich unausstehlich, aber sie hatte noch keinen Anwalt. Nur das brauchte er natürlich nicht zu wissen. Für einen Moment schien sie irgendwie die Oberhand zu gewinnen.

Laubach wirkte einen Moment lang irritiert. Dann sagte er fast übertrieben vorsichtig: „Ich hab vorhin noch etwas vergessen: Sie besitzen doch sicher ein Messer, nicht wahr, Frau Neumann?"

Was für ein Trottel. Jeder besitzt doch ein Messer.

„Selbstverständlich! Ich besitze sogar mehrere." Ihre Antwort kam prompt.

„Wann haben Sie zuletzt eins benutzt?"

Sie schwieg, und auf einmal fiel es ihr ein. Sie überlegte noch, die Frage besser nicht zu beantworten, als er sagte: „Ich habe den Bericht der Spurensicherung bekommen. Die konnten mir ganz genau sagen, um welches Fabrikat es sich bei der Tatwaffe handelt, die am Tatort sichergestellt werden konnte."

„Und?"

Daniela fröstelte. Sie wusste genau, worauf er hinauswollte.

„Wollen Sie mir bitte sagen, ob Sie ein Messer-Set der Marke Steigenberger besitzen?"

Daniela seufzte. *Verdammt, das Messer, das ich mit in den Laden genommen hatte, um das Verpackungsmaterial für die Maske zurechtzuschneiden. Natürlich hat er sich gemerkt, um welches Modell es sich dabei handelt.* Sie hatte es völlig vergessen. Es stammte aus ihrer Küche, denn dort bewahrte sie für gewöhnlich diverse Messer dieser Marke auf.

„Wo befinden sich die Messer jetzt?"

„In meiner Küche."

„Ich muss sie leider mitnehmen. Alle!"

Ein letzter Hoffnungsschimmer glomm in ihren Augen auf.

„Benötigen Sie dafür nicht einen Durchsuchungsbefehl oder so etwas?"

Laubach lächelte kalt. „Sie kennen sich aus, was? Eigentlich bräuchte ich tatsächlich so 'nen Wisch, aber das verzögert das Ganze nur unnötig. Und morgen komme ich dann wieder und wir spielen das gleiche Spielchen von vorn. Die vom Labor wollen die Klingen miteinander vergleichen. Vielleicht wird sich dann schon bald herausstellen, ob Sie wirklich unschuldig sind … oder schuldig."

Für einen Augenblick sprach keiner ein Wort. Beide maßen sich mit Blicken. Daniela fragte sich, ob sie nicht doch einen Anwalt konsultieren sollte. Und wenn es nur dazu gut wäre, um Laubach in seine Schranken zu weisen.

„Na gut, nehmen Sie doch mit, was Sie wollen", sagte sie trotzig. „Aber nur, damit Sie mich endlich in Ruhe lassen."

Sie wollte noch etwas hinzufügen, als hinter ihr eine Autotür zuschlug. Roger Peters näherte sich der Fensterfront, blieb kurz davor stehen, griff nach etwas Länglichem und näherte sich den beiden. In den Händen hielt er eine langstielige rote Rose.

„Hallo, da bin ich wieder", grüßte er freundlich. „Ich war vorhin schon einmal kurz hier, aber da war niemand zu Hause. Zwischenzeitlich muss jemand das hier hinterlassen haben." Er winkte mit der Rose. „Die hat auf dem Fenstersims gelegen."

Erst jetzt wandte er sich an Kommissar Laubach. Den kannte er aus ihren gemeinsamen Schultagen, wobei er ihn seitdem nur mit seinem Spitznamen ansprach.

„Hallo, Kloppe, wie geht's? Bist du mal wieder in einen neuen Fall verstrickt?"

„Hi, Roger, hör bloß auf. Du weißt doch ganz bestimmt, um was es geht. Aber ich bin sofort wieder weg, versprochen! Ich wollte nur etwas abholen."

Daniela drehte sich um und öffnete die Haustür. Keiner der beiden anwesenden Herren bemerkte den besorgten Ausdruck auf ihrem Gesicht.

Roger Peters blickte auf die Rose. „Ist gar keine Karte dabei", sagte er verwundert.

Laubach stimmte ihm gedankenversunken zu. „Stammt sicher von einem heimlichen Verehrer. Hübsches Haus, Roger, nicht wahr? Bist du schon einmal hier gewesen?"

„Nein, bisher noch nicht. Ich kenne die Lady nur flüchtig." Mit der Rose zeigte er in die Richtung, in die Daniela Neumann verschwunden war.

„Na ja, vielleicht gefällt's dir ja. Aber nimm dich in Acht. Die Dame ist ganz schön biestig heute."

Kurz darauf kehrte Daniela zurück und streckte Laubach eine Plastiktüte entgegen. „Hier drin sind die Messer, Herr Kommissar, auch jenes, das ich heute Morgen zum Aufschneiden des Verpackungsmaterials verwendet habe. Ich habe in der Eile nichts Besseres gefunden, aber wenigstens hinterlassen Sie so keine Fingerabdrücke von sich selber darauf."

„Ist schon recht, Frau Neumann. Ich melde mich dann wieder bei Ihnen." Er wandte sich zum Gehen.

„Wenn es sein muss, Herr Kommissar." Schon der Gedanke allein schien ihr zu missfallen.

„War nett dich zu treffen", sagte er zu Roger Peters. „Ich muss jetzt zurück nach Daun. Die Arbeit wartet. Man sieht sich."

Daniela und Roger blieben auf der obersten Stufe stehen und sahen Laubach nach, wie er zu seinem Wagen ging. Auf halbem Weg blieb er stehen, drehte sich um und rief: „Ach, das hätte ich beinahe vergessen. Was ist denn mit der Rose, Frau Neumann? Bekommen Sie öfters derartige Geschenke?“

Dann ging er weiter zu seinem Auto, ohne auf eine Antwort zu warten. Daniela und Roger blickten sich fragend an. Kommissar Laubach war schon ein komischer Kauz. Eine Weile standen sie noch vor der Haustür, dann bat Daniela ihren Besucher endlich hinein.

„Treten Sie doch ein, Herr Peters. Ich freue mich, dass Sie kommen konnten.“

„Vielen Dank, sehr freundlich von Ihnen“, erwiderte er und streckte ihr die Rose entgegen. Zu seiner Überraschung schüttelte Daniela den Kopf, trat an ihm vorbei und schloss die Tür von innen ab. Dazu benutzte sie einen Schlüssel, den sie aus der Tasche ihrer Jeans holte. Für einen Moment vergaß Roger Peters die Blume in seiner Hand. Etwas anderes hatte seine Aufmerksamkeit erregt. An der Wand im Flur stand eine Glasvitrine, die mit alten Keramiken bestückt war. Vorsichtig studierte er das erste Gefäß und wandte sich dann dem nächsten zu.

„Ein zoomorphisches Bügelgefäß in Gestalt eines Jaguars“, sagte er anerkennend, ehe er durch das Foyer schlenderte wie durch eine Galerie.

Überall standen Vitrinen mit ethnologischen Objekten herum. Er machte Halt vor etwas, das wie ein beheiztes Aquarium aussah und bei näherem Betrachten auch gar nichts anderes war. Nur dass dieses Aquarium eine Sammlung von äußerst wertvollen Grabtüchern enthielt, die in der Tat beheizt und vor Luftfeuchtigkeit geschützt werden mussten.

Hier sieht es aus wie in einem Museum, dachte er, während er die kostbaren Paracas-Tücher näher betrachtete. Vorsichtig ließ er seine Finger über die geschliffene Oberfläche des

Glaskastens wandern. Etwas störte ihn. Natürlich: die Rose. Noch immer hielt er den langen Stiel in seinen Händen.

„Eine Karte habe ich nicht gefunden", wiederholte er sich.

Diesmal antwortete sie sofort. „Wie auch? Es ist nie eine Karte dabei." Sie war vor dem Wohnzimmer stehen geblieben. Roger Peters bekam große Augen.

„Nie?", fragte er. „Bekommen Sie denn öfters solche Blumen?"

Sie nickte.

„Und Sie haben keine Ahnung, von wem sie kommen?"

„Nun, ich glaube ..."

Plötzlich klingelte das Telefon. Daniela Neumann zuckte zusammen und blickte hinüber zu dem kleinen Tischchen im Flur, wo das Telefon stand. Sie zögerte abzunehmen, da sprang der Anrufbeantworter an. Roger Peters konnte ganz deutlich ein schweres Atmen hören und beobachtete seine Auftraggeberin. Alle Farbe war aus ihrem Gesicht gewichen. Sie ging auf den kleinen Apparat zu und lauschte. Dann hob sie den Hörer ab.

„Hallo? Wer ist denn da?"

Nichts. Die Leitung war tot. Auf dem Display stand „Rufnummer unbekannt".

Daniela schien der Verzweiflung nahe zu sein.

„Schon wieder so ein ver...dammter Anruf", stammelte sie. „Seit ein paar Tagen geht das nun schon so."

Roger Peters zuckte hilflos mit den Achseln. „Das nervt bestimmt. Warum haben Sie denn nicht mit der Polizei gesprochen? Ich meine, Kommissar Laubach war doch gerade erst hier."

„Ach der! Der hat mir deutlich zu verstehen gegeben, dass ich für ihn die Hauptverdächtige bin. Was interessieren ihn da wohl meine anonymen Anrufe? Auch wenn beim letzten Mal ..." Mitten im Satz brach sie ab.

Mit einem Mal war Roger Peters hellwach. „Was war denn beim letzten Mal?“, fragte er.

Sie drehte sich auf dem Absatz um und ging in die Küche. Dabei murmelte sie leise: „Ach, das ist schon lange her. Ich bin einmal verfolgt und angegriffen worden, aber die Polizei hat den Kerl geschnappt. War irgend so ein durchgeknallter Stalker.“

Roger Peters folgte ihr und sah, wie sie an der Kaffeemaschine herumhantierte. Ihre Hände zitterten leicht.

„Hat es damals auch Anrufe gegeben?“

Sie nickte. „Und ob! Ohne Ende. Mist, da ist ja gar kein Filter drin.“ Entschlossen griff sie in die kleine Schublade über dem Auszugsschrank. Roger Peters sah zu, wie sie ein Filterblatt aus einer hellen Verpackung zog, die Ränder faltete und das Ganze in den Einsatz der Kaffeemaschine steckte.

„Und der Mann ist ins Gefängnis gekommen?“

„Sagte ich doch. Und dort ist er wohl immer noch. Wo hab ich jetzt den gemahlenen Kaffee?“

„Na, dann wollen wir mal das Beste hoffen.“

„Er ist es ganz sicher nicht. Man hat ihm jeglichen Kontakt zu mir untersagt. Ach ja, hier oben in der bunten Dose ist er!“

„Ich habe gehört, was Ihrem Partner widerfahren ist, Frau Neumann. Scheußliche Geschichte. Und jetzt belästigt Sie jemand mit anonymen Anrufen und schenkt Ihnen rote Rosen. Glauben Sie da noch an einen Zufall?“

Daniela runzelte die Stirn. Endlich schnurrte die kleine Maschine.

„Ach was! Das macht doch keinen Sinn. Es gibt doch gar keinen Grund.“

„Nun, für Sie vielleicht nicht, aber vielleicht gibt es da jemanden, der das ganz anders sieht? Oder aber es hat doch etwas mit der goldenen Maske zu tun?“

„Sie wissen davon?“

„Nun ja, ich habe da etwas läuten hören. Antiquitäten sind halt auch mein Steckenpferd."

Ohne näher darauf einzugehen, ließ sich Daniela auf einem der Barhocker nieder, die vor dem Küchentresen standen, zündete sich eine Zigarette an und fixierte ihren Besucher aus tiefgrünen Augen. Dann deutete sie an, er möge ebenfalls irgendwo Platz nehmen, erhob sich selbst aber wieder, um nach dem Kaffee zu sehen. Während er sich auf einen anderen Hocker setzte, konnte er durch die geöffnete Tür hinüber in das anliegende Wohnzimmer schauen. Was er sah, waren elegante Holzvertäfelungen an Decke und Wand, ein Kamin aus geschmiedetem Eisen, darüber ein großer, antiker Spiegel mit der Aufschrift einer schottischen Whiskeybrauerei und ein blank gebohnertes Holzparkett, geschmückt mit dicken Perserteppichen. Irgendwie wirkte die Aufmachung auf ihn wie die eines alten, englischen Pubs.

Zu muffig, beurteilte er spontan die steife Eleganz, die aber wiederum ausgezeichnet zu den ausgestellten antiken Objekten passte.

„Bitte bedienen Sie sich, Herr Peters."

Daniela Neumann lenkte seine Aufmerksamkeit wieder auf sich, indem sie ihm eine dampfende Tasse mit fast schwarzem Inhalt vor die Nase stellte. Dabei traf ihr Blick den seinigen, ruhte einen Augenblick zu lang in seinen Augen, ehe er sich abwandte und fast schon aus Verlegenheit auf den verzierten Silberlöffel starrte, der in seiner Kaffeetasse steckte. Ohne darauf zu achten, hatte er sich bereits die dritte Fuhre Zucker in den Kaffee gegeben.

„Vielleicht sollten wir kurz das Geschäftliche besprechen", sagte sie.

„Selbstverständlich." Roger Peters stimmte ihr zu, nippte an seinem Kaffee und stellte die Tasse vor sich auf den Tresen.

„Bevorzugen Sie eine strikte Arbeitsregelung oder wäre es Ihnen individuell lieber?"

Er verstand nicht sofort, was sie meinte.

„Individuell?"

„Ja, ich meine keine festgelegte Stundenzahl."

Jetzt nickte er amüsiert. „Ach so, ich verstehe. Mir ist alles recht. Im Moment habe ich nicht übermäßig viel zu tun. Wenn Sie also meine Hilfe gebrauchen können ..."

„Hilfe?" Daniela rollte mit den Augen und räusperte sich. Dann schenkte sie ihm ein strahlendes Lächeln. „So kann man das auch nennen. Das Arbeitszimmer, die Bibliothek und der Dachboden sind vollgepackt mit Kisten und Kartons. Das meiste ist mit der letzten Sendung aus Übersee gekommen. Eine komplette Sammlung, die Wolfgang irgendwo aufgetan hat. Und die wollte er vorab sichten und katalogisieren, bevor er sie dem allgemeinen Bestand zufügt. Also habe ich mich breitschlagen lassen und alles bei mir untergestellt; und das habe ich nun davon. Wenn Sie mir nur helfen würden, ein wenig Ordnung in das Chaos zu bringen, das mir Wolfgang hinterlassen hat?"

„Sie meinen Herrn Ebersberger?"

„Natürlich. Am besten verschaffen Sie sich erst einmal einen allgemeinen Überblick, denn ehrlich gesagt, ich blicke da überhaupt nicht mehr durch. Ich bräuchte schleunigst eine genaue Aufstellung der vorhandenen Ware. Ich meine Charakter, Herkunft und Einkaufspreise. Trauen Sie sich das zu, Herr Peters?"

Roger tat so, als würde er überlegen.

„Aber sicher, warum denn nicht?" sagte er dann. „Das hört sich doch ganz interessant an. Und vielleicht stoße ich ja dabei sogar noch auf eine wertvolle Reliquie?"

„Bloß das nicht! Und wenn, dann bitte nur mit den dazugehörigen Zollpapieren. Seit der Sache mit der Maske haben die Behörden ein besonderes Auge auf mich und den Laden geworfen, und zu allem Übel ist auch noch dieser Kommissar der Meinung, ich hätte meinen Partner umgebracht."

„Aber der Anruf und die Rose …? Ich meine, die meisten Frauen lieben es doch, wenn sie Blumen bekommen. Aber Sie … Sie sind ganz blass geworden. Gibt es dafür einen bestimmten Grund?“

Jetzt war jegliches Lächeln aus ihrem Gesicht verschwunden.

„Erwin Schürmann, so hieß der Mann, der mich damals verfolgt hat. Er hat mir auch immer Rosen geschenkt.“

Roger Peters machte ein besorgtes Gesicht. „Ich bin wirklich der Meinung, Sie sollten Kommissar Laubach davon erzählen.“

Daniela überlegte. „Versuchen kann ich's ja mal. Ich muss sowieso noch rüber nach Daun. Da fällt mir ein, am späten Nachmittag wollte ich auch noch zu dieser Kunstauktion in Kaisersesch. Macht es Ihnen etwas aus, wenn ich Sie jetzt allein lasse?“

„Nein, durchaus nicht. Ich fange dann gleich …“

„Halt! Fast hätte ich vergessen, es zu erwähnen. Oben im Gästeschlafzimmer ist noch jemand. Irene, eine Bekannte von mir. Hat viel durchgemacht, die Arme. Sie war Wolfgangs Freundin. Hat eine Vivinox genommen und schläft sich oben aus. Seien Sie einfach freundlich zu ihr, wenn sie wach werden sollte. Wir sehen uns dann am Abend …, oder wenn Sie schon fort sein sollten, erst morgen früh.“

„Geht klar, Frau Neumann! Machen Sie sich bloß keine Sorgen um mich“, erwiderte Roger Peters und entschied sogleich, dass er froh war, den Nachmittag für sich alleine zu haben. So würde er sich in aller Ruhe mit seiner neuen Aufgabe vertraut machen können.

„Fein.“ Daniela Neumann nahm ihre Strickjacke von der Sessellehne und stöckelte auf die schwere Holztür zu, nur um dann abrupt stehen zu bleiben, sich umzudrehen und etwas von ihren Autoschlüsseln zu faseln.

„Wo bin ich nur mit meinen Gedanken", murmelte sie und ließ einen Seufzer hören, als sie den Schlüsselbund auf dem Beistelltischchen neben dem Telefon entdeckte.

Sie schüttelte ihre Mähne und meinte: „Wenn ich einmal in Eile bin, kann ich mich kaum konzentrieren. Am besten meiden Sie das Dachgeschoss für heute, Herr Peters. Das Durcheinander dort oben könnte Sie so verschrecken, dass Sie mir davonlaufen, noch bevor Sie so richtig mit der Arbeit angefangen haben."

Als die Haustür mit einem lauten Knall ins Schloss fiel, schnalzte Roger Peters mit der Zunge. *Man würde nie erwarten, was für eine Energie sie besitzt.*

Knapp zehn Minuten später inspizierte er bereits die verschiedenen Räumlichkeiten des Hauses und registrierte Lage und Fläche der einzelnen Zimmer. Umgeben vom Geruch nach Altertum und Staub betrachtete er die nennenswerte Sammlung ethnischer Kulturobjekte. Eine Vitrine nach der anderen nahm er in Augenschein und musste immer wieder gegen eine leise Verbitterung ankämpfen, die unwillkürlich in ihm aufstieg, während er die ausgestellten Objekte betrachtete. Sie besaßen eine Qualität, die ihm in seinen Jahren als Abenteurer in Südamerika nur sehr selten untergekommen war. Ganz gewiss, es waren lohnende und herausforderungsreiche Jahre gewesen. Er hatte in der Welt herumreisen und sich mit faszinierenden Kulturen beschäftigen können. Einige seiner Fundstücke waren jetzt in Museen rund um den Globus zu sehen, doch keines davon war mit den hier ausgestellten Objekten auch nur im Geringsten vergleichbar.

Und wenn ich nur ein wenig mehr Ausdauer gehabt hätte?

Sei's drum. Mit dieser Art zu leben war es nun endgültig vorbei. Jetzt lebte er in der Eifel, zusammen mit Edith und ihren Depressionen. Er würde sich damit begnügen müssen, diese großartigen Zeugnisse der Vergangenheit mit dem unbeteiligten Blick eines dankbaren Besuchers zu bewundern.

Auf seinem Erkundungsgang durch das untere Stockwerk stieß er auf ein uraltes Steinway Klavier. Sofort blieb er stehen, um über das glänzende Holzfurnier zu streichen. *Die Dame des Hauses hat in der Tat einen exklusiven Geschmack.* Mit Achtung wandte er sich ab, um sich den nächsten Raum anzusehen. Es war das Arbeitszimmer.

Angelockt von einem Duftgemisch aus vermodertem Papier und abgestandenem Leder, betrachtete er die willkürliche Anhäufung von vergilbten Papieren, Dokumenten und verstaubten Ordnern. Das Ganze schien völlig konzeptlos und irgendwie abgelegt worden zu sein. Er setzte sich auf einen verstaubten Bürostuhl und versuchte sich an einer ersten Bestandsaufnahme.

Konzeptlos ist wirklich noch untertrieben. Völliges Durcheinander trifft den Nagel genau auf den Kopf. Worauf habe ich mich da nur eingelassen? Da kommt eine verdammte Menge Arbeit auf mich zu. Ich glaube ich wäre besser Buchhalter oder so etwas geworden. Dann würde mir das hier sicher Spaß bereiten.

Er ließ seinen Blick über eine lange Regalwand gleiten, ehe er geistesabwesend nach irgendeinem Ordner griff und ihn herausnahm.

Mehr kann ich im Moment nicht tun, überlegte er, und warf sich mit der geöffneten Mappe in einen schweren Ledersessel, der hinter dem wuchtigen Eichenschreibtisch steckte.

5

Daniela Neumann fuhr mit ihrem grünen Mini Cooper auf den Kundenparkplatz von *Röber und Entenpfuhl* in Kaisersesch und wunderte sich, dass noch nicht alle Plätze belegt waren. Sie war noch auf dem Polizeirevier in Daun gewesen und hatte sich daher etwas verspätet. *Was hat dieser Laubach noch zu mir gesagt, als ich ihm von den Rosen erzählte? Doof gegrinst hat er und dann gemeint: „Liebe Frau Neumann, die meisten Frauen würden sicher etwas darum geben, wenn sie von einem heimlichen Verehrer Blumen geschickt bekämen. Da können Sie sich doch direkt glücklich schätzen."* Daraufhin war sie gegangen, ohne einen Kommentar abzugeben.

„Wird auch langsam Zeit, dass du kommst, Daniela." Jemand stupste sie von hinten an, gerade als sie den Saal betreten wollte.

„Aber, hey!" Daniela Neumann drehte sich um. Hinter ihr stand ihr Bruder Helmut. In den Händen hielt er einen Auktionskatalog.

„Sehr viele antike Möbel", sagte er. „Wenn du Glück hast, bekommst du bei den anderen Sachen kaum Konkurrenz. Allerdings war ich kaum fünf Minuten hier, da bin ich schon den einschlägigen Schmuckhändlern begegnet. Deine Freundin Rita war auch dabei."

„Rita ist hier?" Überrascht blickte sich Daniela in dem großen Raum um. Überall standen Möbelstücke und Vitrinen herum. Letztere waren mit altertümlichen Gegenständen gefüllt. Wollte sich jemand die wertvollen Stücke näher anschauen, so musste er sich den entsprechenden Glaskasten von einem der Assistenten aufschließen lassen. Ihr Lieblingsassistent hieß Jochen - Jochen Wiegand. Er war 42, groß und schlank, äußerst gepflegt, mit schwarzem Haar und Koteletten, einem kaukasisch geschnittenen Gesicht, schmalen Lippen und hochgezogenen Augenbrauen.

„Jip! Hab sie vorhin am Eingang getroffen. Sie wusste übrigens schon Bescheid über Wolfgang."

„Natürlich! Wer nicht? Wir sind hier in der Eifel und da funktioniert die Gerüchteküche wie eine stille Post. Hast du schon etwas Interessantes gefunden?"

Helmut blätterte in seinem Katalog. „Nun, ein paar ansprechende Stücke sind schon dabei. Vieles wird leider nur in einem gesamten Konvolut abgegeben. Ich habe feinen Art déco-Schmuck gesehen sowie Jugendstil-Porzellan, aber keinerlei Ausgrabungsgegenstände."

„Das macht gar nichts. Davon hab ich ja selbst genug, und nach Wolfgangs Tod werde ich wohl auch noch einiges aus seiner Sammlung dazubekommen. Am besten schaue ich mich jetzt erst einmal selbst um. Wir sehen uns nachher."

Sie schlenderte hinüber auf die andere Seite des Saales, wo auf samtbezogenen Holztischen eine ansehnliche Menge an handbemaltem Porzellan stand. *Dresden,* entschied sie sofort und bestaunte mehrere hervorragend erhaltene Kaffeeservice.

Zu teuer! Sie dachte daran, dass ihr Arbeitskapital dank Wolfgangs eifriger Mitwirkung ziemlich zusammengeschmolzen war. Überhaupt hatte sie es sich angewöhnt, bei Auktionen möglichst für ganz bestimmte Kunden einzukaufen. Somit war der Cashflow gesichert und sie saß nicht lange auf der Ware herum.

Auf einem anderen Tisch stand eine einzelne, weiße Keramik. Daniela wusste sofort, worum es sich handelte, und dass sie sie unbedingt haben wollte. Die beiden Schwerter auf der Unterseite sagten ihr alles: *Altes Meißener Porzellan.* Und niemand schien sich besonders dafür zu interessieren. Das war vielleicht der Schnapper auf den sie gewartet hatte. Ein Blick auf die Uhr sagte ihr, dass die Auktion in gut zwanzig Minuten beginnen würde. *Hoffentlich fangen sie diesmal pünktlich an,* dachte sie und fühlte auf einmal eine tiefe Trauer in sich aufsteigen. Irgendwie begann sie bereits ihren Geschäftspartner zu vermissen. Wolfgang war ein Ass gewesen, wenn es darum ging, auf Auktionen günstig einzukaufen.

Als sie genug gesehen hatte, drehte sie sich um und beobachtete, wie sich die einzelnen Stuhlreihen langsam füllten. Ihre Freundin Rita saß in der vordersten Reihe und tuschelte mit Jochen Wiegand. Zur Feier des Tages trug der einen dunkelblauen Anzug, ein weißes Hemd und eine passende Krawatte. Rita hatte ihre Jacke über einen weiteren Stuhl gelegt. Alle anderen Plätze schienen reserviert zu sein. Als sich Daniela auf den freien Platz setzte, rückten die beiden voneinander ab. Jetzt waren es noch 15 Minuten bis zum Beginn der Auktion. Erst jetzt bemerkte Rita ihre Freundin.

„Mensch, Daniela, da bist du ja doch noch. Ich habe vorsichtshalber den Stuhl hier für dich freigehalten." Mit fragendem Blick sah sie Daniela an.

„Wo soll ich denn sonst sein? Du weißt doch, wie sehr ich Auktionen liebe. Allerdings ..."

„Eben. Ich dachte, dass du gerade heute vielleicht nicht herkommen würdest. Nachdem, was mit Wolfgang passiert ist. Schreckliche Sache. Erzähl mal. Weiß man schon, wer es getan hat?"

„Leider nicht. Aber der Kommissar hält mich allen Ernstes für die Mörderin."

„Dich? Der hat sie wohl nicht mehr alle."

„Sag ihm das mal! Aber wenn ...? Weißt du, was mir gerade eingefallen ist?" Danielas Stimme war nur noch ein Flüstern.

„Wie ‚wenn'? Was willst du mir eigentlich sagen?" Rita konnte ihr nicht ganz folgen.

„Ich hab dir doch von der verdammten Maske erzählt. Was, wenn Kommissar Laubach doch recht hat und es eine Verbindung zwischen ebendieser Maske und Wolfgangs Tod gibt?"

„Könntest du dir das vorstellen?“ Rita fasste sie am Arm.

„Am Anfang nicht. Aber jetzt bin ich mir da nicht mehr so sicher. Ehrlich gesagt, ich weiß überhaupt nicht mehr, was ich noch denken soll. Mir fällt einfach kein Grund ein, warum jemand ausgerechnet Wolfgang würde umbringen wollen.“

Jetzt drückte Rita ein wenig fester zu.

„Und doch hat es jemand getan. Du bist wirklich nicht zu beneiden, meine Liebe. Aber wenigstens bist du das Ding wieder losgeworden. Ich meine, du hast die Maske doch zurückgegeben, nicht wahr?“

Daniela bestätigte die Tatsache mit einem kurzen Schluchzen.

„Na dann ist doch alles bestens und der Täter hat keinen Grund, um noch bei dir danach zu suchen.“ Rita war nun einmal sehr praktisch veranlagt.

Die Auktion verlief recht schleppend. Zuerst waren die Möbel an der Reihe. Das war nichts für Daniela. So hing sie weiter ihren düsteren Gedanken nach. Gegen Ende der Veranstaltung kamen die Varia an die Reihe. Darunter befanden sich Antiquitäten aller Art. Diesmal hatte sie Glück. Ihre ganze Aufmerksamkeit galt der antiken Meißen-Figur. Und sie bekam den Zuschlag. Jetzt war sie erleichtert, dass sie doch noch etwas bekommen hatte. Und auch wenn sie nicht das Einzige blieb, was sie an diesem Nachmittag ersteigerte, so würde gerade die Meißen-Figur einen hübschen Gewinn abwerfen. Und den hatte sie dringend nötig.

Nachdem sie bezahlt hatte, brachte ihr Jochen Wiegand die Ware ans Auto. Das gehörte bei *Röber und Entenpfuhl* zum Service. Daniela hätte gerne noch ein paar private Worte mit ihm gewechselt, aber Rita war ihnen gefolgt und brachte nun ebenfalls ihre ersteigerten Schmuckstücke zu ihrem Fahrzeug. Wahrscheinlich würde auch sie noch ins Rondell fahren. Jochen Wiegand legte ihr die Kartons in den Mini und ging hinüber zu Ritas Golf. Daniela hörte sie kichern und lachen, versuchte die beiden jedoch zu ignorieren, während sie zurück in den Saal ging und nach Helmut suchte, um sich von ihm zu verabschieden. *Was für ein beschissener Tag!* Seit der Nachricht von Wolfgangs Tod war sie beinahe wie betäubt gewesen. Erst jetzt spürte sie, dass sie langsam auftaute, auch wenn sie wusste, dass der Schmerz noch lange anhalten würde.

Sie fand ihren Bruder bei der Warenausgabe. Er wedelte mit irgendwelchen Papieren herum und wirkte sehr beschäftigt.

„Ich muss los", rief sie ihm zu.

„Ist gut, Kleines. Pass auf dich auf. Ich melde mich später bei dir."

Vor der Warenausgabe hatte sich eine lange Schlange gebildet. Daniela verzichtete auf weitere Worte und ging zurück zum Parkplatz. Ritas Golf war verschwunden und auch von Jochen Wiegand war keine Spur mehr zu sehen. *Sei's drum.* Sie stieg in ihren Mini und fuhr Richtung Gerolstein.

Es war bereits gegen Abend, als sie die Tür zu ihrem Laden aufschloss und einen der Kartons mit dem sorgfältig verpackten Porzellan ins Hinterzimmer schleppte. Sie war wirklich froh darüber, noch so viel Porzellan bekommen zu haben.

Ihr Blick fiel ins Leere, als sie hörte, wie vor ihrer Ladentür etwas zu Boden fiel. Erschrocken blickte sie auf und sah ihre Freundin, die sich vergeblich bemühte einen Karton hochzuheben. Offensichtlich war er viel zu schwer für sie. Daniela öffnete die Ladentür und wäre beinahe direkt über eine Tasche gestolpert, die Rita auf dem Gehweg abgelegt hatte.

„Warte, Rita, ich helfe dir! Musst du den Karton denn alleine schleppen?"

„Danke, Daniela. Ich dachte … aber so schwer ist er ja gar nicht, nur übermäßig groß."

Gemeinsam hievten die beiden Frauen den Karton in Danielas Laden. Rita hob ihre Tasche auf.

„Bist du erst jetzt aus Kaisersesch zurückgekehrt?“ fragte sie.

„Ich war noch mit Helmut einen Kaffee trinken“, log Daniela. „Hat übrigens mächtig zugeschlagen, der Gute. Du weißt ja, wie gut er sich auf anstehende Auktionen vorbereitet. Hättest mal seinen Katalog sehen sollen. Alles hat er farbig angestrichen.“

„Und du? Bist du mit deinem eigenen Kauf zufrieden?“

„Aber sicher. Sieh dir nur mal diese Keramik-Figur an. Ist sie nicht wunderschön?“

Rita beugte sich vor, um die Meißen-Figur besser in Augenschein zu nehmen. „Ja, sehr hübsch. Feinste Handarbeit, nehme ich an.“

„Genau so ist es“, erwiderte Daniela strahlend. „Aber hier, ich habe noch mehr ersteigern können.“ Sie wollte zu dem Messer greifen, welches sie vor Tagen mit in den Laden genommen hatte und hielt inne. *Richtig, das hatte ich ja wieder mit nach Hause genommen und zusammen mit allen anderen Messern Kommissar Laubach übergeben.* Also griff sie nach einem der Schraubenzieher, die zusammen mit anderem Werkzeug immer in der obersten Schublade ihrer Verkaufstheke lagen, und ritzte das Paketband ein. Dann griff sie in den Karton und holte ein zart-gelbes Milchkännchen heraus.

„Frühes Dresdener Porzellan, 18. Jahrhundert.“ Vorsichtig reichte sie Rita das kleine Gefäß. „Siehst du die Signatur auf der Unterseite?“

Rita stieß einen Pfiff aus. „Wow! Porzellan des Königshofes. Du bist ein wahrer Glückspilz.“

„Zumindest was meine heutigen Errungenschaften angeht. Und ich habe einen Kunden, der genau danach sucht. Am besten rufe ich ihn gleich noch an.“

Wie aufs Stichwort klingelte in diesem Moment etwas in Ritas Handtasche: ihr Handy. Sie öffnete den Reißverschluss und hielt kurz darauf ihr Smartphone in der rechten Hand. Noch während sie den Touchscreen bediente, trat sie an das Schaufenster heran und besah sich die Auslagen. Jemand sagte etwas zu ihr.

„Ja?... Jetzt noch?... Ist gut, bin schon unterwegs ...“ Sie sprach extrem leise. Hastig steckte sie den kleinen Apparat wieder ein. Dann drehte sie sich um und wandte sich an ihre Freundin. „Okay, Daniela. War ein langer Tag heute. Ich muss dann jetzt auch los. Ich schau morgen wieder bei dir rein.“

Daniela nickte. Sie ging nach hinten, wo ihr Büro lag und auch das Telefon stand, mit dem sie ihren Kunden anrufen wollte.

„Okay, Rita, bis dann“, rief sie ihr in Gedanken versunken hinterher.

Nachdem sie das Gespräch geführt hatte, wollte sie auch nach Hause fahren. Sie sortierte noch ein paar Sachen ein, schloss dann den Laden hinter sich zu und ging über den gepflasterten Weg hinüber zum Parkplatz. Als sie vor ihrem Wagen stand, sah sie die Bescherung. Der Mini hatte einen Platten.

„Verdammt!“ sagte sie laut. „Das hat mir gerade noch gefehlt! Aber selbst ist die Frau.“ Wütend öffnete sie die Klappe des Kofferraumes und starrte auf das Reserverad. „Na schön, und wo ist das Werkzeug?“

Sie durchwühlte den kleinen Kofferraum, bis sie den Wagenheber fand. „Na dann mal los.“

„Kann ich Ihnen behilflich sein?“ Die Stimme schien aus dem Nichts zu kommen.

Daniela zuckte zusammen und schaute sich erschrocken um. Ein Mann trat aus dem Schatten eines Lieferwagens, der in der Nähe ihres Wagens parkte.

„Nein danke“, sagte sie schnell. „Das bekomme ich schon irgendwie selbst wieder hin.“

Der Mann beobachtete sie. „Ach, das macht mir aber gar keine Umstände. So eine hübsche Dame wie Sie sollte sich wirklich nicht die Hände schmutzig machen."

„Vielen Dank, aber das schaffe ich wirklich allein!" Daniela wandte sich ab und werkelte am Wagenheber rum. *Hoffentlich lässt er mich jetzt in Ruhe.*

„Ist ja schon gut. Ich wollte nur behilflich sein."

Sie drehte sich nicht mehr um. „Dann vielen Dank für ihr Angebot. Es wird schon gehen. Aber nett gemeint von Ihnen."

„Jederzeit wieder." Kaum eine Minute später fuhr der Lieferwagen aus der Parklücke. Daniela setzte den Wagenheber an und kurbelte los. Sie hatte ihren Helfer bereits vergessen.

6

Kommissar Laubach studierte den Bericht, den die KTU ihm gefaxt hatte. Die letzten Sonnenstrahlen ergossen sich über seinen Schreibtisch, aber es war Sigismund alias Schwarzenegger, der ihn nervte und dazu brachte, von seinen Papieren aufzublicken. Ständig riss er die Fenster auf, sodass es in seinem Büro wie Hechtsuppe zog.

„Wie oft muss ich dir noch sagen, dass du das verdammte Fenster geschlossen halten sollst?! Bei dem Durchzug hier frier ich mir noch einen ab. Hast du endlich den Fall mit dem gepanschten Wein gelöst?"

Schwarzenegger rieb an seiner vergoldeten Sonnenbrille und schaute den Kommissar ungläubig an.

„Leider noch nicht, *jefe*." Das spanische Wort für Chef muss er irgendwo aufgeschnappt haben. Seitdem benutzte er es immerzu.

„Ich hab aber 'ne heiße Spur. Sie kennen doch den Winzer Schäfer aus Cochem?"

„Ehrlich gesagt, davon will ich überhaupt nichts wissen. Ich habe dir diese wichtige Sache übertragen und erwarte nun, dass du dich gefälligst darum kümmerst." Damit war der Fall für ihn erledigt. Laubach vergewisserte sich, dass die Fenster noch geschlossen waren und wandte sich wieder dem Bericht der KTU zu.

Der Text war eindeutig. Das Messerset war zwar von derselben Marke wie die Tatwaffe, bei den Messern handelte es sich jedoch um ein anderes Modell. Demnach gehörte die Tatwaffe nicht zu Daniela Neumanns Messer-Set.

Warum überraschte ihn das überhaupt nicht? Ihr Bruder hätte auch einen guten Verdächtigen abgegeben, aber der hatte zur fraglichen Zeit ein wasserdichtes Alibi. Das hatten die Überprüfungen eindeutig ergeben.

„Und wenn er nun mit jemandem zusammengearbeitet hat? Vielleicht ist es ja so gewesen? Möglicherweise hat er das Ganze sogar mit seiner Schwester geplant? Ach was. Das ergibt überhaupt keinen Sinn. So ist es mit Sicherheit nicht gewesen“, sagte Laubach leise zu sich selbst.

Ebersberger war kaltblütig ermordet worden und dazu hielt er weder Frau Neumann noch ihren Bruder für fähig. Er blickte auf seine Armbanduhr. Es war fast halb sieben. Trotzdem viel zu früh, um Feierabend zu machen. Und überhaupt wartete sowieso niemand auf ihn.

Fakt war, dass sich niemand vorstellen konnte, dass Ebersberger einen Fremden in seinem Auto mitgenommen hätte. Das hatten Bekannte und Verwandte von ihm eindeutig bestätigt. Und trotzdem musste jemand zwischen seinem und dem Haus der Neumann zu ihm in den Wagen gestiegen sein. Jemand, der sorgfältig darauf geachtet hatte, dass er keine Fingerabdrücke hinterließ. Wer mochte so gründlich vorgegangen sein?

Laubach überlegte, was er über Wolfgang Ebersberger wusste. Die meisten seiner Angehörigen waren bereits vernommen worden. Sie hatten übereinstimmend ausgesagt, dass die Partnerschaft zwischen ihm und Frau Neumann stimmte. Es habe keine Spannungen zwischen ihnen gegeben, stand im Protokoll. Es sei denn, Wolfgang hätte wieder einmal eines seiner riskanten Geschäfte getätigt, oder noch etwas viel Schlimmeres getan. Etwas, das man ihm bisher verschwiegen hatte? Vielleicht war es ja doch ein Raubüberfall gewesen. Es bestand immerhin auch die Möglichkeit, dass der Mörder irgendwie mitbekommen hatte, wie Ebersberger die Maske auf dem Schwarzmarkt gekauft hatte. Laubach begann aufzulisten, was er noch über die Maske in Erfahrung bringen wollte. *War sie wirklich echt gewesen?* Dazu hatte er nur Daniela Neumanns Aussage. Die würde er überprüfen müssen. Er machte sich eine entsprechende Notiz, damit er nicht vergaß danach zu fragen.

Dann brauche ich noch eine Auflistung aller Sammler von solchem Kram. Dabei kann mir sicher Frau Neumanns Kundenkartei weiterhelfen. Oder soll ich besser Roger Peters dazu befragen? Der kennt sich doch auch aus mit so 'nem komischen alten Zeug. Gar keine schlechte Idee, wie er fand. Falls der noch bei der Neumann in Rom war, konnte er gleich zwei Fliegen mit einer Klappe schlagen.

Renate Hübscher, seine Sekretärin, wollte Kaffee kochen, aber Laubach lehnte dankend ab. „Ich fahr noch schnell raus nach Rom", sagte er und griff nach seiner Jacke. Zwischendurch warf er noch einen Blick aus dem Fenster. Es hatte zu regnen begonnen. Jetzt verfluchte er sich dafür, dass er nicht mit dem eigenen Wagen gekommen war.

„Wollen wir noch über die Weingeschichte reden?" fragte Sigismund, als Laubach schon an der Türschwelle stand. Der winkte ab, anstatt zu antworten, und ging die Treppen hinunter zur Bereitschaft. Nachdem er ein halbes Duzend Zettel ausgefüllt hatte, bekam er die Schlüssel für einen älteren Passat ausgehändigt.

Inzwischen war der Regen kräftiger geworden. Laubach hielt sich schützend die Hände über den Kopf, als er zu dem Fahrzeug ging. Er pflanzte sich hinter das Steuerrad und orgelte an dem Anlasser herum. Der Wagen ließ sich nur sehr schwer starten. Er würde bald ausgetauscht werden müssen. Schließlich sprang die Kiste an und Laubach fuhr los. Er erreichte Daniela Neumanns Haus in Rom um kurz vor acht. Jetzt regnete es nicht mehr. Aber die Wolken hingen schwer über der Eifel. Laubach sah, dass im Foyer des Hauses Licht brannte. Jemand musste gerade hineingegangen sein. Er atmete die frische Luft ein, während er aus dem Wagen stieg.

Roger Peters saß an dem schweren Eichenschreibtisch, den Daniela Neumann von ihrem Vater geerbt hatte und war von riesigen Papierbergen umgeben. Direkt vor ihm lag ein dicker Schreibblock und als Daniela das Arbeitszimmer betrat, bemerkte sie, dass darin bereits etliche Seiten beschrieben waren. Sein Haar fiel ihm in die Stirn und er sah irgendwie sehr konzentriert oder besser gesagt frustriert aus.

„Hallo, Herr Peters! Na, noch fleißig? Ich dachte, Sie wären schon längst nach Hause gefahren." Der Satz war natürlich rhetorisch gemeint, hatte sie doch unten auf dem Parkplatz den grünen MG stehen sehen.

„Ah, Frau Neumann. Ich muss wohl bei der Arbeit die Zeit vergessen haben. Ehrlich gesagt, ein schönes Chaos ist das, was sie hier haben."

Die Angesprochene lehnte sich mit der Hüfte an den Schreibtisch, ließ ihren Blick durch den mit Dokumenten überfüllten Raum schweifen und atmete langsam aus.

„Das können Sie wohl laut sagen. Chaos ist genau das richtige Wort. Das hatte ich heute nämlich auch. Stellen Sie sich vor, einer der Reifen an meinem Wagen hatte einen Platten."

Roger Peters blickte zu ihr auf.

„Aber warum haben Sie mich denn nicht angerufen, Frau Neumann? Ich hätte ihnen doch helfen können."

Jetzt sah sie ihn direkt an. „Selbst ist die Frau, Herr Peters. Glauben Sie denn, ich hätte noch niemals einen Reifen gewechselt?"

„Na dann ist ja gut. Währenddessen habe ich mir hier einen Überblick verschafft. Besser gesagt, ich habe es versucht. Aber ..." Er zuckte mit den Achseln.

„Und ich dachte, Sie lieben Herausforderungen, Herr Peters?"

„Ich liebe alte Kulturen, Frau Neumann."

„Ach, sagen Sie doch einfach Daniela zu mir. Sonst komme ich mir so schrecklich alt vor. Also, kann ich auch weiterhin mit Ihrer Mitarbeit rechnen?", fragte sie und ließ sich dabei fast schon ein wenig kokett von der Tischkante gleiten. Plötzlich klingelte es an zwei Stellen gleichzeitig. Zum einen war es das Telefon, und zum anderen die Türklingel. Daniela zuckte zusammen und blickte irritiert auf ihr Gegenüber. Sie schien kurz zu überlegen, welchem Ton sie zuerst folgen sollte, fasste sich aber sehr schnell und stürmte die Treppe hinunter über den Flur in Richtung Haustür, die sie sogleich öffnete.

Vor ihr stand kein anderer als Kommissar Laubach. Er setzte seine Unschuldsmiene auf und meinte: „Entschuldigen Sie bitte die späte Störung, Frau Neumann. Ich hätte da noch ein paar Fragen. Es geht um Ihre Kunden, diese Kunstsammler. Wenn Sie mir bitte eine Liste erstellen könnten?" Dabei kramte er in einer seiner Jackentaschen herum und schien etwas zu suchen.

„Und falls es Ihnen nicht zu viel Mühe bereitet, dann hätte ich auch gerne noch eine Aufstellung der Händler, mit denen sie für gewöhnlich zusammenarbeiten", fügte er schnell hinzu.

Der kann ja direkt höflich sein, dachte Daniela und überlegte, ob sie ihn hereinbitten oder einfach vor der Tür stehen lassen sollte. Doch der Kommissar nahm ihr die Entscheidung ab.

Mittlerweile hatte er ein Päckchen Kaugummi aus seiner Tasche gezogen, einen Streifen herausgenommen, das Silberpapier entfernt und die Masse in seinen Mund gesteckt. Fröhlich kauend deutete er auf den grünen Roadster und sagte: „Wie ich sehe, ist Roger Peters noch bei Ihnen. Würden Sie ihn bitte rufen. Ich habe noch etwas mit ihm zu besprechen."

„Aber sicher, Herr Kommissar. Das mach ich doch gerne. Ich glaube, für heute ist er fertig mit seiner Arbeit. Warten Sie, ich hole ihn."

Damit drehte sie sich auf ihren Absätzen um und war in Sekundenschnelle verschwunden. Laubach fragte sich, ob er sie wirklich schon von der Liste seiner Verdächtigen streichen konnte. Das hatte er sich schon irgendwie die ganze Zeit gefragt und ganz besonders, seit er mit der Heinemann gesprochen hatte. Daniela Neumann habe sie angerufen und ihr von Wolfgangs Schwarzmarktkauf erzählt, hatte sie ausgesagt. Dabei sei Daniela Neumann angeblich mächtig wütend auf ihn gewesen. Er erinnerte sich an das Gespräch, dass er mit Rita Heinemann geführt hatte.

„Frau Heinemann, was hat Frau Neumann eigentlich dazu gesagt, dass Herr Ebersberger dieses Amulett gekauft hat?", hatte er gefragt.

„Es war eine Maske, Herr Kommissar", hatte Rita geantwortet.

„Ach ja, stimmt, eine Maske. Also, was hat sie nun dazu gesagt?"

Rita hatte ihn zunächst ratlos angesehen und dann erwidert: „Sie war alles andere als glücklich darüber gewesen."

„Wie war denn ihr genauer Wortlaut?"

Rita hatte verunsichert gewirkt und da hatte er gewusst, dass er mit seiner Vermutung gar nicht so falsch lag. Vorsichtig hatte er nachgehakt: „Wollte sie darüber hinwegsehen?"

„Sie sagte so etwas wie, sie würde sich gut überlegen müssen, ob sie die Partnerschaft noch aufrechterhalten wollte."

„Und das war alles? Ich meine, sie ist doch richtig wütend geworden, oder etwa nicht?" Rita hatte steif genickt.

„Also, was hat sie noch gesagt?"

Rita seufzte. „Sie sagte … Ich kann mich nicht mehr richtig erinnern, Herr Kommissar."

„So, können Sie nicht? Dann will ich gerne nachhelfen. Hat sie nicht gesagt, dass sie ihn umbringen könnte?"

Ihr Gesicht lief rot an. „Ja."

„‚Ja‘, was?“

„So etwas in der Art hat sie gesagt.“

„Dass sie ihn umbringen könnte, nicht wahr, das hat sie gesagt?“

„Ja, schon, aber Sie glauben doch nicht wirklich ... sie würde ... sie könnte niemals jemandem etwas zuleide tun.“ Rita suchte nach den richtigen Worten.

„Danke, Frau Heinemann. Ich denke, ich habe Sie genau richtig verstanden.“

Später hatte er sich gefragt, ob es richtig gewesen war, Rita so unter Druck zu setzen. Auf keinen Fall wollte er sich mit Schwarzenegger auf eine Stufe stellen, aber eine Aussage war nun einmal eine Aussage. Auch wenn das Ganze nur impulsive Worte waren. Frau Neumann war immer noch seine Hauptverdächtige. Sie besaß ein starkes Motiv und er hatte nur ihr Wort, das Wolfgang an jenem Abend nicht bei ihr gewesen war.

„Hi, Kloppe.“ Er hörte seinen Spitznamen und fuhr erschreckt auf. Roger Peters stand vor ihm und grinste ihn an. „Du wolltest mich sprechen?“ Er hatte die Hände in die Hüften gestemmt und seine Stimme klang etwas spöttisch.

„Ah ja, sicher. Hast du Lust auf ’nen Drink im Geuerich?“

„Na klar, warum denn nicht. Schließlich muss man sich ab und zu in der Dorfkneipe sehen lassen. Von wegen ‚soziales Umfeld‘ und so weiter. Edith redet auch immerzu davon.“

Laubach wandte sich zum Gehen. „Na dann komm. Ich fahre heute selbst. Du kannst deine Nussschale getrost hier stehen lassen. Ich habe sowieso gerade keinen Schuhanzieher dabei.“

Das Lokal Geuerich war gut gefüllt, wie fast immer. Herbert saß auf einem Barhocker direkt am Tresen und versuchte jedem, der sich ihm näherte, ein Gespräch aufzuzwingen. Er musste schon einige Eifel-Els intus haben. Günnie, der

Wirt stand hinter der Bar und tat so, als ginge ihn das Ganze überhaupt nichts an.

Als Kommissar Laubach und Roger Peters den Raum betraten, verstummte für einen Augenblick das allgemeine Gebrummel. Die anwesenden Gäste schauten kurz zu ihnen herüber und grüßten freundlich. Roger Peters ging zur Bar und hob zwei Finger in die Höhe.

Günnie nickte. Er hatte verstanden. Sofort begann er, das Bier so beschaulich wie immer zu zapfen und sagte, während er genüsslich beobachtete, wie die gelbe Flüssigkeit den Schaum verdrängte: „Hallo, Roger, wie geht es dir? Schön, dass du dich auch mal wieder hier blicken lässt."

Peters grinste ihn an. „Alles im Lot, Günnie, danke der Nachfrage. Hab gerade 'nen neuen Job angenommen."

„Ach so. Und darum bringst du den Typen da mit?"

Er nickte indirekt hinüber zur Fensterseite, wo Kloppe Laubach gerade an einem breiten Holztisch Platz genommen hatte. Er war nicht unbedingt beliebt im Dorf, weil erstens: Er war Polizist und dazu noch Hauptkommissar; und zweitens: hinzugezogen, also kein Einheimischer. Beides waren gute Gründe, um ihm aus dem Weg zu gehen.

Plötzlich räusperte sich jemand am anderen Ende der Theke. „Has wohl mächtich Stress, was?"

Peters begriff nicht sofort, was Herbert meinte.

„Seh disch immer nur in deinem jrünen Flitzer vorbeibrausen. Die Farbe stimmt ja, aber isch für meinen Teil, ziehe meinen Trecker vor. Deine kleine Kiste ... dat kann doch kein Vergnügen sein. Übrigens, sieh disch vor, wenn du einheimischen Wein trinkst. Da sind jetzt Panscher am Werk. Steht alles in der Eifelzeitung. Na ja, isch für meinen Teil ziehe sowieso Bier und Korn vor."

„Und davon hast du heute schon reichlich viel genossen, nicht wahr?", erwiderte Roger Peters und wandte sich von ihm ab.

Günnie, der das einseitige Gespräch verfolgt hatte, lachte aus voller Brust und stellte Roger Peters zwei bis zum Rand gefüllte Biergläser vor die Nase. Dann wandte er sich an Herbert. „Und für dich noch ein Gedeck, Herbert?"

„Aber sischer dat! Übrigens, was isch dir noch erzählen wollte, Roger …"

„Später, Herbert, später. Dort drüben wartet ein Freund auf mich und auf das Bier natürlich." Er ließ den alten Laberkopf einfach stehen und ging mit den beiden Biergläsern in den Händen hinüber zum Tisch, an dem Kloppe Laubach bereits Platz genommen hatte. Er nahm eines der Biergläser und stellte es direkt vor ihm hin.

„Na denn mal Prost, Kloppe. Nun erzähl schon, was hast du auf dem Herzen?"

Laubach nahm den ersten Schluck und leckte sich den Schaum von den Lippen.

„Hm … nette Atmosphäre hier, Roger. Also, es geht um den Fall Ebersberger, beziehungsweise um dessen Geschäftspartnerin Frau Neumann. Du kennst dich doch aus mit dem alten Kram, den sie verkauft, und außerdem werkelst du jetzt sogar bei ihr im Haus herum. Glaubst du, dass alles echt ist, was sie da so ausgestellt hat?"

Roger Peters sah ihn verblüfft an, sagte aber kein Wort.

„Ganz besonders interessiert mich natürlich diese mysteriöse Maske. Ich habe sie ja mit eigenen Augen gesehen, kann aber unmöglich einschätzen, ob sie wirklich echt ist."

„Ach so, jetzt verstehe ich. Absolut positiv, Kloppe. Ich meine, was ich bisher gesehen habe, ist hundert Prozent authentisch und von besonders hochwertiger Qualität. Ich bin direkt neidisch geworden, nachdem ich gesehen habe, was da so alles in ihren Glasvitrinen steht. Natürlich habe ich mich auch ein wenig schlau gemacht, bevor ich mich entschlossen habe, bei ihr auszuhelfen. Die Dame genießt wirklich einen hervorragenden Ruf. Dir selbst ist ja bekannt, was sie für ein Theater gemacht hat, als ihr Ebersberger die goldene Maske unterjubeln wollte. Du kannst wirklich ganz beruhigt sein. Daniela Neumann ist sauber. Dafür verwette ich meinen MG."

„Glaubst du, den will noch einer haben? Aber im Ernst. Du meinst also, ich kann sie von der Liste der Verdächtigen streichen?"

„Ganz bestimmt, Kloppe. Sie war es nie und nimmer. Glaub's mir mal."

„Wenn das nur alles so einfach wäre, Roger. Immerhin besitzt sie ein starkes Motiv und die Drohung, die sie ausgesprochen hat, ist nicht von schlechten Eltern."

Roger Peters zuckte mit den Achseln und leerte sein Glas.

„Und trotzdem glaube ich, dass du dich nach einem anderen Verdächtigen umschauen musst, Kloppe. Es gibt doch sicher weitere Kandidaten?"

„Keine Infos zu laufenden Ermittlungen, Roger."

„Du musst es ja wissen. Trinkst du noch ein Helles, Kloppe?"

„Ja, gerne. Und mach dir keine Sorgen wegen der Promille. Schließlich bin ich die Polizei im Ort."

Mittlerweile war der Tresen gerammelt voll. Günnie würde sein Zeichen nicht mehr sehen können, aber zum Glück war Herbert mit einem Nachbarn in ein tiefes Gespräch verwickelt. Der würde ihn nicht mehr nerven. Also stand Roger Peters auf, ging hinüber an die Bar und wartete brav, bis er an der Reihe war.

„Machst du uns bitte noch zwei, Günnie?"

„Kommen sofort, Roger. Ich bring sie euch rüber an den Tisch."

Als er zurückkehrte, sah er, wie Laubach aus dem Fenster starrte. Sein Blick schien irgendwo ins Leere zu gehen. Weit hinaus über die Felder, bis an den Horizont der Eifel. Er sah nicht gerade glücklich aus. Erst das zweite Bier schien ihn ein wenig aus seiner Lethargie zu reißen. Daher beschloss Peters, jenes Thema anzuschneiden, dass ihm auf den Lippen brannte. Er nahm einen tiefen Schluck und meinte dann zu Laubach: „Ich will mich ja nicht in deine Arbeit einmischen, aber kommt dir das mit Danielas Rosenkavalier nicht auch ein wenig seltsam vor?"

Laubach blickte ihn an, sagte aber kein Wort.

„Und dann erst diese anonymen Anrufe. Ständig klingelt bei ihr das Telefon ..., und wenn sie abnimmt, dann legt der Witzbold auf. Solltest du nicht vielleicht doch ..."

„Hör mal, Roger. Ich glaube nicht, dass da etwas dran ist. Andere Frauen wären doch froh, wenn sie einen Verehrer hätten und Blumen bekämen."

„Na du bist vielleicht gut. Hast du denn nicht bemerkt, wie ihr das an die Nieren geht? Scheint ja auch nicht das erste Mal zu sein, dass sie von einem Spinner verfolgt wird. Hat es da nicht schon einmal eine ähnliche Sache gegeben?"

„Bist recht gut informiert, Roger. In der Tat, da war mal etwas. Liegt einige Zeit zurück und der Typ müsste eigentlich noch sitzen. Er heißt Erwin Schürmann, aber das bleibt unter uns, verstanden. Ich werde mal in Rheinbach anrufen und mir einen Besuchstermin geben lassen, falls dich das beruhigt. Kann ja nicht schaden, ihn sich noch einmal vorzunehmen. Vielleicht erfahre ich so etwas über seine Motive und Hintergründe. Hat der armen Neumann ganz schön zugesetzt damals. Dachte wohl sie wäre sein Eigentum oder so etwas. Wirklich ein komischer Kauz. So, ich mach mich jetzt vom Acker, Roger. Soll ich dich nach Hause fahren oder willst du zurück nach Rom?"

„Besten Dank, Kloppe, aber ich gehe gerne ein Stück zu Fuß. Daniela kann mich dann morgen früh abholen."

„Also dann, komm gut heim und grüß Edith von mir. Apropos, wie geht's ihr eigentlich?"

„Ist nicht der Rede wert. Meistens zupft sie an ihrer Gitarre herum oder arbeitet im Garten. Wenn ich nur wüsste, ob die Pillen, die sie schluckt, auch wirklich gut für sie sind. Nichts ist mehr so wie früher, wenn du weißt, was ich meine."

Dem konnte Laubach nur uneingeschränkt zustimmen. Es war wirklich nichts mehr so wie früher.

Um kurz vor elf Uhr wollte Laubach zurück nach Daun fahren. Die Wolkendecke war aufgerissen. Noch auf dem Parkplatz merkte er, dass es kühler geworden war. Nun würde der Passat noch schlechter anspringen. Aber eigentlich war es gar nicht der Wagen, der seine Gedanken in Anspruch nahm, sondern das, was Roger Peters ihm gesagt hatte. Er blieb mit der Hand am Griff der Autotür stehen und sog die klare Nachtluft ein. *Ich muss der Sache unbedingt nachgehen*, dachte er.

Der Wagen startete widerwillig, und er fuhr auf die Bundestraße 257. Das Letzte, was er vor dem Losfahren gesehen hatte, war, wie die Tür des Geuerich aufging, Herbert aus dem Lokal getorkelt kam und ein Liedchen anstimmte. *Dessen Sorgen möchte ich haben …*

7

Am Morgen darauf wollte Laubach eigentlich frühzeitig hinaus zur JVA nach Rheinbach fahren, jedoch kam es wieder einmal anders, als er es geplant hatte. Bereits im Haupteingang der Polizeiwache kam ihm Schwarzenegger entgegen.

„Morgen, Chef“, grüßte er ihn mit einem strahlenden Lächeln und wedelte dabei mit seinem Autoschlüssel. „ Ich muss an die Ahr, wegen der Weinpanscher-Geschichte.“

Laubach nickte kurz und wollte sofort weitergehen. Aber Schwarzenegger war noch nicht fertig.

„Chef ..?“

Laubach drehte sich um. Seine Augen waren klein und blutunterlaufen. „Was denn noch Schwarz ...?“

„Mir fällt gerade ein ... Da hat es auf der B421 einen schweren Verkehrsunfall mit Todesfolge gegeben.“

„Na und? Bin ich etwa bei der Verkehrspolizei?“

„Angeblich soll das verunglückte Fahrzeug bereits in mehrere Unfälle verwickelt gewesen sein und Gerüchte von einem Versicherungsbetrug machen bereits die Runde. Ich schlage vor, Sie schauen sich den Unfallort einmal genauer an, Chef .“

Laubach wollte etwas erwidern, als er das erwartungsvolle Grinsen in Schwarzeneggers Gesicht wahrnahm.

„Hau bloß ab, sonst setzt es gleich was.“ Laubach zeigte seine Zähne.

Musste ein Tag wirklich so anfangen? Auf jeden Fall war sein Vorhaben dahin. Die Ermittlungen und vor allem der Papierkram nahmen mehrere Stunden in Anspruch und so geschah es, das er erst nach elf Uhr dazu kam, hinaus nach Rheinbach zu fahren.

Nicht weiter schlimm, dachte er. Schließlich würde ihm Erwin Schürmann ja nicht davonlaufen können.

Die JVA Rheinbach, früher einmal mitten auf einer grünen Wiese erbaut, war nun umrandet von schmucken Einfamilienhäusern, auch wenn Laubach nicht verstand, wie man sich in einer solchen Umgebung wohl fühlen konnte. Trotzdem war es eine nette Gegend, wo Kinder noch auf der Anliegerstraße spielen konnten. Unmittelbar vor der roten Schranke am Wächterhäuschen parkte er seinen alten Mercedes und griff fast automatisch nach dem Ausweis, der immer in der oberen Tasche seiner verknitterten Jacke steckte.

„Hier können Sie aber nicht stehen bleiben", grunzte ihm jemand entgegen. Er wollte gerade wieder den Anlasser betätigen, als jemand an die Scheibe der Beifahrertür klopfte. „Ach du bist es, Laubach! Schön dich wieder mal bei uns zu sehen. Hast dich ja kaum verändert. Immer noch die gleiche Visage wie damals in Köln."

„Danke für die Blumen, Hartmut. Wie ich sehe, geht es dir blendend. Hast ein wenig zugelegt, was, mein Lieber?" Laubach kannte Hartmut Reisiger noch von ihrer gemeinsamen Dienstzeit in Köln. Stets hatten sie sich gut verstanden und auch hier und da ein Bierchen zusammen getrunken. Aber seitdem man ihn in die Eifel abgeschoben hatte, waren solche privaten Kontakte rar geworden. Schade, wie Laubach fand.

Ohne Schwierigkeiten ließ man ihn bis zum Besucherzimmer durch. Im Geiste ging er noch einmal die Fragen durch, die er Schürmann stellen wollte. Trotz seiner Beschäftigung mit dem tödlichen Verkehrsunfall, hatte er es noch geschafft, sich kurz die Akte zu dem damaligen Fall anzusehen. Demnach hatte Erwin Schürmann geglaubt, Daniela und er seien füreinander bestimmt gewesen. Ein vom Gericht hinzugezogener Psychiater hatte bestätigt, dass er unter Wahnvorstellungen und Selbstüberschätzung litt. Also schrieb er Briefe, brachte ihr Geschenke und rief sie zu allen Herrgottszeiten an. Als sie ihn dann bat, damit aufzuhören, war er wütend geworden und hatte seine Tätigkeiten sogar noch verstärkt. Er verfolgte sie auf Schritt und Tritt, bis es dann zu jenem brutalen Übergriff kam.

Das Erste, was Laubach durch den Kopf ging, als er Schürmann in die Besucherzelle kommen sah, war, dass er eigentlich viel zu gepflegt aussah. Und das, obwohl er hier mit richtig hartgesottenen Verbrechern in Kontakt kam. Nur in seinen Augen glomm etwas Undefinierbares. Etwas, das Laubach nicht greifen konnte.

„Wer sind Sie denn?", fragte Schürmann, bevor er sich Laubach gegenüber auf einen Plastikstuhl setzte und durch die Glasfront starrte.

„Ich bin Kommissar Laubach von der Kriminalpolizei Daun."

„Und?"

„Ich bin hier, um mit Ihnen über Ihren Fall zu sprechen."

„Meinen Fall? Das war kein Fall. Man hat mich hier zu Unrecht eingesperrt."

„Ach ja?"

„Immerhin sind wir ein Liebespaar gewesen, Daniela und ich."

„So? Ich hab nur gelesen, dass Sie von Frau Neumann besessen waren."

„Falsch, Herr Inspektor. Sie hat mich geliebt. Und vielleicht tut sie das sogar noch immer."

„Für Sie, Herr Schürmann, bin ich der Herr Kommissar. Aber sagen Sie, lieben Sie Frau Neumann noch immer?"

„Natürlich nicht. Irgendwie ist alles aus dem Lot geraten. Ich bin verwirrt, verstehen Sie? Zuerst habe ich gedacht, wir wären füreinander bestimmt gewesen. Aber die anderen waren von Anfang an gegen uns."

„Welche anderen?"

„Ihr Partner und dann ihre Freundin. Beide haben sehr schlecht über mich gesprochen."

Laubach atmete tief durch. Er ließ sich absichtlich Zeit, ehe er weitersprach.

„Wenn Sie Wolfgang Ebersberger meinen, der ist jetzt tot." Er blickte auf und versuchte Schürmanns Blick zu erhaschen. Aber da war keine besondere Reaktion.

„Was, der Typ ist tot?“

Laubach nickte.

„Schadet ihm nichts; war ein arroganter Fatzke.“

„Sie wissen nicht zufällig, wer das gewesen sein könnte?“

„Wie sollte ich? Ich wusste doch nicht einmal, dass er tot ist.“

„Weil Frau Neumann seitdem rote Rosen und anonyme Anrufe bekommt. Das entspricht genau Ihrer damaligen Vorgehensweise.“

Das schien ihn zu verwirren.

„Davon weiß ich nichts. Ich war schließlich die ganze Zeit hier drinnen. Außerdem darf ich keinen Kontakt mehr zu ihr haben. Keine Gespräche, keine Anrufe, gar nichts. Der Richter hat es mir eindeutig erklärt. Ansonsten bin ich ruck zuck wieder hier drin.“

Laubach beobachtete das gepflegte Gesicht. Dieser Mann sah nicht aus wie ein Mörder, und außerdem war er ja wirklich die ganze Zeit hier drin gewesen. Da fiel ihm noch etwas ein. „Und wenn ein Freund von Ihnen …?“

„Ich habe keine Freunde, Herr Kommissar.“

„Und Besuche? Bekommen Sie häufig Besuche?“

„Jemand aus der Familie kommt manchmal vorbei. Das können Sie anhand der Besucherliste überprüfen.“

Laubach nickte zustimmend. „Aber merkwürdig ist es trotzdem. Da zieht jemand die gleiche Masche wie Sie ab.“

„Wie darf ich das verstehen?“

„Genauso, wie ich es gesagt habe. Jemand ruft an und legt dann sofort wieder auf. Und er hinterlegt rote Rosen. Soviel ich weiß, ist das mit den Blumen damals gar nicht publik gemacht worden, daher dachte ich, Sie hätten vielleicht jemandem davon erzählt.“

„Ich? Auf keinen Fall! Das geht doch niemanden etwas an.“ Plötzlich zuckte sein rechtes Augenlid und er vermied es, den Kommissar direkt anzusehen.

„Nun, dann muss es wohl ein anderer sein.“

„Vermutlich. Wenn das alles ist, Herr Kommissar …“ Schürmann stand plötzlich auf und nickte dem Gefängniswärter zu. „… dann gehe ich jetzt zurück in meine Zelle.“

Laubach sprang auf und stieß seinen Stuhl beiseite.

„Halt, nicht so schnell. Haben Sie mir denn gar nichts mehr zu sagen?“

„Nicht dass ich wüsste. Ich habe wirklich keine Ahnung, wer es sein könnte.“

Der Beamte schloss die Tür auf und der Gefangene verschwand in dem dunklen Gang. Laubach blieb stehen und überlegte, welchen Eindruck Schürmann auf ihn gemacht hatte. *Ob er wirklich nichts weiß? Am Anfang hätte ich's noch beschwören können, aber diese leichte Unsicherheit am Ende des Gesprächs. Was habe ich bloß gefragt, dass er auf einmal wieder so schnell verschwinden wollte?*

Er ließ sich von seinem früheren Kollegen wieder hinausbegleiten. „Na, hat dir das Gespräch etwas gebracht?“, wollte der von ihm wissen.

„Das weiß ich noch nicht, Hartmut. Ich weiß es einfach nicht. Zunächst einmal sag ich vielen Dank. Ich melde mich bei dir, falls ich über den Schürmann noch etwas wissen möchte. Aber es kann ja nicht schaden, wenn du trotzdem deine Augen und deine Ohren offen hältst. Vielleicht bekommst du noch irgendetwas heraus.“

„Geht klar, Kurt. Jederzeit. Komm gut heim und pass auf die Schafsherden auf. Die Straßen der Eifel sollen ja voll davon sein.“

„Ha, ha, ha. Du nicht auch noch!“, erwiderte Laubach, setzte sich in seinen alten Mercedes und tuckerte davon.

Schwarze Rauchwolken waren alles, was Reisiger noch von ihm zu sehen bekam. *Der hat doch bestimmt keine Umweltplakette.*

8

Daniela Neumann fuhr mit ihrem grünen Flitzer auf die Parkfläche des Einkaufszentrums in Gerolstein und war froh darüber, dass keine Kunden vor der Tür standen und auf sie warteten. Sie war an diesem Tag gegen acht Uhr aufgestanden, weil sie darauf brannte, ihre Kundenkartei durchzugehen. Dann hatte sie gesehen, dass Rogers MG noch immer unten auf dem Parkplatz stand und ihn kurzerhand aus dem Bett geschmissen.

„Machen Sie sich fertig. Ich bin in einer halben Stunde bei Ihnen", hatte sie am Telefon zu ihm gesagt und dabei wie aus Gewohnheit auf den Monitor des Anrufbeantworters geschaut. Das kleine Ding hatte wie wild geblinkt. Mehr als zehn Anrufe waren registriert worden. Aber bis auf eine Ausnahme, waren alle Anrufer unbekannt gewesen. Die Ausnahme war Helmut, der sich einfach erkundigen wollte, wie es ihr ging. Fast hätte sie Irene vergessen. Die Gute verweilte immer noch in ihrem Gästezimmer. *Hoffentlich hat sie sich mittlerweile ein wenig erholt,* dachte Daniela, bevor sie beschloss nach ihr zu schauen.

Irene lag auf dem Gästebett und hatte sich in ihrem ganzen Leben noch nie so allein und verlassen gefühlt. Sie hatte geglaubt, Einsamkeit zu kennen, seit sie damals als junges Mädchen einfach aus Lust am Abenteuer durch halb Europa gereist war, ohne eine einzige fremde Sprache zu sprechen. Es hatte sie geschmerzt, wenn sie allein in einem Café gesessen und einen Espresso getrunken hatte. Damals hatte sich ihre Stimmung immer erst aufgehellt, wenn sie auf Touristen aus Deutschland getroffen war und bekannte Wörter gehört hatte. Und jetzt fühlte sie sich wieder so allein gelassen. Besonders schlimm war die Vorstellung, dass der Mann, den sie geliebt hatte, nicht mehr da war. Sie erhob sich und starrte aus dem Fenster, betrachtete die beschaulich wirkenden

Häuser mit den gepflegten Vorgärten in der Nachbarschaft und fühlte sich hundeelend. Wie oft hatte sie zu hören bekommen, wie friedlich es hier in der Eifel zuging. Jetzt hasste sie die Orte mit ihrem Kleinstadtmief und wäre viel lieber in Köln oder Bonn gewesen. Bei diesen Gedanken klopfte es an der Tür und sie fuhr zusammen.

„Ich bin es, Daniela. Wie geht es dir heute, Irene? Ich wollte nur Bescheid sagen, dass ich gleich nach Köttelbach fahre, um Roger Peters abzuholen. Soll ich dich mitnehmen?"

Köttelbach? Großer Gott, wie sich das anhört. Aber wenigstens bis Daun könnte ich mitfahren. Wird allmählich Zeit, dass ich mal wieder unter Menschen komme.

„Ich bin so weit okay, Daniela. Gib mir zehn Minuten. Ich spring nur schnell unter die Dusche und mache mich tageslichttauglich."

Doch aus den zehn Minuten wurde fast eine halbe Stunde. Danach fuhren sie endlich los. Daniela holte Roger Peters in Köttelbach ab und setzte zwischendurch Irene ab. Dann düste sie wieder zurück nach Rom, wo sie Peters bei sich zu Hause ablud, bevor sie in dem kleinen Café an der Ecke schnell einen Espresso trank. Dadurch war es bereits Mittag geworden. Nun stand sie mit dem Mini auf ihrem überdachten Parkplatz und überlegte, was sie mit dem Rest des Tages anfangen sollte. Auf der anderen Seite des Parkplatzes stand noch ein anderer Wagen. Ritas Golf.

Nanu, dachte sie. *Ist Rita noch nicht zu Tisch?*

Vielleicht hatte ihre Freundin noch einen Termin mit einem Kunden. Immerhin hatte sie ja auf der letzten Auktion ganz schön zugeschlagen.

Den Schlüsselbund in der Hand, ging sie hinüber zu Ritas Laden und klopfte an die Tür. Keine Reaktion. Sie drückte gegen die Tür, aber die schien verschlossen zu sein. Also blickte sie durch das Schaufenster. *Auch nichts.*

Drinnen brannte ein schwaches Licht. *Vielleicht ist sie nur einen Kaffee trinken gegangen.*

Daniela beschloss, dass sie erst einmal die Liste für den Kommissar erstellen wollte und dann etwas später noch einmal bei ihrer Freundin vorbeischauen würde. Sie ging hinüber zu ihrem eigenen Laden, schloss ihn auf und sauste in die hinteren Räume, um die Kaffeemaschine anzustellen. Das war so etwas wie ein alltägliches Ritual für sie. Danach lief sie wieder nach draußen, öffnete die Rollläden vor ihrem Schaufenster, kehrte in den Verkaufsraum zurück und schaltete ihren Laptop ein. Als der kleine Computer hochgefahren war, steckte sie einen USB-Stick hinein und wartete, bis sich die Dateien öffneten. Nacheinander überflog sie die Kundenkartei und machte sich hier und da Notizen. *Wolfgangs Kunden sind mit einem großen W gekennzeichnet. Hm … das könnte interessant sein,* dachte Daniela. Hinter den Namen befanden sich Zusatzinformationen zu deren Vorlieben, sprich Sammelgebieten. *Das wird Laubach mit Sicherheit interessieren.*

Geschickt kopierte sie die Daten auf eine leere CD. Eine Maske war allerdings nirgendwo aufgeführt. Aber wie sollte sie auch. Solche Funde kamen nur äußerst selten vor. Auch in den restlichen Dateien fand sie nichts wirklich Brauchbares. *Vielleicht war der Kunde, der Wolfgang die Maske abkaufen wollte ja selbst ein Händler?*, rätselte sie. *Vielleicht einer seiner seltsamen Kontakte aus Übersee?*

Sie hob ihren Kaffeebecher und stellte fest, dass er bereits leer war. Kaum noch erinnerte sie sich daran, dass sie sich die schwarze Brühe eingeschenkt hatte. Ein Blick auf ihre Armbanduhr sagte ihr, dass es schon beinahe drei war.

Zeit für eine Pause, dachte sie, stand auf und ging aus dem Laden.

Draußen war es angenehm warm, aber der Sommer neigte sich langsam seinem Ende entgegen. An Ritas Tür hing immer noch das Schild „Geschlossen“. Sie klopfte an das Schaufenster und als sich immer noch nichts rührte, drückte sie abermals gegen die Tür. Nichts!

Genervt kehrte Daniela zurück in ihren eigenen Laden und wählte Ritas Nummer auf dem Handy. Es meldete sich nur die Mailbox. Da fiel ihr ein, dass sie ja einen Schlüssel für Ritas Laden besaß. Natürlich! Sie hatten gegenseitig ihre Schlüssel getauscht, für den Fall, dass einmal eine Notlage eintrat. Daniela griff in die oberste Schublade und schnappte sich den Ersatzschlüssel, den sie für ihre Freundin aufbewahrte. Sie ging wieder zu Ritas Laden und schloss auf.

„Rita? Rita, Schätzchen, bist du da?“

Sie stand noch im Türrahmen, als sie bemerkte, dass etwas nicht stimmte. Der Geruch war anders als sonst und dazu kam diese ungewöhnliche Stille. Sie wirkte irgendwie unnatürlich. Vorsichtig ging sie nach hinten. Die Tür zu Ritas Büro war nur angelehnt. Das Erste, was sie sah, war etwas Dunkles, das auf dem Boden lag.

„Ritaaa?“

Mit voller Wucht stieß sie die Tür auf und fiel fast auf das, was von ihrer Freundin noch übrig war. „Rita ... nein! Großer Gott ... bitte nicht ...“ Entsetzt schlug sie die Hände vors Gesicht und wich zurück. Das, was sie soeben gesehen hatte, konnte einfach nicht wahr sein. Würgend torkelte sie auf die Verkaufstheke zu und suchte nach dem Telefon. Es stand dort, wo es immer stand, aber sie schaffte es nicht auf Anhieb, die Nummer der Notzentrale zu wählen. Ihre Hände zitterten, aber schließlich gelang es ihr.

„Kriminalpolizei Daun ... Was ist passiert? ... Geben Sie uns die genaue Anschrift durch ... Bitte versuchen Sie, sich zu beruhigen. Wir schicken sofort einen Wagen.“

Als Kommissar Laubach und sein Assistent Sigismund im Rondell eintrafen, ging es bereits auf vier Uhr zu. Daniela konnte kaum noch sprechen. Laubach brachte sie nach draußen. Sie hatte genug gesehen und musste nicht auch noch mitbekommen, wie die Männer von der Spurensicherung die Reste ihrer Freundin aufsammelten.

„Versuchen Sie mir zu sagen, was geschehen ist", sagte er. Es klang routinemäßig, war aber längst nicht so. Daniela Neumann stammelte etwas vor sich hin.

„Bitte beruhigen Sie sich. Atmen Sie ganz tief durch!"

Er ließ ihr etwas Zeit. „So ist es gut. Nun versuchen Sie es noch einmal."

„Sie h...hat nicht aufgemacht und da habe ich ... ich meine, ich hatte doch den Schlüssel und ..." Plötzlich schoss alles aus ihr heraus. „Sie lag auf dem Boden und ich bin fast über sie gestolpert."

Kommissar Laubach versuchte, ihre Worte zu ordnen. „Seit wann sind Sie überhaupt hier draußen?"

„Ungefähr seit Mittag."

„Und Ihre Freundin war zu diesem Zeitpunkt auch hier?"

Daniela zuckte mit den Achseln. „Ihr Wagen hat jedenfalls auf dem Parkplatz gestanden."

„Also muss sie schon vor Ihnen hier gewesen sein."

„Das stimmt."

„Ist das ihre normale Zeit?"

„Eigentlich nicht. Normalerweise macht sie eine lange Mittagspause und taucht nicht vor drei Uhr hier auf. Deshalb dachte ich auch, sie hätte sich mit einem ihrer Kunden verabredet."

„Den Sie natürlich nicht kennen."

„Natürlich nicht. Wie sollte ich auch?"

„Ist da vielleicht auch so etwas wie Ihre Maske mit im Spiel?"

„Oh nein. Rita machte nur korrekte Geschäfte."

Sie biss sich auf die Unterlippe, aber Laubach tat so, als hätte er den Satz überhört.

„Also gut. Wie weit sind Sie mit den Listen?"

„Ich habe alle Daten zusammengefasst und Ihnen die Liste auf CD gebrannt."

„Und was hat es mit dem Schlüssel auf sich? Sie sagten, Sie hätten einen Ersatzschlüssel?"

„Den hatten wir beide. Wir haben sie einfach getauscht. Für den Notfall sozusagen. Könnte ich bitte einen Schluck Wasser bekommen?"

Kommissar Laubach gab Schwarzenegger ein Zeichen. Ausnahmsweise spielte der einmal nicht mit seiner Sonnenbrille. Schnell verschwand er in dem kleinen Kiosk an der Ecke und kam kurz darauf mit einer Flasche Mineralwasser zurück. Daniela Neumann trank wie eine Verdurstende. Dann sank sie erschöpft zusammen.

„Bitte versuchen Sie, sich zu konzentrieren, Frau Neumann. Ist Ihnen noch etwas aufgefallen?"

Daniela zuckte zusammen. Fast schien es so, als sei sie bei etwas Verbotenem ertappt worden. „Die Stille", sagte sie zaghaft. „Normalerweise läuft in Ritas Laden immer Musik. Disco aus den 70ern hatte sie besonders gern." Sie schluchzte laut auf. „Aber heute war es so ungewöhnlich still. Ich habe gespürt, dass etwas Schlimmes passiert sein musste."

Wieder sackte sie zusammen und hielt sich die Hände vor das Gesicht.

„Mein Gott … und dann all das Blut …"

„Frau Neumann, ich werde mich hier noch in aller Ruhe umsehen, aber Schwarz … äh Herr Sigismund kann sie nach Hause fahren. Ruhen sie sich erst einmal aus. Ich melde mich dann später bei Ihnen. Sie müssen auch noch das Protokoll unterschreiben … Aber das kennen sie ja bereits."

Daniela war alles recht. Wenn er nur aufhörte, dieser Alptraum von Rosen und Anrufen, der ihr jene Menschen nahm, die ihr am nächsten waren.

9

An anderer Stelle hatte Roger Peters überhaupt noch keine Ahnung vom dem, was in Gerolstein geschehen war. Nachdem Daniela ihn bei sich in Rom abgesetzt hatte, war er schnurstracks seiner neuen Arbeit nachgegangen. Jetzt hockte er wieder am Schreibtisch in ihrem Arbeitszimmer und nahm die oberste Dokumentenmappe von einem Stapel, den er bereits sortiert hatte. Er verglich gerade die Einkaufsliste zweier bestimmter Lieferanten miteinander, als er von draußen ein vages Motorengeräusch wahrnahm. Er blickte aus dem Fenster und wunderte sich. Vor dem Haus hielt ein silbrig-blauer Streifenwagen und am Steuer saß Laubachs Assistent Sigismund. Peters sah, wie der aus dem Wagen sprang, hinüber zur Beifahrertür schritt und sie öffnete. Daniela Neumann stolperte fast hinaus und Sigismund musste sie stützen, damit sie nicht zu Boden fiel. Was mochte da nur geschehen sein?

Fünf Minuten später wusste er es, auch wenn er aus dem Kauderwelsch, das Daniela von sich gab, kaum schlau wurde. Trotzdem begriff er, dass etwas sehr Schlimmes vorgefallen sein musste. Trotz ihres zierlichen Äußeren, besaß sie erstaunlich viel Kraft, und diese verwendete sie nun aufs Weinen.

„Nein, nein!“, wiederholte sie immer wieder, bis ihre Augen rot waren von den vielen Tränen und ihre Stimme heiser. Schließlich war sie dann ohne weitere Erklärungen abzugeben in ihrem Schlafzimmer verschwunden, und er konnte sich die einzelnen Wortfetzen nur zusammenreimen. Aber er hatte verstanden, dass es um Rita ging. Irgendetwas musste ihr zugestoßen sein.

Die erste Meldung dazu kam am Ende der 18 Uhr-Nachrichten von Radio Erft. Roger Peters hörte sie im Bad. Abrupt ließ er die Packung Beruhigungspillen fallen, die er Daniela bringen wollte, und drehte den Radiowecker lauter. Völlig verblüfft betrachtete er sich in ihrem großen Badezimmerspiegel, während er der Stimme des Radiosprechers lauschte. Der Mann sprach mit dem typischen Eifel-Akzent und rasselte seinen Text ungeheuer schnell herunter.

„Im Gerolsteiner Einkaufszentrum Rondell ereignete sich heute ein Blutbad. Die Eigentümerin eines Schmuckladens wurde tot in ihrem Laden aufgefunden. Verlässlichen Quellen zufolge handelte es sich dabei nicht um einen Raubmord. Für sachdienliche Hinweise, die zur Ergreifung des Täters führen können, wenden Sie sich bitte an Kommissar Laubach von der Polizei in Daun."

Das war alles, aber genug für Roger Peters, um zu verstehen, wie es um Daniela bestellt sein mochte.

Großer Gott, dachte er. *Schon wieder ein Mord in ihrem direkten Umfeld. Ob die Taten unmittelbar mit dem Stalker zusammenhingen? Dazu hatte Laubach noch nichts rausgelassen.*

An Arbeit und Routine war jedenfalls nicht mehr zu denken. Daniela hatte eine Schlaftablette genommen und während sie schlief, ging Roger Peters zurück in das Arbeitszimmer und versuchte sich abzulenken. Es gelang ihm nicht wirklich. Die Zahlen verschwammen untereinander, und was er an Daten zu Papier brachte, ergab keinen richtigen Sinn.

Er überlegte, was er bisher über sogenannte Stalker wusste. Irgendwo hatte er etwas darüber gelesen: Laut Statistik wird jede zwölfte Frau in ihrem Leben einmal Opfer eines Stalkers. Davon kennen über 70 Prozent ihren Peiniger persönlich. Bei über 60 Prozent handelt es sich dabei um einen intimen Partner. Bei Männern sind es nur etwa 30 Prozent, die von einer intimen Partnerin verfolgt werden. Meistens versucht der Stalker bei seinem Opfer Aufmerksamkeit zu erregen. Das geschieht meist durch wiederholte Anrufe, wobei er dann ohne etwas zu sagen auflegt oder schwer atmet. Oder er verteilt eindeutige Geschenke. In der heutigen Zeit bedient er sich der Computertechnik und versendet E-Mails,

Grußkarten oder SMS. In diesem Stadium kommt es nur ganz selten zur direkten Gewalteinwirkung. Er beobachtet und verfolgt sein Opfer Tag und Nacht, und er tut es, weil er nicht anders kann. Im Allgemeinen leidet der Stalker unter einer Persönlichkeitsstörung, die auf unterschiedlichste Weise zum Ausdruck kommt. Manchmal ist er auf einen Prominenten fixiert oder auf eine Person, die er irgendwo einmal persönlich kennengelernt hat. Manche der Stalker sind besessen, andere nicht. Manche nähern sich ihrem Opfer nur über das Telefon, andere wenden Gewalt an, zerstören Sachwerte oder aber tun dem geliebten Haustier etwas zuleide. Nur in den seltensten Fällen gelingt es dem Opfer eigenhändig mit seinem Peiniger fertigzuwerden.

Das genau war der springende Punkt. Daniela brauchte Hilfe, und zwar sofort. Nur kam Laubach nicht richtig in die Puschen. Fluchend warf Roger Peters die Dokumente zurück auf den Schreibtisch. Ein Blick auf seine Armbanduhr sagte ihm, dass Daniela jetzt seit einer guten Stunde schlief und mit ein wenig Glück den ganzen Abend, vielleicht sogar die ganze Nacht, durchschlafen würde. Und so lange würde er Ruhe haben. Er wollte gerade hinunter auf den Flur gehen, um sich noch einmal die außergewöhnlichen Objekte in den Vitrinen anzuschauen, als ihn ihre Stimme aufschreckte.

„Roger?"

Er fuhr herum und sah Daniela in der Tür stehen. Sie trug nur einen roten Spitzen-BH und das dazu passende Höschen. Trotz ihres jämmerlichen Zustandes sah sie darin einfach umwerfend aus. Aber es passte ihm ganz und gar nicht, wie sie jetzt vor ihm stand. Irgendetwas war nicht echt an dieser eindeutigen Situation.

„Sie sollten sich doch ausschlafen", erinnerte er sie.

„Ach hör schon auf mit dem blöden ‚Sie'! Ich hab dir doch schon gesagt, dass ich Daniela heiße." Sie zog einen

Schmollmund. „Und schlafen kann ich auch nicht. Es steckt alles viel zu tief in mir drin. Arbeitest du?"

Blöde Frage. Peters runzelte die Stirn und folgte ihrem Blick zu dem Dokumentenstapel auf dem Schreibtisch.

„Ich tu, was ich kann, um das Chaos hier ein wenig zu lichten, während du schläfst. Aber das tust du jetzt ja nicht."

„Und wenn ich dir ein wenig dabei helfe?"

Sie bemerkte sehr wohl, dass ihre Bewegungen ein wenig unbeholfen waren, als sie ein paar Schritte auf ihn zu machte. Die Schminke auf ihrem Gesicht war total verschmiert.

„In diesem Aufzug? Geh besser wieder schlafen. Vielleicht fühlst du dich dann später etwas besser." Wieder zog sie einen Schmollmund.

„Musst du mich denn unbedingt wie ein kleines Kind behandeln? Ich brauche wirklich keinen Aufpasser."

„Und ob du den brauchst! In deiner Umgebung stimmt etwas ganz und gar nicht und ich finde, du solltest verdammt vorsichtig sein." Damit wandte er sich wieder den Dokumenten zu und tat so, als sei die Angelegenheit für ihn erledigt.

Daniela lächelte schwach. „Bitte entschuldige, dass ich in solchen Dingen nicht so routiniert bin wie du. Es passiert mir nun mal nicht alle Tage, dass meine beste Freundin umgebracht wird. Bis vor kurzem wenigstens nicht."

Eine dicke Träne rollte über ihre Wange. Roger Peters wusste nicht, was er tun sollte.

„Na schön", sagte er sanft. „Wenn du mir schon unbedingt helfen möchtest, dann kannst du ja anfangen, die Gegenstände in den Vitrinen zu katalogisieren. Die kann ich dann schon mal von der Einkaufsliste streichen."

„In Ordnung, Boss", erwiderte Daniela trotzig. „Ich zieh mir nur schnell etwas über."

Damit spurtete sie in ihr Schlafzimmer, nur um kurz darauf eingewickelt in ihren Lieblingsmorgenmantel wieder vor ihm zu stehen. Sie schien fast dankbar zu sein, als er ihr von einem ordentlich aufgerichteten Stapel eine Dokumentenmappe reichte. Sie nahm sie an sich und blätterte darin herum.

„Ich nehme an, du möchtest alles alphabetisch geordnet haben und mit Datum versehen?"

„Ich bitte darum!"

Sie schrieb etwas in eine Liste und legte die Mappe zurück. Verschmitzt schaute sie ihn an.

„Sag mal, Roger, wie sieht es eigentlich mit einer neuen Veröffentlichung bei dir aus? Wann bekommen wir wieder einmal etwas von dir zu lesen?"

Er wunderte sich über diese Frage.

„Ich habe leider gerade so etwas wie eine Schaffenspause, wieso fragst du?"

„Ach, nur aus reiner Neugier. Ich habe früher einmal etwas von dir gelesen. Woran schreibst du zurzeit?"

„Möchtest du das jetzt wirklich wissen?"

„Ja, bitte, erzähl mir davon."

„Also gut. Es geht um Kunstfälschung. Die Geschichte handelt von einem Kunstsammler, der so perfekt berühmte Gemälde kopieren kann, dass er nachts in Museen und Galerien eindringt und die Originale gegen seine eigenen Werke austauscht. Das geht so lange gut, bis das organisierte Verbrechen Wind davon bekommt und versucht, ihn zu erpressen."

„Ui, das klingt aber spannend."

„Die Story ist aber noch längst nicht fertig."

„Darf ich sie trotzdem lesen? Bitte, bitte ..."

Das war ihm überhaupt nicht recht. Er mochte es nicht, wenn seine angefangenen Manuskripte ohne vorherige Korrektur gelesen wurden.

„Das sind doch bloß ein paar lose Blätter", erwiderte er mürrisch. „Ich hab ja gerade erst angefangen."

„Och, bitte sag Ja." Wieder dieser Schmollmund. „Ich werde dich so lange nerven, bis du einverstanden bist. Glaub mir, darin bin ich unschlagbar."

Davon war er überzeugt.

„Also gut. Aber nur, wenn du dich brav wieder hinlegst und dich noch ein bisschen ausruhst. Du bist noch längst nicht übern Berg und ich hab hier noch eine Menge zu tun.“

Etwas später schaute Daniela auf den goldenen Reisewecker, der auf ihrem Nachttisch stand. Sie hatte in jedem ihrer Schlafzimmer eins dieser Schmuckstücke aufgestellt, in verschiedenen Farben natürlich. Daneben lag ein Stapel mit Manuskriptblättern, die Roger ihr bereitwillig überlassen hatte. Er kümmerte sich wirklich rührend um sie. Zwischendurch hatte er ihr sogar einen Tee ans Bett gebracht, doch der war mittlerweile schon kalt geworden.

Jetzt saß sie aufrecht in ihrem Bett, reckte und streckte sich. Dabei schaute sie immer wieder in den Spiegel, der über der Kommode auf der gegenüberliegenden Seite stand. Sie liebte Spiegel und beigefarbenen Marmor. Während sie den Anblick ihres perfekten, zierlichen Körpers genoss, erinnerte sie sich daran, was für Augen Roger gemacht hatte, als sie so plötzlich, nur mit Unterwäsche bekleidet, vor ihm stand. Nicht dass sie vorgehabt hatte, ihn zu provozieren. In ihrem Zustand wäre ihr das niemals in den Sinn gekommen. Allerdings ... Sie drehte sich um und überprüfte ihre Rückansicht. Ihr Po war wohlgeformt. Sie drehte sich wieder um, ließ die Finger durch ihre verwuschelte Frisur gleiten, griff nach den losen Blättern und las.

Rogers Worte flossen dahin. Es war keine harmlose Geschichte. Dafür waren seine Protagonisten viel zu menschlich. Der Inhalt war gut recherchiert und man konnte erkennen, dass er sich lange mit dem Thema beschäftigt hatte. Nach dem Prolog verschlang sie förmlich die ersten Kapitel und griff danach automatisch zum nächsten Blatt, nur um festzustellen, dass es bereits die letzte Seite des Stapels war und sie das ganze Material durchgelesen hatte. Sie war sich nicht mal sicher gewesen, was sie beim Lesen empfinden würde.

Jetzt brauchte sie noch etwas Zeit, um zu entscheiden, inwiefern der persönliche Kontakt zum Autor eine Rolle spielte.

Überhaupt keine, stellte sie umgehend fest. Bereits nach dem ersten Kapitel vergaß sie völlig, warum sie diese Geschichte unbedingt hatte lesen wollen. Der Plot war gut. Sehr gut sogar. Und Kunstfälschung war ein angesagtes Thema.

Jetzt stand sie endgültig auf, schlüpfte in Jeans und Bluse und ging hinüber ins Arbeitszimmer. Roger Peters saß noch immer an ihrem Schreibtisch und machte sich irgendwelche Notizen. An seiner Schulterhaltung und an der Art, wie er den Kopf geneigt hatte, konnte sie sehen, dass er sich mächtig konzentrierte. Weil sie ihn nicht stören wollte, blieb sie ein Weilchen im Türrahmen stehen und beobachtete ihn. Die Kaffeetasse an seiner Seite war leer.

Schön, wenn es immer so wäre, dachte sie. *Er könnte hier arbeiten und ich würde mich weiterhin um den Laden kümmern.*

Mit einem ärgerlichen Seufzer hörte Roger Peters plötzlich auf zu schreiben. Nachdenklich rieb er sich seinen verspannten Nacken. Was immer ihn auch angetrieben haben mochte, es war vorüber. Automatisch griff er neben sich. Die Kaffeetasse war leer. Er wollte gerade aufstehen, um sich neuen zu holen, da ging Daniela auf ihn zu. Sanft legte sie ihre Arme um seinen Nacken und küsste ihn auf den Mund. Roger Peters war viel zu überrascht, um etwas zu sagen. Also hielt er sie einfach fest und sah sie an.

„Deine Geschichte ist wirklich gut", sagte sie und schmiegte sich an ihn. Peters selbst wusste nicht, wie ihm geschah. Fast aus Verlegenheit fragte er: „Und wie viel von meinen Texten hast du gelesen?"

„Na alles, was du mir dagelassen hast, und das war beileibe nicht genug. Wann glaubst du, wirst du die ganze Geschichte fertig haben?"

Roger blickte auf die kleine Gestalt, die sich da an ihn drückte.

„Wenn wir so weitermachen, noch eine ganze Weile. Ich weiß sowieso nicht, ob ich weitergeschrieben hätte, wenn deine Beurteilung negativ ausgefallen wäre."

Daniela strahlte ihn an. „Ist sie aber nicht! Ganz im Gegenteil. Deine Geschichte ist wirklich genial."

„Na hoffentlich sehen das die Verlage auch so. Zu Reichtümern bin ich durch meine Schreiberei bisher jedenfalls noch nicht gekommen."

„Ich möchte unbedingt die Erste sein, die dein Buch liest, wenn es auf den Markt kommt." Vorsichtig knabberte sie an seinem Ohrläppchen. Etwas, das er schon sehr lange nicht mehr gespürt hatte, stieg in ihm hoch.

„Ich glaube, es ist besser, wenn wir jetzt ins Wohnzimmer gehen", sagte er leicht verlegen. „Vielleicht möchtest du einen Drink?"

Im Rondell füllte sich innerhalb kürzester Zeit die Ladenzeile mit Menschen in weißen Overalls, die alle versuchten nicht hinzuschauen, während sie ihre Arbeit verrichteten. Nachdem Schwarzenegger und die Neumann gefahren waren, hatte Laubach seine besten Leute nach Gerolstein beordert. Um ihn herum herrschte ein reges Treiben, die gleiche Geräuschkulisse wie sonst an jedem Tatort: Das Klicken einer Kamera, das Klingeln eines Handys oder das Quietschen eines Aufnahmegerätes. Es waren Geräusche, die ihm durchaus vertraut und Routine für ihn waren. Nur das sonst übliche gedämpfte Tuscheln fehlte. Seine Mitarbeiter waren einfach zu geschockt von dem, was sie da vor sich sahen. Eine junge Polizistin stand in einer Ecke und versuchte etwas auf ein Blatt zu schreiben. Ihre Hände zitterten und ihr ansonsten nicht gerade übergeschminktes Gesicht war blasser als blass. Sie würgte und schluckte, um sich nicht übergeben zu müssen.

„Bist du fertig?" Laubach richtete seine Frage an Förster, den erfahrenen Techniker von der Spurensicherung.

„So ziemlich. Einfach grausam, diese Schweinerei." Förster zog sich die Gummihandschuhe aus und warf sie in eine Plastiktüte. Dabei schüttelte er den Kopf. „Ich habe wirklich selten einen schlimmeren Tatort gesehen. Da muss ein Irrer am Werk gewesen sein. Selbst ein Raubüberfall wäre mir da lieber gewesen."

„Du glaubst also, wir haben es mit einem Psychopaten zu tun? Einem, den frisches Blut so richtig scharf macht?"

„Wer würde denn sonst so etwas tun?"

„Kannst du schon etwas zur Tatzeit sagen?"

„Sogar ziemlich genau, Kurt. Die Frau ist seit 20 bis 24 Stunden tot."

„Bist du dir da ganz sicher?"

„Selbstredend. Schau her. Die Totenstarre ist schon voll ausgeprägt."

„Das bedeutet ja, dass sie bereits gestern Abend ermordet wurde?"

„Sieht ganz so aus. Die Frau ist förmlich verblutet. Schau dir nur die Wunden an ihrem Hals an."

Laubach bückte sich über die Tote. Dies war der Moment, den er an seinem Beruf am meisten hasste. Ihr Hals war eine einzige blutige Masse.

„Kannst du schon etwas zur Tatwaffe sagen?"

„Nein, nichts Genaues. Nur ein Messer war es diesmal nicht. Etwas Stumpferes. Vielleicht irgendein Werkzeug."

Laubach sagte sich, dass Förster vermutlich recht hatte. Er hätte selbst auch darauf kommen können. Aber das sagte er ihm nicht. Stattdessen fragte er: „ Noch etwas?"

„Im Moment nicht. Wir arbeiten aber noch daran. Du bekommst meinen Bericht so schnell wie möglich."

„Danke."

Förster schüttelte abermals den Kopf, als er wegging. Die nächsten Minuten verbrachte Laubach damit, die Arbeit zu verteilen. Er sortierte das Material, das er hatte, und notierte sich Anmerkungen über notwendige Vernehmungen und Suchaktionen in der Region. Aber er machte sich keine Illusionen. Ohne eine große Portion Glück oder zuverlässige Zeugenaussagen würde er den Mord nicht lösen können. Gegen 18 Uhr fuhr er ins Polizeipräsidium nach Daun. Sigismund saß wieder an seinem Schreibtisch und blätterte in einer Broschüre über Weine. Laubach konnte es nicht fassen.

„Großer Gott, Schwarzenegger. Ich hatte dir doch befohlen, sie nicht aus den Augen zu lassen."

„Meinen Sie die Neumann, *jefe*?"

„Ja, wen denn sonst? Das ist Alarmstufe rot, verstehst du?"

Aber Sigismund verstand nicht sofort.

„Die ist doch bestens aufgehoben bei Ihrem Kumpel Peters", erwiderte er.

„Das mag schon sein, aber trotzdem solltest du das Haus bewachen und mich über alles und jeden informieren, der dort ein und aus geht."

„Wollen Sie das nicht besser übernehmen, *jefe*?"

„Ach hör mir auf, mit deinem ewigen ‚jefe'. Das geht mir gewaltig auf die Nerven."

Er drückte den Knopf seiner Sprechanlage. Fräulein Hübscher antwortete sofort.

„Was gibt's, *jefe*?"

Verdammt, jetzt fängt die auch noch damit an. Müssen denn gleich zwei von dieser Sorte ausgerechnet bei mir arbeiten? „Verbinden Sie mich mit Roger Peters, im Hause Neumann. Ach was, lassen Sie es doch lieber. Mir ist etwas anderes eingefallen."

Mittlerweile war es beinahe Abend. Laubach verspürte ein Hungergefühl. Jetzt bedauerte er, dass er nicht ausreichend zu Mittag gegessen hatte. Der Gedanke, den Weg zum Zentrum zu laufen, um sich etwas zu essen zu holen, gefiel ihm gar nicht, und der Eifelgrill unten an der Ecke hatte heute Ruhetag. Er öffnete seine Schreibtischschublade und suchte nach der Karte einer Pizzeria, die ins Haus lieferte. Er fand sie zwischen einem Berg von Werbung, überflog sie, konnte sich aber für kein Gericht entscheiden.

Was soll's, dachte er. *Ich muss sowieso nochmal los. Da halte ich unterwegs einfach an einer Imbissbude.* Damit sprang er auf und griff nach der zerknitterten Jacke, die er arglos über die Lehne eines Besucherstuhls geworfen hatte.

„Fräulein Hübscher, ich fahr noch mal weg", sagte er zu seiner Sekretärin.

„Wenn mich jemand sucht, ich bin in Rom. Schreiben Sie alles auf, bevor Sie Feierabend machen. Ich bin nur in wirklich dringenden Fällen auf meinem Handy zu erreichen, verstanden?"

Renate Hübschers „Geht klar, *jefe*", nahm er schon gar nicht mehr wahr.

10

Die Abenddämmerung war schon längst hereingebrochen. Jenes seltsame, beinahe mystische Nachspiel des Tages, wenn es für kurze Zeit noch hell und schon dunkel zugleich ist. Die Fahrt von Daun nach Rom hatte länger gedauert, als Laubach vorgesehen hatte. Am großen Kreisverkehr vor Gerolstein war ein LKW einfach geradeaus weitergefahren. Das Ergebnis war ein kilometerlanger Stau, dem Laubach, auch wenn er noch so fluchte, nicht ausweichen konnte. Dazu knurrte sein nach wie vor leerer Magen. Als er endlich bei Daniela Neumann in Rom eintraf, war es Roger Peters, der ihm öffnete. Daniela selbst saß in ihrem Wohnzimmer und trank Likör. Ihre Haare waren nass und aus dem Gesicht gekämmt, das irgendwie blass und schmal wirkte. Als sie Laubach bemerkte, nickte sie ihm zu. Ihr Blick war traurig und erschöpft zugleich, während sie beteuerte: „Ich bin es nicht gewesen. Ich habe Rita nicht umgebracht."

Laubach ließ sich in einen der bequemen Sessel fallen.

„Das möchte ich Ihnen jetzt wirklich gern glauben", entgegnete er müde. „Immerhin sind Sie die Letzte, die Rita Heinemann lebend gesehen hat."

Danielas Augen füllten sich mit Tränen. „Wer tut so etwas? Sagen Sie es mir bitte, Herr Kommissar."

„Ich tue mein Möglichstes, um genau das herauszufinden, und deshalb möchte ich Sie gerne noch einmal befragen. Ich muss genau wissen, was sie gesehen und gehört haben."

Daniela wusste nicht, ob sie lachen oder weinen sollte.

„Das habe ich Ihnen doch alles schon am späten Nachmittag erzählt."

Laubach seinerseits wollte etwas erwidern, aber genau in diesem Moment läutete die Türglocke. Erneut öffnete Roger Peters die Tür. Draußen stand Danielas Bruder, der hergekommen war, um sich nach seiner Schwester zu erkundigen. Ohne ein Wort zu sagen, ging er direkt durch bis ins Wohnzimmer. Dort griff er nach ihren Händen.

„Wie geht es dir, meine Kleine?“

„Geht so, Helmut, danke. Aber ich denke, ich bin okay“, flüsterte sie, obwohl ihre Augen etwas anderes sagten. Ihr Bruder ließ ihre Hände nicht los und wandte sich an Laubach.

„Sagen Sie mir bitte, was passiert ist, Herr Kommissar.“

Laubach berichtete ihm alles. Kurz und knapp, ohne konkrete Ermittlungsergebnisse vorwegzunehmen.

Helmut pfiff hörbar durch die Zähne. „Zuerst Wolfgang und jetzt Rita. Und Sie haben immer noch keine Ahnung, um was es hier geht?“

Laubach überlegte kurz. Dann sagte er: „Viel ist es in der Tat noch nicht, was ich weiß, aber ich will einmal davon ausgehen, dass es nicht Ihre Schwester gewesen ist.“

„Na das ist ja prima!“ Helmut blickte den Kommissar ungläubig an.

„Und um das herauszubekommen, haben Sie die ganze Zeit ermittelt?“

Laubach zuckte mit der Schulter. „Nun ja, aber trotzdem glaube ich, dass sie etwas damit zu tun hat. Nur eben nicht so, wie Sie es meinen, Herr Neumann.“

Helmut verstand gar nichts mehr. „Wie ich es meine? Was meine ich denn?“

Roger Peters hatte das Gespräch die ganze Zeit verfolgt. Jetzt grinste er Helmut an und meinte: „Was der Kommissar damit sagen will, ist, dass es eine Verbindung zwischen den Morden an Wolfgang Ebersberger und Rita Heinemann gibt.“

Helmut sah ihn überrascht an. „Wollen Sie damit sagen, dass es sich um ein und denselben Täter handelt?“

„Ja, genau das ist es, was ich meine, denn die beiden Morde haben eins gemeinsam, und das bist du, Daniela.“

„Ich …?“

Daniela fuhr erschrocken zusammen. Dann schüttelte sie trotzig den Kopf. „Das ergibt doch gar keinen Sinn. Ich meine, wer will mir denn …?“

Laubach räusperte sich. „Wenn ich das nur wüsste, Frau Neumann. Dann würde ich dem Täter ein gutes Stückchen näher kommen. Vermutlich haben die anonymen Anrufe und die Blumen doch etwas damit zu tun. Mich würde es überhaupt nicht wundern, wenn dahinter ein und dieselbe Person steckt.“

„Wie bitte?“ Helmut horchte auf. „Du bekommst wieder Rosen und anonyme Anrufe? Davon hast du mir ja überhaupt noch nichts erzählt, Daniela.“

Sie errötete.

„Ich dachte, es sei nicht wichtig. Die Blumen konnten genauso gut von einer Freundin oder von einer Nachbarin stammen. Ich hab mir einfach nichts dabei gedacht.“

„So, hast du nicht? Hast du etwa vergessen, dass es schon einmal so angefangen hat?“

„Ja, das stimmt. Aber ich wollte nur vermeiden, dass meine Fantasie mit mir durchgeht. Wo ich doch so lange gebraucht habe, um darüber hinwegzukommen.“

Jetzt wandte sich Helmut wieder an Laubach.

„Und hat Sie Ihnen davon erzählt, Herr Kommissar?“

Der blickte Roger Peters an und zögerte. „Ich denke schon“, sagte er dann vorsichtig.

„So, Sie denken … Und was haben Sie daraufhin unternommen?“

„Ich habe mir noch einmal Erwin Schürmann vorgeknöpft. Doch der sitzt noch in Rheinbach ein. Demnach kann er es nicht gewesen sein.“

Das schien Helmut nur wenig zu überzeugen.

„Und wenn er jemanden damit beauftragt hat, meine Schwester zu belästigen?“, fragte er.

Laubach zuckte mit den Achseln. „Nun, ich persönlich habe mit ihm gesprochen, und er hat mir versichert, dass er nichts davon weiß. Er hat sogar gesagt, er wüsste, was ihm blühen würde, wenn er jemals wieder Kontakt zu Daniela aufnähme. Und Besuch habe er bis auf seine engsten Angehörigen auch keinen gehabt."

„Und das glauben Sie ihm?"

„Ich habe die Besucherlisten gecheckt. Keine besonderen Vorkommnisse, keine Anrufe und keine Briefe für ihn. Und außerdem schien er wirklich überrascht zu sein, als ich ihn danach fragte. Andererseits ..."

„Andererseits was, Herr Kommissar?"

Laubach mochte es nicht besonders, wenn man versuchte ihn auszufragen. Trotzdem antwortete er geduldig: „Irgendetwas schien ihn bewegt zu haben. Ich bin mir ziemlich sicher, dass er etwas weiß. In jedem Fall sollte Frau Neumann nicht alleine hier bleiben."

„Wollen Sie damit sagen, sie glauben, dass sich meine Schwester in Gefahr befindet?"

„Zu diesem Zeitpunkt kann ich leider nichts ausschließen. Ich stehe erst am Anfang der Ermittlungen, aber mir wäre verdammt wohler, wenn sich Ihre Schwester woanders aufhalten würde."

Daniela riss die Augenbrauen hoch. „Das tue ich ganz bestimmt nicht. Ich meine, ich lasse mich doch nicht aus meinem eigenen Haus vertreiben."

Diesmal war es Roger Peters, der antwortete. „Also, wenn ich einen Vorschlag machen dürfte? Daniela könnte gut und gerne bei uns in Köttelbach wohnen. Edith besitzt ein großes Haus und wird kaum etwas dagegen haben. Auf diese Art und Weise wäre Daniela nicht allein und sie könnte sich trotzdem noch um ihren Laden kümmern. Ich meine, von Köttelbach nach Gerolstein, das ist doch nun wirklich keine Entfernung."

„Ich würde doch lieber in meinen eigenen vier Wänden bleiben", entgegnete Daniela und zog wieder ihren Schmollmund. „Sie können mein Haus auch Tag und Nacht überwachen lassen, Herr Kommissar."

Laubach zog eine Grimasse. „Leider steht mir dafür nicht genug Personal zur Verfügung. Ein, zwei Tage mag das vielleicht gehen, aber länger? Auf keinen Fall. Mir wäre wirklich wohler, wenn Sie Rogers Angebot annehmen würden, Frau Neumann."

„Ich brauche aber wirklich keinen Babysitter und außerdem ist Herr Peters bei mir angestellt und nicht umgekehrt."

„Darüber brauchen wir gar nicht erst zu diskutieren, Daniela." Helmut war wütend.

„Du fährst nach Köttelbach und damit basta."

Daniela überlegte kurz. Sie schien das Für und Wider gegeneinander abzuwägen. Schließlich sagte sie zu. „Also gut! Aber nur wenn ich mich auch weiterhin um Wolfgangs Nachlass kümmern kann. The show must go on, versteht ihr?"

„Prima. Ich ruf mal kurz zu Hause an und spreche mit Edith." Roger Peters wählte eine Nummer und führte ein kurzes Telefongespräch mit seiner Lebensgefährtin. Als er aufgelegt hatte, grinste er und sagte: „Edith ist einverstanden. Sie meinte, dass ihr ein wenig mehr Gesellschaft sogar ganz gut tun würde."

„Na dann ist ja alles klar", erklärte Daniela mit einer Begeisterung, die irgendwie unecht klang.

„Ich bin wirklich sehr froh, dass sich jemand um dich kümmert", sagte ihr Bruder. „Ich rufe dich auch jeden Tag an", fügte er schnell hinzu. „Und geh nirgendwo alleine hin, du ..."

„Jetzt ist aber Schluss! Mach dir doch nicht so viele Sorgen um mich. Mir passiert schon nichts. Unkraut vergeht nicht."

Daniela umarmte ihn. „Nun mach schon, dass du fortkommst. Ich muss noch ein paar Sachen zusammenpacken."

Helmut küsste seine Schwester auf die Wange, nickte Laubach und Roger Peters zu und wandte sich zum Gehen. An der Tür blieb er noch einmal stehen und drehte sich um. „Und dass ihr mir ja gut auf sie aufpasst!"

Dann ging er hinaus und sie hörten, wie seine Schritte verhallten.

Daniela seufzte. „Außer ihm habe ich doch niemanden mehr", sagte sie leise.

Die Lichtkegel der Lampen warfen eine unnatürliche Helligkeit auf die grüne Ebene und verwandelten Gras und Bäume in eine surreale Landschaft. Auf dem Rasen befanden sich diverse Gartengeräte und ein Paar abgestreifte Arbeitshandschuhe. Ein rechteckiger Bodenabschnitt war mit einer Harke bearbeitet worden. Das Grundstück grenzte von einer Seite an eine Pferdekoppel und von der anderen an Ackerland. Roger Peters parkte den grünen MG auf dem Hof jenes alten Bauernhauses, welches Edith zu einer angemessenen Bleibe hatte herrichten lassen. Sie trug noch ihre Latzhose, als sie hinauskam und Daniela mit einer herzlichen Umarmung begrüßte.

„Sie sind also Frau Neumann. Das mit Ihrer Freundin tut mir wirklich sehr leid. Was für eine schreckliche Geschichte. Kommen Sie doch bitte herein und entschuldigen Sie meinen Aufzug. Ich habe noch ein bisschen gewerkelt. Es lenkt mich ab, wenn Sie verstehen, was ich meine."

Daniela nickte ihr freundlich zu. „Ich bin Ihnen sehr zu Dank verpflichtet. Ich hoffe nur, es macht Ihnen keine Umstände, wenn ich hier wohne. Aber Ihr Haus ist wirklich reizend." Sie stand im Flur. Von hier aus konnte sie in die anderen Räume blicken. Auf einmal kam etwas Wolliges auf sie zugeschossen und bearbeitete ihr Hosenbein.

„Nanu, wer bist du denn?“ Daniela bückte sich und streichelte das kleine Wollknäul, das anscheinend genau wusste, was es tat.

„Keine Angst, sie will nur spielen. Sie heißt übrigens Luna.“

„… und nervt genauso wie ihr Frauchen“, bemerkte Roger Peters, der mit zwei Koffern bepackt hinter den beiden Frauen das Haus betrat.

„Es ist so nett, dass Sie mich hier wohnen lassen“, gurrte Daniela. „Ich meine, ich bin doch eine Fremde für Sie und platze hier ganz ohne Vorwarnung in Ihr Privatleben.“

„Ach Papperlapapp, jetzt ist aber Schluss damit! Sie sind wirklich herzlich willkommen. Roger, bringst du bitte ihr Gepäck hinauf in das Gästezimmer? Und dann komm hinunter in die Küche.“

An Daniela Neumann gewandt sagte sie: „Vielleicht wollen Sie sich ja auch gleich hinlegen? Der Tag muss schrecklich für Sie gewesen sein.“

Daniela versuchte, das Bild ihrer toten Freundin aus dem Gedächtnis zu streichen.

Ich will das alles so schnell wie möglich vergessen.

„Oder möchten Sie vielleicht zuerst etwas trinken? Ich kann Ihnen einen Kräutertee machen, oder soll es etwas Stärkeres sein? Ein Glas Rotwein vielleicht?“

Daniela wäre am liebsten gleich schlafen gegangen, fügte sich aber dem freundlichen Angebot ihrer Gastgeberin.

„Ja, gerne. Ein Glas Wein wäre jetzt vielleicht nicht schlecht.“

„Fein. Gehen wir doch hinaus auf die Terrasse. Es ist noch angenehm warm draußen. Nur geben Sie acht auf die Mücken. Die kleinen Quälgeister sind überall in diesem Sommer. Aber es tut so gut, draußen sitzen zu können. In ein paar Wochen wird es damit vorbei sein.“ Edith nahm ein Tablett, stellte eine Karaffe mit Wein sowie drei Kristallgläser darauf und ging hinaus auf die Terrasse.

Roger Peters war inzwischen hinzugekommen und setzte sich auf die weiße Hollywoodschaukel. Er beobachtete, wie Edith die Gläser füllte. „Auf uns drei", sagte er und prostete den beiden Frauen zu.

„Auf Rita und Wolfgang", flüsterte Daniela leise.

„Wer ist denn Wolfgang?" Edith ignorierte Rogers warnenden Blick und öffnete eine Tüte mit Kartoffelchips.

„Hast du ihr denn nichts von Wolfgang erzählt?" Danielas Stimme klang fast ein wenig vorwurfsvoll.

„Nein, noch nicht. Ich wollte es ihr ja erzählen, aber bisher habe ich einfach noch keine passende Gelegenheit dazu gefunden."

„Wolfgang war mein Geschäftspartner", erklärte Daniela und bemühte sich krampfhaft, nicht loszuheulen. „Wir haben in Gerolstein ein gemeinsames Antiquitätengeschäft betrieben."

„Wirklich? Ich kaufe des Öfteren im Rondell ein." Ediths Stimme klang begeistert.

„Der Laden heißt N&E, aber Wolfgang, er …", Daniela schluchzte. „Wolfgang ist vor ein paar Tagen ermordet worden."

„Oh mein Gott, wie furchtbar. Aber natürlich! Ich hab doch in den Nachrichten davon gehört. Und das war Ihr Partner? Es tut mir wirklich leid."

Daniela spürte, wie der Knoten in ihrem Hals anschwoll. Sie griff nach dem Weinglas, das Edith ihr vollgeschenkt hatte, und nahm einen kräftigen Schluck.

„Aber die Geschichte von heute … Einfach schrecklich."

Roger Peters gab Edith ein Zeichen. *Verdammt! Muss sie darauf auch noch herumreiten?*

Jetzt verstand sie endlich. „Ich glaube, ich lasse Sie jetzt besser in Ruhe. Legen Sie doch einfach die Beine hoch und ruhen Sie sich aus. Komm Roger, wir gehen nach oben und beziehen das Gästebett."

Daniela trank noch etwas Wein. Die Wirkung ließ nicht lange auf sich warten, zumal sie wirklich fertig war. Diesmal würde sie keine Müdigkeit vortäuschen müssen, um direkt ins Bett verschwinden zu können. Man sah ihr an, was mit ihr los war.

„Wie lange kennst du sie eigentlich schon?" fragte Edith Roger Peters, als sie später zusammen auf der Terrasse saßen.

„Noch nicht sehr lange. Ich bin ihr ein paar Mal im Verlag begegnet und jetzt arbeite ich für sie. Warum fragst du?" Er goss sich Wein aus der Karaffe nach, die noch auf dem Tisch stand.

„Hm ... Ich dachte, du kennst sie vielleicht schon länger ... Ich meine, mir kam es so vor."

„Du glaubst doch etwa nicht, ich wäre mit ihr ausgegangen?" Er runzelte die Stirn.

Edith ging nicht auf seine Frage ein.

„Hübsch ist sie ja und dazu scheint sie auch noch klug zu sein. Auf solche Frauen stehst du doch normalerweise."

„Edith, nun mach aber mal 'nen Punkt. Du bist doch nicht etwa eifersüchtig? Ich tue nur Kloppe Laubach einen Gefallen, und außerdem versuche ich meine Arbeitgeberin am Leben zu erhalten. Mehr ist da nicht Edith – wirklich nicht!"

Sie warf ihm einen eisigen Blick zu. „Ich finde, Daniela ist einfach viel zu nett."

Was immer sie damit sagen wollte, er ging nicht darauf ein. Stattdessen sagte er: „Und doch ist sie für Laubach so etwas wie die Verdächtige Nummer eins. Stell dir vor, sie hat auf dem Handy von Ebersberger eine Nachricht hinterlassen, dass sie ihn umbringen wollte."

„Was? Danach sieht sie aber nun wirklich nicht aus. Aber wer weiß schon, was in einem vor sich geht, wenn Emotionen mit im Spiel sind? Also sieh dich vor, Roger."

Leise fluchend bedankte sich Roger Peters für den gutgemeinten Ratschlag.

„Ich hau mich hin, Edith. War ein komischer Tag heute." Damit ließ er sie auf der Terrasse sitzen und ging nach oben.

Daniela lag in dem fremden, dunklen Zimmer und konnte nicht einschlafen, obwohl sie hundemüde war. Sie wälzte sich von einer Seite auf die andere, doch sie wurde die Bilder von ihrer toten Freundin einfach nicht los. Immer wieder tauchten sie vor ihren Augen auf. Sie drehte sich um und rückte sich ihr Kissen zurecht. Ihr Rücken schmerzte bereits auf der viel zu weichen Matratze. Von irgendwoher drang leises Stimmengemurmel in ihr Zimmer, das plötzlich verstummte. Sie wusste, dass über sie gesprochen wurde. Daniela drehte sich auf die rechte Seite und dachte an Helmut. Wie gut, dass sie wenigstens noch ihren Bruder hatte.

Und wie wütend er geworden ist, als er hörte, dass Laubach mich verdächtigt.

Sie setzte sich auf und atmete tief durch. Viel lieber wäre sie in ihrem eigenen Zuhause geblieben, aber auf der anderen Seite war es gut, dass jemand auf sie aufpasste. Schließlich konnte man ja nicht wissen, was dieser Verrückte da draußen noch alles vorhatte. *Wenn er nur bald gefasst wird.*

Sie legte sich wieder hin und starrte gegen die Decke. Wie lange noch würde sie wohl ihre Augen offen halten können? Immer wenn sie sie schloss, erschienen sofort wieder die grausamen Bilder der getöteten Rita. Rita, wie sie ihr stolz den Schmuck zeigte, den sie auf der Auktion erworben hatte. Und jetzt war sie nicht mehr da. *Warum bloß hatte sie so grausam sterben müssen?*

Sie konnte nicht einschlafen, stand auf und schob die Gardine etwas zur Seite. Vom Fenster aus konnte man direkt in Ediths Garten blicken. Die Terrasse lag jetzt im Dunkeln. Dahinter begann die Pferdeweide. Und irgendwo da draußen wartete jemand auf sie. Vielleicht war er schon bei ihr zu Hause? Vielleicht hatte er die Waffe dabei, mit der er bereits getötet hatte? *Was er nur von mir will, der Unbekannte, dieses Schwein?*

Sie wusste es nicht. Sie konnte sich einfach nicht vorstellen, was das alles zu bedeuten hatte. Über dem ganzen Grübeln schlief sie endlich ein.

11

Wo war nur das verdammte Luder? Da machte man mal kurz etwas anderes und schon war sie verschwunden! Und das innerhalb von nicht einmal vierundzwanzig Stunden.

Er hatte sich bis an die Grenze zu Danielas Grundstück geschlichen. Die Bank sah verlockend einladend aus, aber er durfte es nicht riskieren, gesehen zu werden. Die Obstbäume würden ihm genügend Schutz bieten. Leise schlich er weiter. In dem Haus vor ihm rührte sich nichts. Alles war still. Keine Musik spielte, kein Fernseher lief, nichts.

Vielleicht ist sie ja noch im Bett, dann lege ich mich gleich zu ihr, dachte er spöttisch und blickte auf seine Uhr. Es war kurz vor zehn.

Nein. Das ist eher unwahrscheinlich. Er verwarf den Gedanken sogleich.

Um diese Zeit ist sie normalerweise schon längst in ihrem Laden. Er hörte ein Geräusch und duckte sich. *Falscher Alarm.* Es waren Nachbarn, die zur Arbeit oder zum Einkaufen gingen. Vorsichtig, damit ihn niemand sehen konnte, schlich er weiter. Indem er sich dicht an die Hauswand drückte, gelangte er zu dem kleinen Holztor, von wo aus er die Eingangstür und den Parkplatz überblicken konnte. Ihr Auto war nicht da. *Hm, wo sie wohl sein mag?*

Langsam ging er wieder zurück in den Garten und von dort aus hinüber zur Rückseite des Hauses. Eins der Küchenfenster stand auf Kippe. *Was für ein Glück!* Im Aushebeln von Fenstern kannte er sich aus. Ein gekonnter Griff, dann hing das Ding schräg in seinem Rahmen. Nun ließ es sich leicht aufschieben. Lautlos, wie er es gewohnt war, kletterte er in den Raum. In der Küche war kein Leben. Nur ein paar Kaffeetassen und zwei Gläser standen im Spülbecken und warteten darauf, abgewaschen zu werden.

Na dann wollen wir doch mal sehen, was mit der Kleinen los ist.

Im Haus war auch weiterhin alles still. Er öffnete die Tür des Kühlschranks und griff nach einer Bierflasche. Den Verschluss öffnete er mit den Zähnen. Noch während er den ersten Schluck zu sich nahm, inspizierte er die unteren Räume. Ab und zu blieb er vor einer der gläsernen Vitrinen stehen und begaffte deren Inhalt. Das, was er sah, sagte ihm nichts. So ähnlich wie neulich, als er schon einmal hier gewesen war.

Leise schlich er nach oben und betrat Danielas Schlafzimmer. Das war schon eher nach seinem Geschmack. Vor allem der zarte Parfümduft törnte ihn an. Ein Höschen hatte er sich bereits von ihr geborgt. Es hatte in der Wäsche gelegen und leicht nach ihrer Muschi gerochen. Er fragte sich, seit wann der Wunsch, sie zu besitzen, in Besessenheit umgeschlagen war.

Aber vorher wollte er noch mit ihr spielen. Je öfter, desto besser. Er spürte, wie er hart wurde. Er konnte es kaum noch erwarten. Und trotzdem war es wichtig, den richtigen Zeitpunkt abzuwarten. Aber das konnte er schließlich besonders gut: warten. Das hatte er im Gefängnis gelernt. Und eigentlich hatte er alle Zeit der Welt. Einmal hatte er in einem Buch aus der Gefängnisbücherei gelesen, dass man Rache am besten kalt servierte. Noch war sie nicht auf der Hut. Bald würde er losschlagen können. Bis dahin wollte er sie noch ein wenig beobachten und anrufen. Das machte ihm einen Heidenspaß. Aber dann musste auch alles richtig laufen.

Einmal hatte er Scheiße gebaut. Richtig dicke Scheiße. Vielleicht wäre er mit Ute, seiner Ex, ja auch irgendwie anders klargekommen. Mittlerweile hatte er das eingesehen. Sie zusammenzuschlagen war wirklich keine Lösung gewesen, aber sie hatte ihn mächtig genervt, ihn fast in den Wahnsinn getrieben. Und dann hatte sie alles ausgeplaudert und sich sogar bei den Nachbarn über ihn beschwert. Und das, obwohl er immer für sie gesorgt hatte. Er war schuften gegangen, während Madame es sich zu Hause gemütlich machen konnte. Und schließlich hatte man ihm verboten, seine Wohnung zu betreten. Seine eigene Wohnung, das musste man sich einmal vorstellen. Aber auch sie wird ihre gerechte Strafe noch bekommen. Dafür wird der Erwin sorgen, wenn er wieder draußen ist. Was für ein Glück, dass er Erwin Schürmann im Knast kennengelernt hatte. Sie waren Leidensgenossen und würden sich jetzt gegenseitig einen Gefallen tun. Wie oft hatten sie darüber gesprochen? Er erinnerte sich an all die endlos langen Nächte, in denen sie ihrer Fantasie freien Lauf gelassen hatten. Immer und immer wieder hatten sie sich ausgemalt, wie sie es wohl anstellen würden. Der Clou bei der Sache war, es so aussehen zu lassen, dass die betreffenden Personen genau zu wissen schienen, wer dahintersteckte. Jedoch wären sie niemals in der Lage, irgendetwas nachzuweisen. Der Plan war einfach genial.

„Trinken Sie Kaffee, Daniela?" Edith hatte von ihrem Frühstück aufgeblickt, als sie Daniela hatte kommen hören.

„Ja, gerne." Verlegen schaute sie sich um. Vor der Küchenbar standen nur zwei Stühle.

„Recht ist's so. Ohne Kaffee bin ich morgens auch nichts wert."

Scheinbar aus dem Nichts holte Edith einen Hocker hervor.

„Setzen Sie sich nur auf den Stuhl, Daniela. Roger kann auf dem Hocker Platz nehmen. Möchten Sie Eier, Toast, Schinken oder lieber Käse und Marmelade?"

„Ach bitte, machen Sie sich wegen mir bloß keine Umstände. Ein Kaffee reicht mir völlig." Daniela wirkte jetzt noch verlegener.

„Das kommt überhaupt nicht in Frage. Sie müssen doch etwas Vernünftiges essen. Für Roger und mich habe ich Omeletts gemacht. Warten Sie, ich brate Ihnen auch gleich eins."

„Morgen allerseits!" Roger Peters betrat die Küche und legte die Tageszeitung auf den Tisch. Luna, die kleine Mischlingshündin, war an seiner Seite.

„Hm, hier riecht es aber gut."

„Setzt dich nur. Die Omeletts sind bereits fertig. Ich mache nur noch schnell eins für unseren Gast. Hast du schon die Zeitung gelesen, Liebling?" Das „ie" zog sie dabei besonders in die Länge.

„Ich hab 'nen Blick hineingeworfen. Die Medien laufen Amok. Ihre Schlagzeilen überschlagen sich. Von überall her sind Reporter in die Eifel gekommen. Sogar aus Bonn und Köln. Laubach hat bereits eine Pressekonferenz einberufen. Allerdings kommt er in den Zeitungen nicht besonders gut weg. Ich möchte nicht in seiner Haut stecken."

Für einen Moment herrschte völliges Schweigen am Tisch. Nur Ediths Omelett brutzelte vor sich hin. Als es gelb-braun gebacken war, legte sie es auf einen Teller. Den reichte sie Daniela. „Hier bitte."

Daniela fühlte sich nicht richtig wohl in der ungewohnten Umgebung, doch als sie das Omelett auf dem Teller sah, lief ihr das Wasser im Mund zusammen.

„Vielen Dank. Es sieht sehr lecker aus."

„Konnten Sie denn wenigstens ein wenig schlafen?"

Edith betrachtete Daniela mit besorgter Miene. Sie hatte die dunklen Ränder unter ihren Augen bemerkt.

„Wenn ich ehrlich bin, überhaupt nicht. Ich musste immer an Rita denken. Mir will einfach nicht in den Kopf, dass sie tot ist."

„Das kann ich dir nachfühlen", sagte Roger Peters. „Immerhin geschieht es ja bereits zum zweiten Mal, dass du einen Menschen aus deiner unmittelbaren Umgebung verlierst."

Daniela seufzte. Das Omelett schien ihr im Hals stecken zu bleiben.

„Gott, wie ich das alles hasse!“

Roger Peters berührte sanft ihre Hand. „Es tut mir leid“, sagte er, bevor er seine Hand rasch wieder zurückzog.

„Ist schon gut. Irgendwie muss es ja weitergehen. Ich möchte nachher nochmal nach Gerolstein, in Ritas Laden. Ich muss doch feststellen, ob etwas gestohlen wurde. Schließlich kenn ich mich dort aus, auch wenn sie ihr Inventar ständig ausgewechselt hat. Die besonders wertvollen Schmuckstücke hat Rita immer an einem ganz bestimmten Platz aufbewahrt und sollte von denen etwas fehlen, so wird es mir bestimmt auffallen.“

„Okay. Ich fahre dich hin.“ Roger Petes stopfte sich den letzten Rest seines Omeletts in den Mund.

„Danke, Roger. Und danach möchte ich noch kurz zu mir nach Hause und ein paar Sachen zum Anziehen holen. Geht auch ganz schnell.“

„Kein Problem. Offiziell arbeite ich ja sowieso schon für dich.“

Später drückte er Edith einen Kuss auf die Wange und ging mit Daniela zu seinem MG. Spannung lag in der Luft. Irgendwie war die Stimmung explosiv, auch wenn niemand genau sagen konnte, woran es lag. Ohne sich weiter darum zu kümmern, brausten sie in dem kleinen Sportwagen ins Rondell nach Gerolstein.

„Bist du dir auch sicher, dass wir das tun sollen?“

Roger Peters deutete auf das Polizeisiegel und versperrte Daniela zunächst den Zutritt zu Ritas Laden. Sie nickte, schob ihn sanft beiseite und begann das Siegel zu bearbeiten. Es ließ sich ganz leicht abziehen.

„Schon passiert“, sagte sie und drückte sich gegen die Eingangstür, die sofort aufsprang. Der Verkaufsraum war abgedunkelt. Die Polizisten hatten die Rollos heruntergelassen. Trotzdem sprachen jene Überreste, die die Spurensicherung hinterlassen hatte, eine deutliche Sprache. Daniela ging nach hinten in Ritas Büro. Dunkle Flecken schmückten den Fußboden. Ihr wurde schlecht, als sie sich daran erinnerte, worum es sich handelte.

Hoffentlich kann ich mich konzentrieren, dachte sie.

„Und, fällt dir etwas auf?" Roger Peters war ihr nachgegangen.

Sie schüttelte den Kopf. „Bis jetzt noch nicht. Alles sieht so aus wie immer, bis auf ..." Sie überlegte. „Ich suche gerade nach jenen Schmuckstücken, die sie auf der Auktion gekauft hat."

„Warte, ich helf dir. Vielleicht hat sie ihren Schatz ja bereits irgendwo einsortiert?"

„Voilà! Hier ist zumindest schon einmal die Abrechnung des Auktionshauses." Daniela fand das gelbe Papier unter anderen Dokumenten auf Ritas Schreibtisch.

„Prima. Somit haben wir zumindest schon einmal eine Liste von Ritas ersteigerten Schnäppchen."

Sie suchten noch eine Weile weiter, dann gaben sie auf. Alles war an seinem Platz. Die Schmuckstücke, die auf der Liste standen, waren vollzählig.

„Ich glaube nicht, dass etwas fehlt", meinte Daniela und klang schon fast ein wenig enttäuscht.

„Dann hat der Radiosprecher also recht gehabt mit seiner Vermutung. Raub können wir getrost als Tatmotiv ausschließen", erwiderte Roger Peters und überwand den Drang, sie fest in seine Arme zu schließen. Stattdessen flüsterte er leise: „Der Täter muss von Anfang an vorgehabt haben Rita umzubringen."

Daniela schüttelte es bei seinen Worten.

„Aber warum denn bloß?" Ihre Stimme klang rau.

Roger Peters zögerte einen Moment zu lang und sie verstand.

„Du glaubst also auch, dass es wegen mir ist, nicht wahr?"

Er blickte sie lange an, vermied es aber, ihre Frage direkt zu beantworten. Stattdessen zuckte er hilflos mit den Schultern. „Irgendeinen Grund muss es doch geben. Wir müssen nur herausfinden, was es ist. Die Maske kann es nicht sein, oder?"

„Eher nicht."

„Und dieser Typ, der dich schon einmal ..." Diesmal vermied er es, sie anzusehen.

„Rita hat als Zeugin vor Gericht gegen ihn ausgesagt." Die Worte kamen nur zögerlich aus ihrem Mund.

„Was? Und das sagst du mir erst jetzt!" Er glaubte, nicht richtig gehört zu haben.

„Aber es muss irgendeinen Deal mit dem Staatsanwalt gegeben haben. Jedenfalls ist Schürmann verurteilt worden. Danach hat es keine weiteren Anhörungen mehr gegeben, obwohl er damit gedroht hat, sich an der Person zu rächen, die ihm das eingebrockt hat." Fast klang es so wie eine Art von Entschuldigung. Aber Roger Peters war jetzt hellwach.

„Das müssen wir unbedingt Laubach erzählen. Er muss bei dem Typen noch einmal nachhaken."

„In Ordnung, sagen wir ihm Bescheid. Können wir eben noch nach Rom fahren?"

„Aber sicher. Das ist kein Problem. Ich bin gern in der Gegend. All die schönen alten Häuser, die es dort gibt, und man hat immer seine Ruhe."

Daniela nickte ihm zustimmend zu. „Da hab ich echt Glück gehabt. Das Haus hat einem von Wolfgangs Kunden gehört. Es stand gerade zum Verkauf, als ich etwas Passendes gesucht habe. Soll ich dir noch meinen Laden zeigen? Er ist gleich gegenüber."

„Später, Daniela, später. Für heute habe ich genug Antiquitäten gesehen, auch wenn es sich ausschließlich um Schmuck gehandelt hat. Aber ich muss sowieso noch in deinen Laden. Es geht um die Ware, die Herr Ebersberger importiert hat."

„Kein Problem, Roger. Mein Laden läuft dir nicht weg."

„Na, das will ich wohl meinen", sagte er, obwohl er damit ausnahmsweise einmal falschlag.

Sie verschlossen Ritas Laden und gingen hinüber zum Parkplatz, wo Roger Peters den MG abgestellt hatte. Die Sonne schien und mit ein paar Handgriffen löste er das Verdeck aus seiner Verankerung. Offen fahren war nun einmal das A und O eines Cabrios. Mit einer Spange steckte sich Daniela die Haare zusammen, bevor sie losfuhren. Diesmal gab es so gut wie keinen Verkehr auf der L24 und nach nicht einmal zwölf Minuten hielten sie vor ihrem Haus in Rom.

„Bin gleich wieder da", sagte Daniela. „Es geht ganz schnell."

„Soll ich nicht lieber mitkommen?"

„Ach was! Jetzt übertreibst du's aber wirklich, Roger. Leg schon mal 'ne Kassette ein. Ich bin wirklich gleich zurück."

Wow, dachte Roger Peters. *Sie ist die erste Frau, die es begreift. In einen echten Klassiker gehört natürlich ein Kassettenradio.* Er tat wie ihm geheißen und beobachtete, wie Daniela auf ihren Briefkasten zuging und ihm einen dicken Stapel Post entnahm. Nicht dass etwas Besonderes dabei gewesen wäre. Nur Rechnungen, Werbung und eine Broschüre. Sie schloss auf, trat in ihr Haus und hielte inne.

Hat sich dort hinten etwas bewegt? Ach was. Ich sehe schon Gespenster. Trotzdem empfand sie ihr eigenes Haus als unheimlich. *Schnell die Sachen holen, und dann nichts wie weg von hier!* Sie lief nach oben in ihr Schlafzimmer, griff nach der Reisetasche, die wie immer auf ihrem Kleiderschrank lag, und öffnete die Schubladen. Zwischendurch achtete sie auf verdächtige Geräusche. Nein, da war nichts. In Windeseile packte sie ein paar Kleidungsstücke zusammen. Schließlich suchte sie ihren kleinen Schminkkoffer. Er befand sich wie gewöhnlich unter ihrem Bett. Daneben lag eine leere Bierflasche. Sie spürte, wie sich ihre Nackenhaare hochstellten. „Ob Roger die einfach dorthin …?“

Weiter kam sie nicht. Ohne Vorwarnung legte sich ein Arm um ihren Hals und drückte ihr die Luft ab. Als zusätzlich eine Hand auf ihren Mund gepresst wurde, spürte Daniela Panik in sich aufsteigen. Für einen Moment schien sie ihr Bewusstsein verlassen zu wollen. Ihre Beine zitterten und vermochten sie kaum noch zu tragen.

Etwas in ihr explodierte, dann fing sie sich wieder. Reaktionsschnell biss sie fest in einen der Finger. Jemand fluchte laut, ließ aber für einen Moment von ihr ab. Mutig setzte sie nach und stieß dem Angreifer mit voller Wucht ihren Ellenbogen in den Magen. Gleichzeitig hob sie ihren Fuß hoch und trat zu. Wieder folgte ein Fluchen, doch nun stieß sie jemand von hinten an. Sie taumelte nach vorn auf die Treppe zu, stieß mit dem Kopf gegen den Knauf, sah Sternchen und blieb liegen. In weiter Entfernung hörte sie, wie sie rief: „Du Schwein! Du verdammtes Schwein.“

Sie kam wieder zu sich, als sie irgendwo im Hintergrund eine Tür zuschlagen hörte. Auf einmal war es wieder da, jenes seltsame Gefühl der Hilflosigkeit. Sie raffte sich auf, rannte die Treppe hinunter und schaffte es bis zur Haustür. Dabei versuchte sie sich noch an dem Briefkasten festzuhalten, bevor sie zusammenbrach.

Roger Peters war gerade dabei die Kassette im Rekorder zurückzuspulen, als er sah, dass etwas nicht stimmte. Mit einem Satz sprang er aus dem kleinen Sportwagen und stürmte die Außentreppe hinauf.

„Ist was passiert, Daniela? Hast ja ganz schön lange gebraucht!“

„D…drinnen war jemand“, stammelte sie verwirrt. „Aber er muss da hinten raus sein“, fügte sie schnell hinzu und deutete auf die gegenüberliegende Seite des Flurs.

„Und was ist mit dir? Bist du okay?"

„Ich denke schon. Der Dreckskerl hat mich nur ein bisschen grob angefasst. Aber dafür hat er auch etwas abbekommen."

„Er hätte dich umbringen können."

„Hätte, hätte. Hat er aber nicht." In ihren Augen blitzte es. „Ich glaube, ich habe mich ganz schön gewehrt."

Er sah die Wut in ihrem Gesicht und bewunderte sie.

„Ich habe es satt, das Opfer zu sein, verstehst du? Ich meine, ich habe schon Angst, wenn ich mein eigenes Haus betrete, und wenn ich es wieder verlasse, beziehungsweise wenn ich überhaupt irgendwo hingehe. Das kann doch nicht ewig so weitergehen."

Als sie ihn anblickte, bemerkte sie Rogers skeptischen Gesichtsausdruck.

„Der Typ beginnt mein ganzes Leben zu verändern. Ist dir das eigentlich klar, Roger? Aber dieses Mal werde ich gewinnen. Er wird mich nicht kleinkriegen."

„Du bist wirklich ein tapferes Mädchen, Daniela."

Er nickte und streichelte ihren Arm, auch wenn Mitleid das Letzte war, was ihr jetzt helfen würde. Und so fackelte er erst gar nicht lange.

„Am besten fahren wir sofort nach Daun. Kommissar Laubach muss unbedingt von dem Überfall erfahren."

Und genau das taten sie. Den Weg zum Polizeipräsidium in Daun schaffte er in einer Rekordzeit von nur fünfzehn Minuten. Dabei missachtete er Stoppschilder sowie rote Ampeln und jagte den MG in den unteren Gängen hoch. Aber trotzdem kam es ihm irgendwie noch zu langsam vor. Vor dem Polizeigebäude musste er sich tatsächlich konzentrieren, um den kleinen Wagen in eine Parklücke zu setzen. Dabei erhaschte er im Rückspiegel einen Blick auf sich selbst, erkannte sich in dem Typen mit dem gehetzten Blick allerdings kaum wieder. Etwas zu grob riss er den Zündschlüssel aus dem Schloss und mahnte Daniela zur Eile an. Gemeinsam sausten sie die Stufen zu Laubachs Büro hinauf. Ein älterer Polizist in Uniform hielt sich am Treppengeländer fest und zog seine Augenbrauen in die Höhe.

„Nun aber mal schön langsam, meine Herrschaften. Wo soll es denn hingehen?"

Sie sahen ihn noch nicht einmal an, sondern riefen zurück: „Zu Kommissar Laubach! Wir haben etwas Wichtiges mit ihm zu besprechen."

„Halt, Moment mal! Sie können doch hier nicht einfach so ..."

Doch sie konnten. Roger Peters befand sich bereits auf der Türschwelle zu Renate Hübschers Büro und öffnete die Tür ohne anzuklopfen. Laubachs Sekretärin telefonierte. Ihre rauen Finger spielten mit den Tasten des grauen Telefons. Ohne ausdrückliche Einladung nahmen Daniela und er zunächst auf zwei Holzstühlen Platz, bis er es nicht mehr aushielt, plötzlich aufsprang und anfing wie wild in dem Zimmer von Laubachs Sekretärin umherzulaufen. Renate Hübscher beobachtete ihn mit einem verstohlenem Blick und griff nach der kleinen Plastikflasche mit Cola Light, die sie immer neben dem Telefon stehen hatte. Hastig trank sie einen Schluck, lächelte ihm zu und wollte gerade etwas sagen, dass wie „Er ist beschäftigt" klang, als Roger Peters dazwischen ging und sie beinahe anbrüllte: „Es geht um Frau Neumann! Sie ist überfallen worden!"

Das änderte ihr Verhalten umgehend. Auf einmal war sie die Unruhe selbst. Wahrscheinlich hatte ihr Laubach wieder einmal aufgetragen, dass er unter gar keinen Umständen gestört werden wollte.

„G...gehen Sie ruhig zu ihm rein, Herr Peters. Er wird sicher gleich Zeit für Sie haben."

Na warum denn nicht gleich so, dachte er und verschwand in Laubachs Büro. Daniela Neumann folgte ihm.

Laubach saß über ein Blatt Papier gebeugt und benutzte einen Kugelschreiber, um das Blatt auf seinen Schreibtisch zu drücken. So musste er es nicht berühren und würde keinerlei Abdrücke hinterlassen, was immer er da auch gerade untersuchte. Er tat alles, um nicht von dem Blatt aufsehen zu müssen. Roger Peters wurde langsam ungeduldig. Er räusperte sich.

„Er hat sie überfallen …"

Keine Reaktion.

„Mensch, Kloppe. Frau Neumann ist überfallen worden."

Diesmal sah Laubach kurz auf, blickte ihn an und betrachtete dann wieder das Schriftstück. Sein Verhalten brachte Peters fast um den Verstand. Er schrie ihn an: „Willst du verdammt noch mal nicht endlich etwas unternehmen?"

Sein früherer Schulkamerad erhob sich von seinem Tisch und ging hinüber zur Tür. „Einen Moment, bin gleich zurück."

Roger Peters schäumte vor Wut. Durch die offene Tür hörte er, wie Laubach etwas zu seiner Sekretärin sagte, konnte den genauen Wortlaut jedoch nicht verstehen. Einzig allein das Wort JVA Rheinbach ließ ihn aufhorchen. Plötzlich wurde die Tür aufgestoßen und der Kommissar trat zurück in sein Büro. Er ging zu seinem Schreibtisch und setzte sich.

„Mensch, Kloppe, bist du taub? Die Zeit läuft uns davon. Ich meine, er könnte es doch wieder versuchen. Der Typ ist wirklich unberechenbar."

Laubach nickte, aber Roger Peters war sich nicht sicher, ob der ihn richtig verstanden hatte. Doch diesmal legte er seine Dokumente beiseite.

„Also gut, dann erzählen Sie mal." Laubach rang sich ein Lächeln ab. Es war das erste Mal, dass er sich direkt an Daniela wandte. Und Daniela Neumann erzählte ihm alles. Es sprudelte förmlich aus ihr heraus.

„Ich wollte mir nur ein paar Klamotten holen und da … Er war in meinem Haus! Er muss schon die ganze Zeit dort gewesen sein."

„Und da heißt es doch immer, zu Hause sei es am schönsten", meinte Laubach, als sie ihren Bericht beendet hatte. Gleichzeitig griff er jedoch zum Telefon.

„Fräulein Hübscher, wissen Sie eigentlich, wo Schwarz… äh Sigismund steckt?"

Seine Sekretärin antwortete sofort. „Der ist doch nach Cochem gefahren, *jefe*. Der Weinpanscher, sie wissen schon."

Laubach lief rot an. „Ich will dieses verdammte ‚jefe' nicht mehr hören, Fräulein Hübscher! Weder von ihnen, noch von Schwarzenegger! Versuchen sie, ihn auf dem Handy zu erreichen. Er soll sofort nach Rom fahren und vor dem Haus der Neumann auf mich warten." Dann wandte er sich wieder seinen Besuchern zu. Seine Gesichtszüge wurden fast sanft, als er fragte: „Aber sind Sie in Ordnung, Frau Neumann? Oder soll ich lieber einen Krankenwagen rufen?"

Daniela hatte Laubachs Gemütswandel bemerkt.

„Nein danke. Es wird schon gehen. Vermutlich ist der Kerl noch schlimmer dran als ich. Ist ganz plötzlich verschwunden, der Schweinehund. Ich muss ihm ordentlich eins verpasst haben."

Laubach wunderte sich über so viel geballte Energie.

„Erzählen Sie mir bitte noch einmal, warum Sie alleine in das Haus gegangen sind."

„Es ist mein Haus, Herr Kommissar, wenn ich Sie daran erinnern darf, und da gibt es nicht viel zu erzählen. Ich wollte mir nur ein paar Sachen zum Anziehen holen. Roger hat draußen im Wagen auf mich gewartet. Als wir dort ankamen, war niemand zu sehen. Er muss sich drinnen versteckt haben."

„Oh, das war aber clever von ihm.", sagte Laubach mit unverhohlenem Sarkasmus.

„Ach hören Sie doch auf, Herr Kommissar." Sie senkte ihre Stimme.

„Sie haben sich äußerst leichtsinnig verhalten, Frau Neumann. Er hätte ihnen wer weiß was antun können." Laubach kniff seine Augen zusammen.

„Aber wieso denn?"

„Ich glaube, Sie verstehen mich nicht ganz richtig, Frau Neumann. Der Kerl hat vermutlich schon zwei Morde begangen und jetzt will er sie töten. Konnten Sie denn wenigstens etwas sehen? Haben Sie ihn vielleicht erkannt?"

„Leider nein. Er trug einen Kapuzenpulli und hat sich die Kapuze über den Kopf gezogen." Sie überlegte. „Er muss einen Kopf größer gewesen sein als ich. Und trotzdem hat er es nicht geschafft. Mich zu erwischen, meine ich."

Als sie aufblickte, sah sie Laubachs skeptischen Gesichtsausdruck.

„Immerhin hat er bei den anderen Überfällen einen scharfen Gegenstand benutzt und so etwas liegt sicher auch bei Ihnen im Haus herum. Sei's drum. Würde es Ihnen etwas ausmachen, die ganze Geschichte noch einmal Fräulein Hübscher zu erzählen? Sie kann die Einzelheiten aufnehmen und wird dann schon wissen, was zu tun ist. Und dann ab mit euch nach Köttelbach! Und Roger: Du lässt sie keinen Augenblick mehr aus den Augen, verstanden!"

„Stets zu Diensten, Herr Kommissar." Roger Peters grinste ihn an. „Es gibt da übrigens noch etwas, dass wir dir erzählen wollten."

Laubach tat so, als würde er interessiert zuhören. „Na dann los."

„Also, wie sich Daniela erinnern konnte, hatte Erwin Schürmann, als er verhaftet wurde, die Bemerkung fallen gelassen, dass er sich an der Person rächen würde, die ihm die Polizei auf den Hals gehetzt hat. Wir glauben aber, dass er damit nicht sie selbst, sondern ihre Freundin Rita gemeint hat. Und irgendeinen Einfluss muss Ritas Aussage auch wohl gehabt haben. Schürmann ist daraufhin verurteilt worden. Vielleicht solltest du dir den Kerl einmal ein wenig genauer anschauen. Was, wenn er zusammen mit einem Zellengenossen eine neue Scheußlichkeit ausgeheckt hat?"

Zu Rogers Überraschung schien Laubach von dem soeben Geschilderten überhaupt keine Notiz zu nehmen. Gelassen griff er nach seiner verknitterten Jacke und suchte nach einem Kaugummistreifen, den er sofort in seinen Mund schob. Kauend sagte er: „Los, jetzt aber raus mit euch! Was glaubt ihr eigentlich, was da in dem Fax steht, das ich die ganze Zeit über gelesen habe? Ich kenne jetzt sogar den Namen von Schürmanns Zellengenossen. Nur halte ich den ehrlich gesagt nicht für klug genug, um sich so etwas auszudenken. Und trotzdem habe ich vorsichtshalber die Fahndung eingeschaltet. Es dürfte nur eine Frage der Zeit sein, bis wir ihn haben."

Daniela und Roger schauten sich verblüfft an. Manchmal war ihnen der Kommissar einfach unheimlich.

12

Das Polizeifahrzeug mit Kurt Laubach am Steuer raste die kurvenreiche Landstraße entlang, die zuerst nach Birresborn und dann in Verlängerung bis nach Rom führte. An der abknickenden Vorfahrt fuhr vor ihm ein Milchtransporter auf die Hauptstraße.

„Verdammter Mist! Zu viel los", fluchte der Kommissar vor sich hin. „Warum zum Teufel passiert auch immer alles auf einmal?"

Er drückte etwas härter auf das Gaspedal, überholte den Transporter und fegte durch die nächste Kurve. Mit seinem alten Mercedes hätte er das nicht mehr machen können. Der Diesel pfiff so ziemlich aus dem letzten Loch.

Gott sei Dank, gleich bin ich da. Kaum hatte er diese Worte in seinen Gedanken ausgesprochen, da fing der Motor an zu stottern.

Willst du wohl … Er trat noch fester aufs Gas. Der Wagen ruckte und blieb stehen. Er hatte den Motor abgewürgt.

„Muss das denn jetzt sein?"

Wütend schlug er gegen das Lenkrad. Ein Blick auf die Armaturen zeigte die Nadel der Tankanzeige hinter der Reservemarkierung.

So eine Scheiße! Haben diese Trottel von der Bereitschaft doch vergessen nachzutanken. Wütend stieg Laubach aus dem Fahrzeug und drückte sich gegen die Fahrertür. *Was soll's. Sigismund kann mich nachher zurückfahren.* Er schob den Wagen über den Seitenstreifen und ließ ihn stehen. Dann ging er los. Nach nicht einmal fünfzehn Minuten erschien Danielas Haus in seinem Blickfeld. Schwarzenegger war bereits vor Ort. Dieser wunderte sich nicht schlecht, als er den Kommissar per pedes die kleine Anhöhe hinunterkommen sah. Sigismund selbst saß in einem Streifenwagen und hatte alles im Griff. Winzer Schäfer hatte gestanden, dass er seinen eigenen Wein ein wenig gestreckt hatte, nachdem er, Sigismund, ihm ein wenig zugesetzt hatte. Natürlich nur im Rahmen des Erlaubten. Dass er ihm angedroht hatte, er würde ihn so lange mit seinem Gebräu vollschütten, bis er die Panscherei gestand, wollte er lieber nicht publik machen. Sein Vorgesetzter Laubach zeigte leider für manche seiner Vorgehensweisen nur sehr wenig Verständnis. Danach hatte er sich auf dem Grundstück der Neumann umgesehen, aber keine Spuren gefunden.

„Nanu, Chef. Sie kommen zu Fuß?" Er blinzelte über den Rand seiner Sonnenbrille.

„Mir ist die Karre verreckt", begrüßte Laubach seinen Mitarbeiter, auch wenn er Sigismund nichts erklären musste. „Steht oben an der Landstraße, einsam und verlassen. Und was gibt es hier?"

„Absolut nichts, Chef. Keine Spuren, rein gar nichts. Und trotzdem muss der Typ dort hinten im Wald verschwunden sein." Sigismund deutete in die entsprechende Richtung.

„Das wäre möglich", pflichte Laubach ihm bei. „Die Neumann sagte, sie hätte die hintere Tür zuschlagen hören."

„Das passt, Chef." Da hinten hängt eines der Seitenfenster etwas schief in seiner Verankerung. Sieht ganz so aus, als hätte sich jemand daran zu schaffen gemacht."

„Also gibt es doch eine Spur, Rainer?"

„Nichts Konkretes, Chef. Das Fenster kann genauso gut auf andere Weise aufgegangen sein."

„Könnte, hätte, würde …", Laubach wurde langsam ungeduldig. „Aber gibt es denn nichts Greifbares von dem Typen?"

„Nichts, Chef. Der scheint sich in Luft aufgelöst zu haben."

Laubach zuckte mit den Achseln. „Hm … seit wann bist du denn hier, Rainer?"

Sigismund blickte auf seine Uhr. Es war ein vergoldetes Rolex-Imitat.

„Vielleicht seit zwanzig Minuten, Chef.“

„Also gut. Ich schicke in den nächsten Tagen die Spusi vorbei. Vielleicht finden die ja noch etwas. Die können sich dann auch gleich einmal drinnen im Haus umsehen, vorausgesetzt, die Neumann ist damit einverstanden. Irgendetwas muss der Kerl doch hinterlassen haben“. Er zückte seinen Notizblock und machte sich einen entsprechenden Vermerk. Als er damit fertig war, wandte er sich wieder an seinen Mitarbeiter. „Und du erinnerst mich bitte daran, dass ich die Neumann um ihren Haustürschlüssel bitte. Schließlich wollen wir ja nicht mit Gewalt in ihr Haus eindringen. Den Schlüssel kann sie meinetwegen unter die Fußmatte legen. Dort werden ihn die Kollegen von der Spurensicherung schon finden. So, und jetzt bring mich bitte zu meinem Wagen. Ach, ehe ich es vergesse. Vorher muss ich noch zu einer Tankstelle. Am Ortsausgang von Birresborn habe ich eine gesehen …“

Sie stiegen in den Streifenwagen und fuhren los.

Etwa zur gleichen Zeit saß Roger Peters Daniela Neumann im Dauner Burghof gegenüber, studierte die Speisekarte und tat so, als könne er sich nicht entscheiden.

„Und? Hast du bereits etwas gefunden?“

„Ach, ich weiß es nicht. Eigentlich habe ich überhaupt keinen Appetit. Was nimmst du denn?“ Sie klappte die Karte zusammen und legte sie beiseite.

„Also ich würde ja am liebsten die Muscheln essen, aber beim letzten Mal, als ich welche gegessen habe, ist mir schlecht geworden.“

Sie lachte. „Wenn dir davon schlecht wird, warum isst du sie dann immer wieder?“

„Weil ich sie liebe. Und jedes Mal denke ich: Heute wird mir davon bestimmt nicht übel.“ Er zuckte mit den Schultern. „Es gibt eben nichts Besseres als frische Muscheln. Dazu einen Salat und einen guten Wein. Apropos Wein. Lass uns erst einmal einen guten Tropfen bestellen. Den haben wir uns redlich verdient nach diesem beschissenen Tag heute."

Ihr Blick sagte ihm, dass sie genau verstand, was er meinte, und dass beschissen fast noch untertrieben war. Sie studierten die Weinkarte. Da kam auch schon die Kellnerin.

„Was darf ich Ihnen bringen?"

Die junge Kellnerin war neu hier. Jedenfalls hatte Roger Peters sie noch niemals zuvor gesehen. *Wirklich süß,* war seine Beurteilung. Das Namensschild an ihrer Bluse wies sie als Sonja aus.

„Ich habe mich gerade selbst überredet. Ich nehme die Muscheln, einen gemischten Salat mit Brot und einen einheimischen Rotwein", sagte er.

„Trocken?" fragte die Kellnerin.

„Lieber halbtrocken, wenn Sie den haben."

Die süße Kellnerin notierte den Wunsch.

„Für mich dasselbe, nur ohne die Muscheln", entschied Daniela schnell.

„Wie? Nur Wein und Salat? Ich kann ihnen den Hackbraten empfehlen", sagte Sonja.

Daniela überlegte einen Augenblick.

„Also gut, dann nehme ich den Hackbraten."

Wieder schrieb Sonja etwas auf einen Zettel.

„Püree oder gebackene Kartoffeln?"

„Hm ... also zum Hackbraten gehört eigentlich Püree, aber ich hätte lieber die Kartoffeln." Sonja machte sich entsprechende Notizen.

„Gibt es zu dem Hackbraten eine Sauce?" fragte Roger Peters.

„Ich glaube ja. Irgendetwas mit Kräutern. Ich kann den Koch fragen, wenn Sie es wünschen?"

Daniela lächelte. „Nein, das geht schon in Ordnung. Irgendetwas mit Kräutern ist immer gut."

„Prima, ich bin gleich zurück."

„Eigentlich bin ich nicht gerade scharf auf den Hackbraten", sagte Daniela, als Sonja in Richtung der Küche verschwunden war.

„Ach was, der ist bestimmt gut. Alles, was sie hier servieren, ist normalerweise recht ordentlich. Bist du überhaupt schon einmal hier drin gewesen?"

Daniela zuckte mit den Achseln. „Nicht wirklich."

„Was? Wie kann man hier nur so lange wohnen, ohne hier gegessen zu haben?"

„Ach, das weiß ich auch nicht. Jedenfalls bin ich nicht mehr hier gewesen, seit sie das Lokal umgebaut haben. Seltsam, nicht wahr? Meistens esse ich irgendwo in Gerolstein. Zusammen mit Rita." Sie schluckte. „Oder außerhalb. Wenn mich Helmut irgendwohin ausführt." Sie lächelte nervös.

Roger Peters hätte am liebsten ihre Hand genommen, aber irgendwie empfand er diese Geste in diesem Augenblick als unpassend.

Die Kellnerin kam und brachte eine Karaffe mit Wein.

„Einen kleinen Moment noch. Die Salate kommen gleich." Schon war sie wieder weg.

Daniela sah Roger Peters an. „Bist du dir mit den Muscheln auch wirklich sicher? Was, wenn dir wieder schlecht wird?" fragte sie.

Roger Peters grinste. „Dann verschwinde ich schnell auf die Toilette und danach geht es mir wieder gut."

Daniela schüttelte den Kopf. „Du bist wirklich verrückt, Roger." Sie lachte. Es war ein breites Lachen. Er bemerkte es sofort.

„Es gab in der letzten Zeit für dich nicht viel Grund zum Lachen, nehme ich an?"

Sie stützte die Ellbogen auf den Tisch und blickte ihn noch intensiver an. Ihr Lachen war verschwunden.

„Du glaubst also auch, dass ich an all den schrecklichen Dingen, die geschehen sind, zumindest eine Mitschuld trage, nicht wahr?"

Er wollte etwas erwidern, aber die Kellnerin kam und brachte die Salate.

„Entschuldigung, aber in der Küche ist plötzlich der Teufel los. Habe ich noch etwas vergessen?"

Sie schüttelten beide den Kopf.

Die Kellnerin füllte ihre Gläser bis zur Hälfte. „Ich hoffe, er schmeckt Ihnen. Bitte melden Sie sich einfach, wenn Sie etwas brauchen."

„Vielen Dank. Ich sag Bescheid, wenn wir noch etwas bestellen möchten." Dann wandte Roger sich wieder Daniela zu.

„Ach was. Das habe ich damit doch gar nicht sagen wollen. War dumm von mir, das Thema überhaupt anzuschneiden."

Sie saßen eine Weile zusammen, stocherten in ihren Salaten herum und sprachen kein Wort. Bis …

„Roger, ich …"

„Ist schon in Ordnung, Daniela. Du musst wirklich nicht darüber sprechen."

„Es tut mir so leid", flüsterte sie, stand auf und eilte zur Toilette. Als sie wiederkam, sah Roger Peters, dass sie geweint hatte.

Sonja kam und stellte lächelnd ihr Essen auf den Tisch. „Hackbraten mit gebackenen Kartoffeln für die Dame und eine Portion Muscheln für den Herrn."

Roger Peters schaute vorsichtig auf seine Begleiterin. „Guten Appetit, Daniela."

Schweigend begannen sie zu essen.

„Wie ist dein Hackbraten?" erkundigte sich Roger Peters nach einer Weile.

„Danke, gut."

Wieder aßen sie schweigend. Schließlich hielt es Roger Peters nicht mehr aus. „Du sahst so traurig aus vorhin, als du von der Toilette kamst."

Als Daniela nicht antwortete, sagte er: „ Entschuldigung. Geht mich ja auch wirklich nichts an."

Daniela kaute schweigend weiter.

„Es ist nicht so, wie du denkst", sagte sie nach einer längeren Pause.

„Ich hab doch gar nichts gedacht."

„Doch, das hast du. Du hast gedacht, dass ich sehr wohl etwas mit den Morden an Rita und Wolfgang zu tun habe."

„Es geht mich einfach nichts an, verstehst du?" Er begann mit den Fingern auf den Tisch zu trommeln und kniff die Augen zusammen, als wäre er mit sich selbst nicht im Reinen.

„Ich kannte sie doch gar nicht", sagte er schließlich.

„Roger, du musst dich nicht entschuldigen." Sie presste die Lippen zusammen und wandte den Blick von ihm ab. „Du willst nicht, dass ich etwas damit zu tun habe, nicht wahr?"

Er ließ ihre Frage unbeantwortet und widmete sich seinen Muscheln. Vorsichtig öffnete er die schwarze Schale und sog das helle Fleisch in sich ein. Dann nahm er eine der beiden Muschelhälften, riss sie von der anderen ab und besaß somit eine kleine Schaufel, um das weitere Muschelfleisch aus der harten Schale zu entfernen.

Die Muscheln waren hervorragend.

„Wir sollten die Probleme nicht herbeireden", sagte er und prostete ihr zu. „Das hat meine Mutter schon gesagt. Gott sei ihrer Seele gnädig."

Sie trank einen Schluck Wein und beobachtete ihn dabei, wie er das Muschelfleisch verschlang.

„Roger, ich hoffe, du weißt was du da tust. Geht es dir gut?"

„Sehr gut, Daniela. Wirklich sehr gut." Er kaute, was das Zeug hielt.

Als sie mit der Hauptspeise fertig waren, trat Sonja wieder an ihren Tisch. „Kann ich Ihnen noch etwas bringen? Kaffee vielleicht, oder ein Dessert?“

„Möchtest du, Daniela?“, erkundigte sich Roger Peters.

Sie schüttelte den Kopf. „Für mich nicht mehr, danke.“

„Dann bringen Sie uns bitte die Rechnung, Sonja.“

Die Kellnerin notierte rasch, was sie verzehrt hatten und addierte den Betrag.

Roger Peters bezahlte und gab ihr ein kräftiges Trinkgeld.

„Vielen Dank. Ich hoffe, Sie beehren uns bald wieder“, sagte sie und hielt ihnen die Tür auf.

„Worauf Sie sich verlassen können“, entgegnete er und zwinkerte ihr mit einem Auge zu. Noch während er und Daniela zum Parkplatz gingen, donnerte es, und über den Hügeln der Eifel zuckten die ersten Blitze. Sie blickten beide zum Himmel und berechneten im Geiste, wann der Regen wohl losbrechen würde.

„Hör zu, es tut mir leid“, sagte Roger Peters, als sie in den kleinen Roadster gestiegen waren. „Ich habe mehr Fragen gestellt, als mir zusteht. Es geht mich ja wirklich nichts an.“

Er startete den Wagen und fuhr los. Der Regen, der dann einsetzte, unterband jegliche Konversation. In dem engen Sportwagen war eine Zeit lang nichts zu hören außer dem rhythmischen Geräusch der Scheibenwischer. Zwischendurch schaltete er das Radio ein. SWR1 brachte Oldies, aber keiner von ihnen sang mit. Das unbehagliche Schweigen hielt an, bis Roger Peters in die Einfahrt zu Ediths Haus einbog. Ihr Corsa stand nicht auf dem Vorplatz.

„Sieht ganz so aus, als sei Edith noch nicht zu Hause.“ Nachdenklich trommelte er mit den Fingern auf das kleine Holzlenkrad. Dann öffnete er die Fahrertür, mühte sich heraus aus dem flachen Wagen, umkurvte ihn und öffnete die Beifahrertür. Er sagte: „Komm, gehen wir schnell ins Haus hinein, bevor wir noch nass werden.“

Als Daniela an ihm vorbeiging, berührte sie ihn ganz leicht. Dabei machte sie den Fehler, ihn direkt anzusehen. Er konnte nicht anders und riss sie an sich. Zuerst dachte er, sie würde ihn zurückstoßen, doch als sie ihn stattdessen umarmte, küsste er sie auf den Mund.

„Das wollte ich eigentlich schon die ganze Zeit tun."

„Und warum hast du nicht?"

Er zuckte mit den Achseln. „Nun ja, da sind die Mordfälle, Kommissar Laubach und natürlich Edith. Das passt irgendwie alles überhaupt nicht zu einem romantischen Zusammensein. Bei Ermittlungen in einem Mordfall hat mein Herz Sendepause. Was zählt sind nur die Beweise."

Daniela lächelte, bevor sie ins Haus gingen, und er küsste sie noch einmal. Es fühlte sich gut an. Seine Hände glitten über ihren Rücken und sie ließ es geschehen. Da zog er sie noch fester an sich. Hastig schloss er die Haustür auf und zog sie mit sich hinein. Drinnen küsste er sie wieder. Diesmal heftiger und länger. Dabei schob er sie ins Wohnzimmer. Sie waren so in ihre Leidenschaft versunken, dass sie das Klingeln an der Haustür überhörten. Sie zuckten förmlich zusammen, als jetzt jemand die Tür öffnete. Edith stand im Rahmen.

„Roger, bist du da?" rief sie laut.

Rasch aber widerwillig löste sich Roger von Daniela.

„Ich bin hier im Wohnzimmer." Er seufzte unterdrückt.

„Mein Schlüssel lag unten in der Handtasche, deshalb habe ich geklingelt. Ist Daniela bei dir?"

„Ja."

„Bist du dir da sicher?"

Daniela trat ins Licht. „Hallo Edith, ich bin hier."

Edith schaute sie verblüfft an.

„Hm ... Das ist aber seltsam. Ich habe geglaubt ... ach was, das muss ich mir eingebildet haben."

„Um was geht es denn, Edith?" Roger Peters half ihr aus der Jacke.

„Ach, das ist nicht so wichtig. Schließlich ist Daniela doch hier. Dann kann sie es ja nicht gewesen sein."

„Was kann sie nicht gewesen sein? Nun erzähl schon, Edith."

„Als ich die Einfahrt hinunterfuhr, glaubte ich jemanden zu sehen. Aber da Daniela bei dir ist …"

Sie hängte ihre Jacke an den Garderobenständer. Roger Peters und Daniela wechselten einen vielsagenden Blick. Dann öffnete er die Tür und lief hinaus auf den kleinen Vorplatz.

Drinnen schüttelte Edith den Kopf und sagte zu Daniela: „Hätte ich doch bloß nichts gesagt. Jetzt rennt er bei diesem Sauwetter draußen herum und lässt sich klatschnass regnen."

Wütend über sich selbst öffnete sie die Tür und rief hinaus: „Mensch, Roger, komm wieder herein! Da draußen ist doch niemand."

Ediths roter Corsa parkte vor dem Eingangstor. Roger Peters lief über den Hof und schaute in den Garten. Da war niemand. Dann ging er hinüber zur Veranda. Auch nichts. Der Regen tropfte in sein Gesicht. *Verfluchtes Sauwetter. Schnell wieder zurück ins Haus.*

„Ist alles okay, Roger?" Edith kam ihm mit einem Handtuch entgegen. Roger Peters schüttelte sich wie ein nasser Hund und schlüpfte aus seiner Jacke.

„Jip", erwiderte er. „Da draußen ist niemand zu sehen. Wie sollte auch, bei diesem Sauwetter? Kaum zu fassen, wie schnell das Wetter umschlägt. Vorhin hat es noch ganz gut ausgesehen."

Etwas in der Küche begann zu pfeifen. Der Teekessel.

„Daniela, holen Sie bitte drei Tassen aus dem Schrank?", bat Edith und beobachtete, wie sich Roger Peters die Arme mit dem Handtuch abtrocknete.

„Au fein", sagte er, während er in die Küche spähte. „Ein heißer Tee ist jetzt genau das, was ich gebrauchen kann."

Daniela hockte auf dem Hocker vor der Küchenbar. In ihrem Schoß lag eine Zeitschrift.

„Geht es dir gut?“ fragte Roger Peters und lächelte sie an.

„Das fragst du mich heute schon zum x-ten Mal.“ Sie blickte zu ihm auf und erwiderte sein Lächeln. „Bis jetzt ist mir doch noch nichts passiert, oder glaubst du wirklich, dass er da draußen ist?“

„Leider kann ich das nicht ausschließen. Vielleicht nicht gerade in diesem Moment, aber er wird kommen, verlass dich drauf. Und dann möchte ich verdammt noch einmal besser vorbereitet sein. Am besten lasse ich den MG vor der Einfahrt stehen. Dann sieht es so aus, als ob immer jemand zu Hause ist. Morgen früh schleiche ich durch die kleine Seitentür, halte mich dicht an der Hecke und nehme dann Ediths Wagen. Sie selbst wird natürlich die ganze Zeit bei dir bleiben.“

„Solch ein Umstand, nur wegen mir. Du und Edith, ihr beiden seid so nett zu mir. Fast habe ich ein schlechtes Gewissen ...“ Den letzten Satz flüsterte sie, schaute ihm direkt in die Augen und blinzelte ihn an. „Du weißt schon, wegen vorhin ...“

„Lass das nur meine Sorge sein, Daniela. Wichtig ist im Augenblick nur, dass dir dieser Kerl nichts tun kann.“

In diesem Moment erschien Edith mit einer Teekanne.

Laubach und Sigismund waren mit leeren Händen nach Daun zurückgekehrt. Sie hatten draußen vor Danielas Haus nicht die geringste Spur von dem Eindringling entdeckt, der wie vom Erdboden verschwunden zu sein schien.

Jetzt saß Laubach missmutig hinter seinem Schreibtisch und grübelte vor sich hin. Das Handy in seiner Jackentasche klingelte. Die Jacke selbst hatte er über die Lehne eines der Besucherstühle geworfen, die in seinem Büro standen. Bis er sich erhoben hatte und bei den Stühlen war, hatte das Klingeln bereits aufgehört. Stattdessen zeigte das kleine Display eine Nummer an, die er nicht kannte. Also rief er zurück und wartete, wer sich melden würde. „Laubach hier", sagte er. „Sie haben mich angerufen?"

„Herr Kommissar? Ich bin's, Helmut Neumann. Ich hab von dem Überfall auf meine Schwester gehört. Ich hoffe nur, dass ihr nichts passiert ist. Sollten Sie nicht auf sie aufpassen? Was tun Sie eigentlich die ganze Zeit?"

„Wie meinen Sie das?"

„Finden Sie dieses Schwein endlich! Gibt es bereits einen Verdächtigen, oder haben Sie wenigstens eine eindeutige Spur?"

„Bis jetzt nicht."

Laubach liebte es ganz und gar nicht, seine Ermittlungsergebnisse auszuplaudern, dazu noch an jemanden, den das Ganze absolut nichts anging. Trotzdem verstand er, dass sich Helmut wegen seiner Schwester Sorgen machte. Und der ließ nicht locker.

„Die beiden Mordfälle waren doch nicht mit Raubüberfällen verbunden, oder?"

„Nun ja. Einbruch mit Todesfolge kann ich leider noch nicht ganz ausschließen. Vielleicht hat der Täter Bargeld gesucht und Rita noch spät am Abend in ihrem Laden gesehen. Ich meine, vielleicht kam er zufällig vorbei, hat noch Licht gesehen und …"

„Vielleicht, vielleicht, vielleicht? Sie haben doch gesagt, dass es sich mit größter Wahrscheinlichkeit um denselben Täter handelt, der auch Wolfgang Ebersberger getötet hat. Und der jetzt hinter meiner Schwester her ist."

Laubach zog eine Grimasse. „Wir haben leider nichts, was ihn eindeutig identifizieren würde. Angeblich hat Ihre Schwester ja auch gar nichts gesehen. Aber ich kann Sie beruhigen. Es geht ihr gut. Sie hält sich im Haus von Roger Peters und dessen Lebensgefährtin Edith auf, und genau das lasse ich ständig überwachen."

„Das hoffe ich für Sie, Herr Kommissar", brummte Helmut in den Hörer. „Nehmen Sie die Sache bloß nicht auf die leichte Schulter. Ich habe in Daun einen bestimmten Einfluss, wenn Sie verstehen, was ich meine. Wehe, wenn Sie es vermasseln."

„Sie mich auch", erwiderte Laubach, nachdem er aufgelegt hatte. Das fehlte ihm gerade noch. Ein Grünschnabel, der ihm sagen wollte, was er zu tun und zu lassen hatte. Er stand auf und wollte gerade zur Tür hinausgehen, um den Kaffeeautomaten zu traktieren, als es abermals klingelte.

Verdammt! Hat man denn hier niemals seine Ruhe? Diesmal war es das Telefon auf seinem Schreibtisch, das ihn von seinem Vorhaben abhielt.

„Ich bin's, Chef", sagte Fräulein Hübscher mit süßlich herber Stimme. „Da ist ein Hartmut Reisiger für Sie in der Leitung. Soll ich ihn durchstellen?"

„Na was denken Sie denn? Dass Sie ihm etwas vorsingen sollen?" Wütend nahm er den Hörer in die rechte Hand. „Laubach hier. Was gibt's denn, Hartmut?"

„Hör mal zu, Kurt. Ich sollte mich doch für dich ein wenig in Sachen Erwin Schürmann umhören. Mein Fax hast du ja sicher bekommen. Zum Zeitpunkt der beiden Morde saß er definitiv hier in Rheinbach ein. Daran gibt es nichts zu rütteln. Kaum Besuche, keine Post, keine Anrufe, du weißt schon … Das habe ich alles gecheckt. Aber da gibt es einen Mann, Fabian Henschel, der eine Zeit lang mit ihm gesessen hat. So eine richtig fiese Type. Hat zwei Frauen vergewaltigt und ist trotzdem seit zwei Monaten wieder draußen."

Laubach horchte auf. „Du meinst, die haben das zusammen im Gefängnis ausgeheckt, und der eine hält nun die Fäden im Hintergrund zusammen, während der andere die Drecksarbeit erledigt?"

„Könnte doch gut sein, Kurt. Das würde doch prima in unser Zeitschema passen."

„Und deckt sich genau mit dem Zeitpunkt, als das bei der Neumann mit den Rosen und den anonymen Anrufen angefangen hat", brummelte Laubach in seinen Bart.

„Sagtest du etwas, Kurt?"

„Nein, nichts. Ich habe nur laut nachgedacht. Wir müssen versuchen herauszufinden, wo sich der Scheißkerl jetzt aufhält. Weißt du vielleicht, ob er zur Bewährung raus ist?"

„Ich glaub nicht. Es steht jedenfalls nichts davon in seiner Akte. Lange eingesessen hat er aber nicht. Irgendetwas ist bei seiner Verurteilung schief gelaufen. Du weißt schon, einer der Fälle, mit denen man nichts zu tun haben will."

„Wie meinst du das?"

„Nun, alle wussten, dass er schuldig war, aber dann hat es irgendeinen Verfahrensfehler gegeben. Und nun ist der Kerl wieder draußen und macht dort weiter, wo er aufgehört hat." Reisiger stieß einen Seufzer aus.

„Ich muss mich bei dir bedanken, Hartmut. Wirklich gute Arbeit. Hoffe, ich kann mich dafür einmal revanchieren."

„Gern geschehen, Kurt. Man hat halt so seine Kontakte und glaube mir, diesen Fabian Henschel hat hier keiner gemocht. Ich wünsch dir viel Glück bei deiner Jagd. Mach's gut."

„Ich werde es versuchen." Laubach legte auf. Eine Weile saß er reglos an seinem Schreibtisch und starrte vor sich hin. Was konnte er tun? Zunächst wollte er sich die Unterlagen über Fabian Henschel anschauen, danach würde er über sein weiteres Vorgehen entscheiden. Eine Möglichkeit wäre auch, nach Rheinbach zu fahren und sich Schürmann noch einmal vorzuknöpfen. Eventuell würde er sogar die Neumann mitnehmen. Sie könnte eine große Hilfe sein, ob es ihm nun gefiel oder nicht.

13

„Bist du dir wirklich ganz sicher, dass du mit ihm fahren willst, Daniela?“, fragte Roger Peters, als er Ediths Corsa auf dem Besucherparkplatz des Polizeipräsidiums in Daun parkte. Er hegte beachtliche Zweifel, ob es das Richtige war, was Laubach da vorhatte. Er hatte in aller Herrgottsfrühe angerufen und Daniela gebeten, mit ihm zur JVA nach Rheinbach zu fahren. Roger Peters war zunächst alles andere als begeistert gewesen, hatte aber dann eingewilligt, sie nach Daun zu fahren.

„Positiv“, erwiderte Daniela ohne zu zögern. Roger Peters war nach wie vor skeptisch.

„Hm ... wir wissen allerdings nicht, wie Erwin Schürmann reagieren wird, wenn er dich sieht“, meinte er. „Außerdem wird Laubach ihm einige Fotos zeigen, die du bestimmt nicht sehen möchtest. Sie stehen in Zusammenhang mit den Morden an Wolfgang und Rita. Vorhin am Telefon hat er so etwas angedeutet.“

„Ich bin okay, Roger, wirklich. Aber lieb von dir, dass du dir Sorgen machst.“ Sie streichelte seine Hand.

„Also gut. Dann begleite ich dich bis ans Gefängnistor. Für drinnen habe ich keine Erlaubnis. Ich werde auf dich und Laubach im Auto warten. Hoffen wir, dass es funktioniert.“

„Was?“

„Na, dass er euch alles sagt, was er weiß. Vorausgesetzt, er weiß wirklich etwas.“

Daniela nickte, sagte aber kein Wort. Da nahm Roger Peters ihre Hand und fragte: „Also gut, dann gehen wir jetzt los und holen Laubach ab.“

Sie trafen ihn bereits auf der Treppe zum Erdgeschoss.

„Hallo, ihr zwei“, begrüßte er Daniela und Roger Peters. „Wenn ihr bereit seid, dann wollen wir mal hören, was uns der Erwin Schürmann zu sagen hat.“

Daniela drückte Rogers Hand, als sie in das zivile Fahrzeug der Bereitschaftspolizei stiegen. Insgeheim war sie gar nicht so furchtlos, wie sie vorgab zu sein. Während der Fahrt kauerte sie auf der Rückbank und sprach kein Wort. Sie wünschte sich, Roger Peters würde sich einmal zu ihr umdrehen und ihr ein aufmunterndes Lächeln schenken, aber nichts geschah. Er blickte stur geradeaus und unterhielt sich mit Laubach über irgendein belangloses Thema. Und dann waren sie in Rheinbach.

Ein stechender Geruch von Reinigungsmitteln hing in der Luft, als Daniela und der Kommissar das Gefängnis betraten. Daniela war noch niemals in einer Haftanstalt gewesen. Sie spürte, wie ihr das Herz in die Hose rutschte. Dann standen sie vor dem kleinen Besucherzimmer in der Nähe des Direktorenbüros, wo sie Schürmann treffen sollten. Laubach bemerkte ihr Zögern.

„Sie schaffen das schon, Frau Neumann“, sagte er und legte ihr eine Hand auf die Schulter. Sie war grob und rau. Trotzdem gab diese Geste ihr so etwas wie neuen Mut.

„Wenn Sie also bereits sind?“

Daniela versuchte zu lächeln. Tief im Inneren jedoch begann sie zu zittern. Sein Kollege Hartmut Reisiger hatte heute frei. Ein anderer Wärter wartete bereits auf sie, als sie in das kleine Zimmer traten.

„Er kommt gleich“, sagte er kühl, nachdem er die beiden begrüßt hatte, und deutete Daniela an, sie möge sich hinter die Trennscheibe setzen. Als sie abermals zögerte, nickte Laubach ihr zu und setzte sich neben sie. Auf der anderen Seite saß der Gefängniswärter. Der Gefangene würde nicht die kleinste Chance bekommen, Daniela auch nur ein einziges Mal anzufassen.

Dann ging die Tür auf und Erwin Schürmann stapfte in den Raum. Als er Daniela sah, riss er überrascht die Augen auf. „Was soll denn das?“, fragte er verwirrt. „Mir hat niemand gesagt, dass sie kommen würde. Da spiele ich nicht mit."

Er trat einen Schritt zurück. Es dauerte einen kleinen Augenblick, bis er sich wieder gefangen hatte. Auf einmal wirkte er wütend und entschlossen zugleich.

„In knapp vier Wochen bin ich hier raus, und nun kommen Sie hierher und wollen mir noch etwas anhängen. Das riecht ja förmlich nach einer Falle."

Laubach winkte ihn zu sich herüber. „Nun entspannen Sie sich erst einmal, Schürmann. Niemand will Sie hereinlegen. Wir wollen nur mit Ihnen reden."

„Da bin ich mir aber gar nicht so sicher." Schürmann vermied es, Daniela anzusehen.

„Kannst ruhig reden", versicherte ihm der Wachmann. „Das hat auf deine restlichen Tage hier überhaupt keinen Einfluss."

„Aber unterschreiben tu ich nix! Damit das schon mal klar ist."

„Das müssen Sie ja auch gar nicht, Herr Schürmann. Wenn Sie sich das hier nur einmal anschauen würden?" Laubach legte die Mappe, die er mitgenommen hatte, vor ihm auf den Tisch.

„Was ist das?"

„Das sind Fotos von Wolfgang Ebersberger."

„Von wem?" Erwin Schürmann runzelte die Stirn. Er überlegte kurz. Dann schien es ihm einzufallen. „Ach so. Ist das nicht der Typ von dem Sie beim letzten Mal sprachen, als Sie hier waren?"

„Ganz genau, das ist er. Sieht schlimm aus, was?"

„Aber Sie wissen doch, dass ich damit nichts zu tun habe. Ich war hier drin, man!"

Angewidert verzog Schürmann das Gesicht.

„Natürlich, das weiß ich doch", brummte Laubach. „Aber was ist mit Rita Heinemann?"

„Rita wer?“

„Rita Heinemann. Sie erinnern sich doch sicher an sie. Ihr gehörte der Schmuckladen im Rondell. Nicht weit entfernt von Danielas Geschäft.“

Erwin Schürmann tat so, als würde er sich erinnern. „Ach so, diese dumme Kuh meinen Sie. Was ist denn mit ihr?“

Laubach blickte ihn lange an. „Nichts. Sie ist ermordet worden“, sagte er gefühllos.

Auch Erwin Schürmann tat so, als ging ihn das Ganze nichts an. „Hm … schade“, sagte er. „Und was soll ich damit zu tun haben?“

„Wolfgang war mein Geschäftspartner und Rita meine beste Freundin.“ Zum ersten Mal, seit sie den Raum betreten hatte, sagte Daniela etwas.

Schürmann zuckte mit der Schulter. „Nun ja. Ich war ja auch einmal ein guter Freund von dir, nicht wahr?“ Dabei zog er eine Grimasse.

„Sie wissen doch genau, dass das nicht stimmt.“ Daniela bemühte sich, die Fassung zu wahren.

„Ich weiß nur, dass du mich verraten hast. Du hast mich im Glauben gelassen, dass du mich liebtest.“

„Aber Herr Schürmann. So war es ganz bestimmt nicht.“

„Oh doch! Genauso war es. Und deine Freundin, die dumme Kuh, hat mir die Polizei auf den Hals gejagt. Aber mir vorher noch schöne Augen machen …“

„Immerhin haben Sie mich bedroht. Sie wollten mir etwas antun.“

„So ein Quatsch. Das ist genauso hirnrissig wie deine Vermutung, ich hätte etwas mit den Morden zu tun. Ich war hier drin, kapierst du das denn nicht?“

Diesmal war es Laubach, der sich räusperte. „Und wenn Sie, sagen wir mal, draußen einen guten Freund hätten, der das alles für Sie erledigt?“

Der Schlag saß. Erwin Schürmann errötete leicht. Trotzdem schien er sich schnell wieder zu fangen.

„Ich hab Ihnen doch schon einmal erklärt, dass ich keine Freunde habe.“ Jetzt ließ er sich nicht mehr beirren.

„In Ordnung, Schürmann. Hören wir auf mit den Spielchen. Sagt Ihnen der Name Fabian Henschel etwas?“

„Wer?“ Erwin Schürmann spielte den Unschuldigen.

„Fabian Henschel, Ihr Zellengenosse.“

„Ich weiß überhaupt nicht, von wem Sie reden. Was soll das überhaupt?“

Laubach öffnete die Mappe und breitete einige Fotos auf dem Tisch aus. Direkt vor ihm. Schürmann wandte sich ab. Laubach kochte vor Wut.

„Schau gefälligst her! Das ist Rita Heinemann, nachdem ihr jemand einen spitzen Gegenstand in den Hals gerammt hat.“

„Aber davon weiß ich doch nichts! Ich schwör's.“ Schürmann versuchte abermals sich abzuwenden, um die Fotos nicht ansehen zu müssen. Sein Gesicht war kalkweiß geworden. „Ich will das nicht sehen. Das ist ja eklig.“

„Okay, ich frage Sie noch einmal. In welcher Beziehung stehen Sie zu Fabian Henschel?“

Diesmal griff er zu einem anderen Foto, dass er aus der Mappe zog. Es zeigte einen ungepflegten Mann in Gefängniskleidung. Erwin Schürmann riskierte einen kurzen Blick auf das Foto.

„Ich kenne den Mann nicht und ich weiß auch nichts von diesen toten Leuten. Ich will nur meine Ruhe haben, bis ich hier rauskomme. Bitte belästigen Sie mich nicht mehr. Ich möchte jetzt in meine Zelle zurück.“

Laubach gab dem Wachmann ein Zeichen. Kurz bevor Schürmann den Raum verließ, baute er sich noch einmal vor ihm auf.

„Und wehe, wenn ich herausfinde, dass Sie doch irgendetwas damit zu tun haben …, dann gnade Ihnen Gott.“

„Ich weiß wirklich nichts", erwiderte Erwin Schürmann, stand endgültig auf und verließ das Zimmer.

Laubach bedankte sich bei dem Gefängniswärter und schob Daniela Neumann durch die geöffnete Tür. Wenigstens würden sie jetzt den penetranten Geruch des Gefängnisses loswerden. Mit düsteren Mienen und ohne ein Wort zu sagen, stiegen sie zu Roger Peters in das Dienstfahrzeug der Polizei. Der spürte die miese Stimmung sofort, verzichtete jedoch darauf, einen entsprechenden Kommentar abzugeben. Stattdessen war es Daniela, die als Erste etwas sagte, als sie schon wieder in Richtung der Autobahnauffahrt A61 fuhren.

„Ist nicht so gut gelaufen, was?"

„Kann man wohl sagen", wetterte Laubach und zog den Wagen in den obersten Gängen hoch. „Der Kerl hat uns ins Gesicht gelogen. Der weiß viel mehr, als er zugibt. Leider kann ich ihm nichts anhängen. Außer vielleicht, dass er mit Fabian Henschel die Zelle geteilt hat. Aber was beweist das schon? Gar nichts."

„Heißt so der Mann auf dem Foto?" Daniela hatte einen kurzen Blick darauf geworfen, aber der Typ sagte ihr nichts. Laubach nickte, um ihre Frage zu bestätigen. Dann sprach er kein einziges Wort mehr, während das Polizeifahrzeug über die A61 zurück in die Eifel donnerte.

Währenddessen saß Erwin Schürmann in seiner Zelle und grübelte darüber nach, was sich soeben ereignet hatte. Daniela war hier gewesen. *Die traut sich wirklich was. Hat sich aber kaum verändert, die Kleine. Aber mein Kumpel Henschel? Sah ja schrecklich aus auf dem Foto.*

Als ihm jedoch langsam dämmerte, was Laubachs Besuch für ihn bedeutete, wurde er immer unruhiger. Verdammt! Irgendwie würde der Kommissar schon herausfinden, dass es doch eine Verbindung zwischen ihm und Fabian Henschel gab. *Verdammt, verdammt!* Seine Lüge war töricht gewesen. Jetzt würde Laubach erst recht nachhaken. *Die Toten werden bereits mit Henschel in Zusammenhang gebracht, und wenn man die Verbindung weiterführt, landet man direkt bei mir. Auf der anderen Seite kann mir niemand etwas anhaben. Das heißt, wenn Fabian den Mund hält. Aber wird er auch wirklich den Mund halten? Verdammt, der Plan ist doch so gut gewesen.* Er ging in seiner Zelle auf und ab.

Ich weiß wirklich nicht genau, was Henschel getan hat. Jedenfalls war von Mord niemals die Rede gewesen. Dummerweise habe ich keinen Kontakt mehr zu ihm. Bis vor ein paar Wochen, hat er sich wenigstens noch ab und zu bei mir gemeldet. Besser gesagt bei Egon aus dem anderen Trakt. Was, wenn alles nur ein Zufall ist? Ja genau. Ich werde einfach weiterhin leugnen ihn zu kennen. Die paar Wochen hier werde ich auch noch überstehen und dann bin ich frei. Ich habe ja auch wirklich nichts getan. Falls Fabian da draußen Amok läuft, so ist das seine Sache. Ich war hier drin und hab mit alldem nichts zu tun. Jetzt war er wieder ein wenig ruhiger. Sie konnten ihm alle mal den Buckel runterrutschen.

„Sie haben Besuch", verkündete Fräulein Hübscher, als Laubach kurz in ihr Zimmer schaute. „Die Herren sitzen bereits in Ihrem Büro."

„Und das haben Sie zugelassen? Wer ist es denn?" Laubach glitt aus seiner Jacke. Renate Hübscher wies auf die Tür zu seinem Büro und flüsterte: „Der Bruder. Und er sieht nicht besonders glücklich aus."

„Schon wieder dieser Helmut? Was hat er denn diesmal auf dem Herzen?"

Seine Sekretärin zuckte mit den Schultern. „Er hat mich gefragt, ob ich wüsste, wo seine Schwester ist."

„Und Sie haben es ihm gesagt?"

„Natürlich. Woher soll ich denn wissen, dass er sich aufregt, nur weil sie mit Ihnen ins Gefängnis gefahren ist."

„Na dann Mahlzeit. Am besten bringe ich es gleich hinter mich."

Als er sein Büro betrat, stellte er fest, dass Helmut Neumann nicht alleine war. Natürlich. Fräulein Hübscher hatte ja auch von Herren gesprochen. Sein Begleiter war niemand Geringerer als Staatsanwalt Gerd Leyendecker. Und der meldete sich sofort zu Wort.

„Tag, Kurt. Deine Sekretärin da draußen hat uns gesteckt, dass du den Vormittag zusammen mit Frau Neumann in der JVA Rheinbach verbracht hast. Allerdings muss da wohl ein Missverständnis vorliegen. So etwas Dummes würdest du doch niemals tun, nicht wahr?"

Laubach fand gerade noch die Zeit, um sich an seinen Schreibtisch zu setzen.

„Nein, Gerd. Du hast überhaupt nichts missverstanden. Wir sind tatsächlich im Gefängnis gewesen. Frau Neumann hat sich ausdrücklich bereit erklärt, dass ..."

Helmut Neumann schäumte vor Wut. „Das darf doch nicht wahr sein. So wenig Feingefühl hätte ich selbst Ihnen nicht zugetraut. Haben Sie überhaupt eine Ahnung davon, was dieser Kerl meiner Schwester angetan hat?"

„Das ist mir sehr wohl bekannt." Um sich abzulenken, kramte Laubach in irgendwelchen Dokumenten herum.

„Und Sie haben sie trotzdem mitgenommen? Ich werde ..."

Bevor er den Satz beenden konnte, war Laubach aufgestanden. Bedrohlich blinzelte er ihn an. „Ich will Ihnen mal etwas sagen, Sie neunmalkluger Fatzke. Niemand hat Ihre Schwester irgendwo mit hingeschleppt. Sie wollte unbedingt mitkommen und eins können Sie mir glauben, der Schürmann hat sich in ihrer Gegenwart verdammt unwohl gefühlt." Ohne weiter darauf einzugehen, wandte er sich jetzt an den Staatsanwalt. „Übrigens, ist dir Erwin Schürmann ein Begriff?"

Leyendecker überlegte kurz. Dann sagte er: „Ist das der Mann, der hinter Helmuts Schwester her war und sie mehrfach belästigt hat?“

„Sagen wir besser, er ist sie einmal sogar direkt körperlich angegangen. Und deshalb, beziehungsweise wegen noch ein paar anderen Kleinigkeiten, sitzt er in Rheinbach ein.“

„Und was hat das mit den beiden Mordfällen zu tun?“

Laubach holte tief Luft. „Nun, es gibt da die Verbindung zu einem ehemaligen Zellengenossen namens Henschel.“

„Doch nicht etwa Fabian Henschel, der Vergewaltiger?“

„Doch genau der.“

„Verdammt! Ich kenne seine Geschichte. Aufgrund eines Verfahrensfehlers musste man ihn laufen lassen, obwohl alle Welt wusste, dass er schuldig war.“

„Ganz genau, den meine ich. Muss ein wahrer Menschenfreund sein, dieser Fabian Henschel.“

Eine Weile saßen sie schweigend da. Schließlich meinte Staatsanwalt Leyendecker: „Ich verstehe überhaupt nichts. Den Fall hat damals ein Kollege von mir vor Gericht gebracht. Leider ohne großen Erfolg.“

Laubach erklärte es ihm. „Ich glaube, dass Fabian Henschel Wolfgang Ebersberger und auch Danielas Freundin Rita Heinemann umgebracht hat. Zwei Personen, die Erwin Schürmann offensichtlich im Weg waren.“

„Warte mal, Kurt. Gab es da nicht einen Film …? Verdammt, wie hieß der denn noch? Ich komme gerade nicht auf den Namen. Aber darin beschließen zwei Männer, jeweils für den anderen zu töten, damit der Verdacht nicht direkt auf sie selbst fällt.“

„Demnach müssen sich Schürmann und Henschel aber sehr gut gekannt haben“, warf Danielas Bruder dazwischen, der auf einmal merklich aufgetaut war.

„Ganz genau. Das sehe ich auch so. Und deswegen bin ich ja auch heute Morgen in Rheinbach gewesen. Ich wollte ihn aus der Reserve locken, aber er mimt den Ahnungslosen. Ich hab einfach keine Handhabe gegen ihn." Laubach drehte einen Radiergummi auf die andere Seite. „Und da ist noch etwas, das mir zu denken gibt. Erwin Schürmann wird in wenigen Wochen entlassen und da frage ich mich automatisch: Was passiert wohl als Nächstes?"

Staatsanwalt Leyendecker runzelte die Stirn. „Du glaubst, dass er dann seinen Part des Deals ausführen wird?"

„Klingt doch irgendwie logisch, oder nicht?" Laubach schob seine Dokumente auf die Seite, und Leyendecker wartete mit einer Idee auf, die dem Kommissar ganz und gar nicht schmeckte.

„Sag mal, Kurt, hast du schon einmal darüber nachgedacht das LKA einzuschalten? Ich meine ganz offiziell?"

Laubach biss sich auf die Unterlippe. *Muss der jetzt damit anfangen?*

„Ja, ich habe mal daran gedacht", gab er zu.

„Ich könnte da etwas für dich tun."

„Vielen Dank, Gerd, aber hier in der Eifel kenne ich mich mit den Gegebenheiten am besten aus. Sollte ich jedoch feststellen, dass ich es wirklich nicht allein schaffe, dann komme ich gerne auf dein Angebot zurück."

„Jederzeit, Kurt."

„Fahren Sie heute noch nach Rom?" wollte Helmut Neumann wissen. „Vielleicht könnte ich in Danielas Haus übernachten?"

„Wie bitte?" Laubach glaubte, nicht richtig gehört zu haben. Ausgerechnet Danielas Bruder wollte jetzt den Helden spielen.

„Ich hatte eigentlich nicht vor, heute noch zu fahren."

„Ach so, ich dachte nur. Ich hab ja noch einen Schlüssel zu ihrem Haus."

Was für eine Logik, dachte Laubach. *Fehlt nur noch, dass ich auf den auch noch aufpassen darf.* Wörtlich sagte er: „Das halte ich für keine besonders gute Idee, Herr Neumann. Wir wollen besser nichts riskieren. Und machen Sie sich keine Sorgen um Ihre Schwester. Frau Neumann befindet sich in den besten Händen." Jetzt lächelte er eindeutig zweideutig.

Staatsanwalt Leyendecker legte Helmut eine Hand auf die Schulter und musterte ihn aufmerksam. „Das Ganze nimmt dich ganz schön mit, mein Guter, nicht wahr?"

„Sagen wir mal, dass es mich nicht gerade kalt lässt." Helmut lächelte schwach. „Aber es ist schon okay. Vielleicht ist es auch besser so. In jedem Fall tausendmal besser, als wenn Daniela allein wäre."

Damit war die Unterhaltung beendet. Laubach war froh, noch einmal so glimpflich davongekommen zu sein. Oder war es seine besondere Gabe, dass er alles zu seinen Gunsten drehen konnte?

Das Erste, was ihm auffiel, als sie in Köttelbach ankamen, war, dass sein grüner MG nicht in der Einfahrt stand. Er parkte den Corsa auf dem kleinen Vorplatz. Dann gingen sie hinein. In Ediths Haus selbst war es seltsam dunkel und still. Roger Peters schaltete das Licht im Flur an und ging in die Küche.

„Edith", rief er, als er sie dort nicht antraf. Die Tür zum Garten war nur angelehnt. „Edith, bist du da draußen?", fragte er. Als keine Antwort kam, machte er die Verandatür auf und blickte hinaus. Ihr Garten-Werkzeug lag ungeordnet auf dem Rasen. Er ging zurück ins Wohnzimmer und schaltete das Radio an. Irgendwie ging ihm die Stille auf die Nerven. Daniela war nach oben gegangen. Sie wollte sich umziehen. Er zögerte einen Moment, sich auf das Sofa zu setzen, denn jedes Mal, wenn er es sich darauf gemütlich machen wollte, kam die kleine Luna angeschossen und versuchte, sich auf seinen Schoß zu setzen. Wie jedes weibliche Wesen verlangte auch sie nach Streicheleinheiten. Wenn Edith da war, tolerierte er das Tier normalerweise, aber wenn er alleine war, schubste er sie auch schon mal hinunter. Luna verschwand dann sofort mit einem bösen Knurren.

Wo ist sie jetzt überhaupt? „Luna, du kleine Nervensäge, wo bist du?"

Wenn er ihr ihren Lieblingsknochen gab, würde sie schon auftauchen. Er blickte in ihr Körbchen. Da war kein Knochen zu sehen.

„Hm … und jetzt?"

Ein komischer Gedanke kam ihm in den Sinn. Er spurtete die Treppe hinauf. Im Schlafzimmer fehlte eine Reisetasche. Sofort kontrollierte er den Kleiderschrank und öffnete sämtliche Schubladen, um nachzusehen, ob noch etwas fehlte. Allerdings besaß Edith so viele Klamotten, dass er schon nicht mehr richtig durchblickte. Während er die Treppe wieder hinunterging, versuchte er sich einen Reim darauf zu machen. Anscheinend gönnte sich Edith eine Auszeit. Trotz des seltsamen Gefühls, das in ihm aufstieg, versuchte er sie zu verstehen. Das Ganze war einfach zu viel für sie gewesen. Er wusste, dass es um ihren Gemütszustand nicht gerade zum Besten stand. Höchstwahrscheinlich saß sie gerade bei einer Freundin und weinte sich aus. Nur dass sie ausgerechnet den MG mitnehmen musste, fuchste ihn gewaltig. Allerdings hatte die Situation auch etwas Gutes. Jetzt würde er Daniela für sich alleine haben. Vielleicht sogar für ein paar Tage.

Insgeheim hatte er gehofft, das ganze Theater würde schnell vorbeigehen, doch danach sah es im Moment überhaupt nicht aus. Trotzdem war er es irgendwie leid, den Aufpasser zu spielen. Na ja, jedem das Seine. Wirklich wichtig war nur, ihr den Kerl vom Leib zu halten, der sie bedrohte. Leise schwang hinter ihm die Tür auf. Daniela, nur auf Strümpfen, hatte sich von hinten angeschlichen.

„Niemand hier?", fragte sie und streichelte ihm dabei über den Rücken.

„Edith ist fort." Roger Peters sagte dies, ohne sie direkt anzusehen.

„Es ist ja noch früh. Vielleicht kommt sie noch heim."

Er drehte sich zu ihr um. „Sieht nicht danach aus. Eine Reisetasche fehlt und Luna ist auch nirgendwo zu sehen. Dabei ist sie immer die Erste, die einen begrüßen kommt."

Erst jetzt bemerkte er, dass sich Daniela umgezogen hatte. Das helle Kleid, das sie jetzt trug, war seitlich an einer Hüfte gerafft und verlief in einem langen Schlitz nach unten, der sich beim Gehen öffnete und schloss. Es stand ihr ausgesprochen gut. Sofort erhellte sich seine Miene. *Sei's drum. Edith wird schon wissen, was sie tut.*

„Wie gut, dass ich Laubach versprochen habe, auf dich aufzupassen", sagte er.

Das wusste sie und legte lächelnd ihren Kopf an seine Schulter.

„Ich möchte noch ein Bad nehmen", sagte sie. „Ich meine, bevor wir …"

Rogers Blick signalisierte vollkommene Zustimmung.

„Du kennst dich ja oben aus", sagte er. „Wie heißt es doch so schön: *Just help yourself.*"

Die Ereignisse in meiner unmittelbaren Nähe sind nur Alpträume gewesen, entschied Daniela, als sie das Badezimmer betrat und die Wanne volllaufen ließ. Das hier ist die richtige Wirklichkeit: Die beigefarbenen Fliesen an der Wand, die bunten Blumen auf der Fensterbank, die flauschigen Badetücher, die sie aus dem kleinen Schrank geholt hatte, und die verstellbaren Borde, auf denen Edith, angefangen vom Lippenstift bis zum WC-Reiniger, alles untergestellt hatte.

Als die Badewanne zu drei Viertel gefüllt war, ließ sie das helle Kleid auf den Boden gleiten und stieg in das warme Wasser. Dort streckte sie sich genüsslich aus, schloss die Augen und presste eine dampfende Hand auf ihr Gesicht. Nein! All das war leider kein böser Traum gewesen, sondern grausame Realität. Und der würde sie sich irgendwann stellen müssen. Wenn sie bloß verstünde, was hier vorging. Sie tauchte tief in die Wanne ein und schloss abermals die Augen. Sie würde die Dinge einfach auf sich zukommen lassen müssen, genauso wie ihre Gefühle. Es war absolut idiotisch, denn sie kannte Roger Peters nicht wirklich. Und dennoch fühlte sie, dass sie ihn jetzt brauchte. Sowohl als Vertrauensperson als auch als Beistand. Und sie wusste, dass sie mit ihm schlafen würde. Sie dachte daran, als sie zum letzten Mal einen Mann begehrt hatte. Nun, das war eine wenig erfreuliche Geschichte gewesen.

Wie lange sie in der Wanne gelegen hatte, wusste sie nicht. Es kam ihr wie eine kleine Ewigkeit vor. Sie fühlte sich seltsam besäuselt. Ein bisschen müde und gleichzeitig angetörnt. Im Spiegel begutachtete sie ihren wohlgeformten Körper, während sie sich abtrocknete. Dann griff sie nach einem der Badetücher, die gefaltet und fein geordnet im Regal lagen, schwang es um sich und öffnete die Tür.

Draußen auf dem Flur trafen sie sich fast gleichzeitig; Daniela eingewickelt in eines der flauschigen Badetücher. Das feuchte Haar fiel ihr über die Schultern und ein betörender Duft nach Waschlotion umgab sie. Ihre Haut war von dem Bad noch stark gerötet.

Roger Peters hatte schnell in das von ihm und Edith gemeinsam benutzte Schlafzimmer gehen wollen, nun aber stand er minutenlang nur da und schaute Daniela an.

„Bist du in Ordnung?“ fragte er schließlich.

„Ja“, hauchte sie leise, weil es die Wahrheit war.

„Mir wäre es lieber, wenn du dich noch ein wenig ausruhen würdest.“

Statt einer Antwort legte Daniela ihre Hände um seinen Nacken und zog ihn zu sich herunter. Mit der Zunge zeichnete sie die Form seiner Lippen nach und schob sie dann hastig in seinen Mund. Dabei drückte sie sich eng an ihn und gurrte: „Lass uns miteinander schlafen, Roger ... einfach so, wie ein Mann und eine Frau, die zusammen sein wollen. Ich will für einen Augenblick all diese schrecklichen Ereignisse vergessen."

Er war ihr jetzt so nah, dass sie seinen Atem spüren konnte. Es war verrückt, es war unmöglich, aber es war real. Und es verwirrte ihre Sinne. In ihrem Körper fand eine unsichtbare Explosion statt. Sie zitterte wie Espenlaub und ihr wurde entsetzlich heiß. Endlich fühlte sie sich wieder wie ein Teenager und schämte sich fast für ihre Gefühle. Roger Peters schaute sie an. Wenn sie wollte, konnte sie einen richtigen Schlafzimmerblick aufsetzen und ihre Augenlider bis über die obere Hälfte der Iris fallen lassen. Allein deshalb hatte Daniela seit ihrem vierzehnten Lebensjahr keinen Mann mehr direkt ansehen dürfen. Tat sie es doch, so maß er ihren noch so belanglosen Worten mit Sicherheit eine sexuelle Bedeutung bei.

Roger Peters spürte den heftigen Schlag seines Pulses, als er ihr das Handtuch aufknotete und sie in das Gästeschlafzimmer trug. Wenigstens eine kleine Spur von Verlegenheit hätte er von sich selbst erwartet, aber da war keine. Ihre festen Brüste bebten, als sie freikamen, und als er ihre aufgerichteten Brustwarzen sah, reagierte sein Körper sofort. Daniela sah die Erregung in seinen Augen, während sie ihrerseits sein Hemd aufknöpfte. Er wollte ihr helfen und fummelte an dem Reißverschluss seiner Hose herum, doch Daniela schob seine Hände beiseite und begann seinen Körper zu erkunden. Bei jeder freigelegten Stelle, die ihre Finger berührten, schauderte ihm wohlig, und sie hörte, wie er etwas vor sich hin stammelte, dass sie nicht verstand. Sie wusste, dass er sie jetzt begehrte wie niemals zuvor, und sie genoss die Macht, die sie ausüben konnte.

Endlich stand sie vor ihm. Nackt wie eine Venus. Ihr Körper schien einzigartig und vollkommen aufgeblüht zu sein. Im schillernden Licht der Nachttischlampe erschien ihre Haut so makellos fein und ließ ihn an Marmor denken. Sein Herz machte Luftsprünge und sein Atem passte sich der heftigen Bewegung seines Brustkorbs an. Das Verlangen nach einander wuchs mit jeder Berührung. Die Küsse wurden fordernder, die Zärtlichkeiten dringlicher.

Ihre Erregung parfümierte die Atmosphäre. Suchend, verführend und verlangend wanderten seine Lippen über ihren Körper, bis ihre Haut glühte. Mit einer nie für möglich gehaltenen Kraft rollte sie sich auf ihn. Er brauchte sich überhaupt nicht anzustrengen und empfand es als äußerst angenehm, sich nicht um ihre Lust kümmern zu müssen, da ihm ihr Gesichtsausdruck zu verstehen gab, dass ihre Erregung allein von seinem eigenen Verlangen dirigiert wurde. Er hörte seinen Namen, der sich von ihren Lippen losriss. Lange Zeit blieben sie vereint und befreiten sich von der Welt um sie herum, mit all den genannten Problemen. Das alles geschah, während Daniela ihren Körper tiefer und immer tiefer über den seinigen bewegte. Nach ihrem ersten Höhepunkt liebten sie sich gleich noch einmal. Daniela zog in auf sich und ihre Schreie hallten bis weit außerhalb des Gästezimmers. Irgendwann trennten sie sich erschöpft voneinander. Roger Peters sah sie an und bemerkte die Müdigkeit, die ihre Augen verschleierte.

„Du musst jetzt schlafen", sagte er. Es war eine Anweisung, die er mit einem Kuss bestätigte.

„Bleibst du noch ein bisschen bei mir liegen?", säuselte sie mit schwerer Zunge, bereits gegen den Schlaf ankämpfend. Doch da war er bereits aus dem Bett geklettert und hinüber ins Badezimmer gegangen. Als er kurz darauf unter der Dusche stand, spürte er so etwas wie Schuldgefühle in sich aufsteigen.

„Du hast es doch nicht anders gewollt, Idiot", sagte er zu sich selbst. Und trotzdem war es seltsam. Man fühlte sich schuldig, wenn man liebte, und man fühlte sich schuldig, wenn man es nicht tat. Bevor er nach unten ging, riskierte er noch schnell einen Blick ins Gästezimmer. Daniela lag auf dem Bauch, eine Hand locker auf dem Kopfkissen. Ihre Haarpracht ringelte sich über ihr Gesicht. Ihre Augen waren dunkel umschattet und sie atmete schwer. Man konnte kaum glauben, dass sie sich der Faszination, die sie beim anderen Geschlecht auslöste, gar nicht bewusst war.

Im Wohnzimmer suchte er das Weinregal nach einer ganz bestimmten Flasche ab. Als er sie gefunden hatte, nahm er sie heraus und betrachtete das Etikett. Bordeaux, Jahrgang 1976. *Mm ... nicht schlecht.* Er griff nach einem der tiefen Weingläser, die Edith auf einem Display stehen hatte, schnappte sich den passenden Korkenzieher und ging damit wieder nach oben. Diesmal in das Schlafzimmer, das er sich mit Edith teilte. Er wollte den Augenblick festhalten, den er soeben genossen hatte. Während er den Korken löste und die tiefrote Flüssigkeit in sein Glas fließen ließ, sah er sie wieder vor sich. Wie sie dagestanden hatte, mit ihrem feuchten Haar, eingewickelt in eins von Ediths großen Badetüchern. So mochte er sie am liebsten, die Liebe: leidenschaftlich und unkompliziert. Na, wenn er sich da mal nicht täuschte.

14

Danielas Unterbewusstsein registrierte im Schlaf ein penetrantes Klingeln, das aus weiter Ferne kam. Wie in Trance suchte sie nach dem Telefon. Aber sie fand es nicht. Und das Klingeln hörte und hörte einfach nicht auf. Dass Roger im Schlafzimmer gegenüber aufstand, sich frische Sachen für den Tag aus dem Kleiderschrank nahm und ins Bad huschte, bekam sie überhaupt nicht mit. Sie wälzte sich unruhig hin und her und döste wieder ein. Ein zweites ohrenbetäubendes Klingeln riss sie genau um zehn Uhr aus einem unruhigen Schlaf, in dem sie allerhand wirres Zeug geträumt hatte. Zu ihrem Pech hatte Roger den Wecker auf der Fensterbank stehen lassen. So musste sie wohl oder übel aufstehen, um das nervtötende Geräusch abzustellen. Aber wo war Roger? Hatte sie nur geträumt, dass er die ganze Nacht bei ihr gewesen war?

Sie griff nach dem Morgenmantel, den sie sich extra eingepackt hatte, und besah sich im Spiegel, der über dem Gästebett hing. Die Spuren der vergangenen Nacht waren noch ganz deutlich zu sehen. Auf einmal fühlte sie sich einsam. Hastig öffnete sie die Tür und trat hinaus auf den Flur. Von unten schlug ihr Kaffeeduft entgegen. Davon angelockt, stieg sie die Treppe hinab. In der Küche plärrte leise das Radio. *If you're going to San Francisco.* Roger hatte einen seiner geliebten Oldiesender eingestellt. Ansonsten war alles für sie vorbereitet. Die kleine Kaffeemaschine brummte und auf dem Tisch standen Vollkornbrot mit rohem Schinken, zwei hartgekochte Eier, Croissants, Marmelade, Weißbrot mit Käse sowie frisch gepresster Orangensaft. Roger hatte wirklich an alles gedacht.

Direkt neben ihrem Teller lag ein Zettel mit einer Notiz. Demnach war er nach Daun zu Kommissar Laubach gefahren. *Was die wohl wieder miteinander zu besprechen haben?*

Daniela beschloss, sich nicht aus der Ruhe bringen zu lassen. Sie genoss das Frühstück, trank drei Tassen Kaffee und blätterte in der Eifelzeitung. Danach erst duschte sie ausgiebig und zog sich an. Kurz darauf befand sie sich gerade im Foyer des Hauses, als das Telefon läutete. *Na also!* Sie hatte schon damit gerechnet, dass Roger sie anrief.

„Hallo …?

Schweigen beantwortete ihren höflichen Gruß. Sie probierte es erneut. Diesmal nur ein bisschen lauter. „Hallo, hallo …?“ Keine Antwort. Was folgte war ein Klicken, dann hörte sie das wohlbekannte Tuten. Verständnislos beendete Daniela den Anruf mit einem Knopfdruck und legte den schnurlosen Apparat auf den Tisch.

„Aufgelegt“, sagte sie zu sich selbst und zuckte mit den Achseln. Kurz darauf läutete es an der Tür und ein Mann in Uniform stand vor ihr.

„Frau Neumann, nehme ich an, bin ich da richtig?“

Daniela blickte sich vorsichtig um. „Äh … ja, um was geht es bitte?“

„Mein Name ist Seidel und ich arbeite für den Sicherheitsdienst *Securitas*. Kommissar Laubach schickt mich zu Ihnen. Er ist der Meinung, Sie sollten bei sich zu Hause eine Alarmanlage installieren. Eine, die direkt mit der Polizei in Verbindung steht, wenn Sie verstehen, was ich meine?“

Daniela verstand nicht sofort, um was es ging. Wenn Laubach allerdings glaubte, dass etwas gut für sie war, dann musste es wohl gut für sie sein. Schließlich wollte sie nicht ewig hier in Köttelbach bleiben. Außerdem passte es ihr bestens in den Kram, für einen Moment in ihrem Haus nach dem Rechten sehen zu können, ohne ständig ein wachsames Augenpaar auf sich gerichtet zu wissen. Da war noch die Kiste mit den Antiquitäten, die sie verschicken wollte, und sicher würde wieder eine Menge an Post in ihrem Briefkasten liegen. Dazu wollte sie die Blumen auf den Fensterbänken gießen. *Komisch, warum habe ich Irene nicht darum gebeten?*

„Ich komme sofort“, sagte sie dankbar und ging noch schnell auf die Gästetoilette, um sich die Zähne zu putzen. Danach schnappte sie sich ihre Lieblingsstrickjacke und folgte dem Mann hinaus auf den kleinen Vorplatz. Dort stand ein grauer Kombi. An seinen Seiten befand sich jeweils ein großer Aufkleber. SECURITAS stand in Großbuchstaben darauf geschrieben. Alles war in Ordnung.

Auf der Straße nach Gerolstein war so gut wie kein Verkehr und irgendwie schien die Landschaft beruhigend auf sie einzuwirken. *Wenn es doch immer so friedlich sein könnte …*

Das Ganze änderte sich schlagartig, als sie auf die L24 fuhren. Hier war im wahrsten Sinne des Wortes die Hölle los. Aus allen Richtungen kamen Fahrzeuge mit blinkenden Lichtern auf sie zugerast. Sirenengeheul ertönte und brauste an ihnen vorbei. Ihr Lautstärkepegel erhöhte sich stetig.

Der Mann vom Sicherheitsdienst lenkte den Kombi rechts an den Straßenrand, um die Einsatzfahrzeuge von Polizei und Feuerwehr passieren zu lassen. Dem Aufgebot zufolge musste es sich um einen Großeinsatz handeln. Ihnen schwante nichts Gutes.

Eben dachte Daniela an all die Häuser im Villenstil, die von hohen Mauern umgeben waren, um ihre jeweiligen Besitzer vor den neugierigen Blicken der Nachbarn zu schützen. *Natürlich! Wir befinden uns hier in einer exklusiven Wohngegend.*

Die erst kürzlich neu markierten Straßen waren makellos sauber und die Telefonanlagen der Telekom strahlten auf Hochglanz. Je weiter sie jedoch in Richtung Birresborn fuhren, desto dunkler wurde der Himmel. Ein fürchterlicher Gestank nach brennendem Holz und schmelzendem Plastik machte sich bemerkbar. Hinter dem Schild mit dem Ortsnamen Rom hatten Polizeibeamte die Fahrbahn weiträumig abgesperrt. Eine neugierige Menge säumte gaffend die Bürgersteige entlang eines roten Absperrbandes mit der Aufschrift „Durchfahrt verboten".

Als dann für einen kurzen Moment eine leichte Windböe die Rauchwolken lüftete, konnte Daniela das wahre Ausmaß des leuchtenden Infernos erkennen. Eine Feuerbrunst war gerade dabei, ihr geliebtes Heim zu vernichten. Hitze und Qualm verstärkten sich in beängstigendem Tempo. Ihr Begleiter folgte den Anweisungen der Polizisten und stellte den Servicewagen in sicherer Entfernung ab. Und trotzdem befanden sie sich immer noch nahe genug am Brandherd, um dessen enorme Hitze zu spüren. Daniela sprang aus dem Fahrzeug und konnte kaum glauben, was sie da vor sich sah: Funken tanzten millionenfach durch die Luft und erinnerten an ein obszönes Feuerwerk. Dazu schoben sich Wellen von schwarzem Qualm durch die Fensterfront ihres Hauses. In der Hitze hörte sie Glas zersplittern. Wie in Trance lief sie darauf zu. Noch niemals zuvor war sie so nah an einem brennenden Gebäude gewesen. Als sie aufblickte, sah sie, wie gerade ein Teil des Daches in die lodernden Flammen stürzte und einen riesigen Feuerball bildete. Automatisch schloss sie die Augen. Eine Brise, bestehend aus heißem Rauch, streifte ihr Gesicht. Als sie ihre Augen wieder öffnete, war die eigentliche Struktur der ehemaligen Weinkellerei bereits total zerstört. Nur von dem ehemals vorhandenen Schornstein war noch ein kleiner Stumpf übrig geblieben. Der Rest lag unter den Trümmern von Schutt und Asche begraben. Alles war in Sekundenschnelle vernichtet worden. Ihre wertvolle Sammlung eingeschlossen.

Die blinkenden roten Lichter nahmen zu. Männer in gelben Einsatzjacken rannten wie Ameisen hin und her, rollten dicke Schläuche aus und schlossen sie an Hydranten und Pumpen an. Aus den umliegenden Häusern rannten

Menschen auf die Straße, wo sich der Widerschein des Feuers mit dem Licht der Einsatzfahrzeuge vermischte. Daniela bobachtete das bunte Treiben, unfähig zu begreifen, was geschehen war. Ein Feuerwehrmann packte sie und brüllte etwas, dass sich wie „… viel zu gefährlich …“ anhörte. Sie konnte ihn nicht richtig verstehen, denn die Sirenen der Einsatzfahrzeuge und das Tosen des Feuers selbst, veranstalteten einen Mordslärm.

Entsetzt wich sie zurück – gerade noch rechtzeitig, um einer in sich zusammenstürzenden Wand aus dem Weg zu gehen. Die ging mit lautem Getöse zu Boden und verursachte eine kleine Explosion. Da sie vermutete, dass der Feuerwehrmann sie gefragt hatte, was sie hier zu suchen habe, brüllte sie zurück: „Das ist mein Haus, das da brennt, verdammt nochmal.“

Im gleichen Augenblick spürte sie ein leichtes Rumoren in ihrer Handtasche, die sie krampfhaft umklammert hielt. Sie wusste, dass es ihr Handy war, auch wenn sie den Klingelton nicht hören konnte. Als sie es aufklappte, leuchtete das kleine Display verärgert auf, weil sie vier eingehende Anrufe verpasst hatte.

„Daniela!“ Es war Roger Peters, der sie zur Begrüßung anbrüllte. „Warum gehst du nicht an dein Scheißhandy?“

„Weil ich es nicht gehört habe“, brüllte sie zurück. „Hier brennt es!“ Sie schluchzte. „Du kannst dir ja gar nicht vorstellen, was für einen Höllenlärm ein brennendes Gebäude mit seinem ganzen Drum und Dran verursachen kann.“

Dann war es still. Daniela presste das Handy ganz fest an ihr Ohr. Jetzt hörte sie schwach, dass er ganz schwer atmete.

„Großer Gott, Daniela! Was brennt denn? Bist du verletzt? Wo bist du überhaupt?“

Es waren eindeutig zu viele Fragen auf einmal, die da aus ihrem Handy sprudelten.

„Ich bin okay, Roger, aber es ist mein Haus, das da brennt. Ich glaube …" Er hörte, wie sie weinte. „… ich kann es abschreiben."

„Du bist in Rom?"

„Aber na klar. Mit dem Mann von der Sicherheitsfirma. Laubach hat mir doch …"

„Ich weiß Bescheid, Daniela. Ist die Feuerwehr schon da?"

„Ja. Hier ist mindestens eine Hundertschaft im Einsatz. Sie spritzen Wasser auf die umliegenden Häuser, damit das Feuer sich nicht ausbreitet."

„Hör zu, rühr dich nicht vom Fleck! Laubach ist in der Registratur. Wenn er zurückkommt, machen wir uns sofort auf den Weg. Und Daniela …"

„Ja?"

„Bitte sei vorsichtig! Der Kerl, der das veranstaltet hat, könnte noch in der Nähe sein."

Anstatt zu antworten, drehte sich Daniela erschrocken um … und starrte einem älteren Herrn direkt ins Gesicht. Der hatte sich hinter sie gestellt und beobachtete gleichermaßen gebannt wie geschockt den Vernichtungskreuzzug des Feuers.

„Am besten bleibst du in der Nähe des Mannes vom Sicherheitsdienst", hörte sie Roger Peters sagen. „Wir sind gleich bei dir."

„Ach Roger, wenn du nur das brennende Gebäude sehen könntest", winselte Daniela, doch das Rauschen an ihrem Ohr sagte ihr, dass er bereits aufgelegt hatte. Jemand berührte sie am Arm. Fast reflexartig fuhr sie herum. Neben ihr stand Seidel von der Sicherheitsfirma. Er machte ein besorgtes Gesicht.

„Verdammte Scheiße, was? Ihr schönes Haus. Nun brauchen Sie wirklich keine Alarmanlage mehr. Sind Sie in Ordnung, Frau Neumann?"

„Ja, das bin ich. Danke der Nachfrage. Ich glaube, ich bin okay." Sie hatte das Gefühl, diesen Satz schon hundertmal gesagt zu haben.

„Kommen Sie mit", sagte er freundlich, nahm sie beim Arm und zog sie vom Brandherd weg. Dabei deutete er auf seinen Kombi.

„Da drin sind Sie erst einmal sicher, Frau Neumann."

Sie gingen noch ein paar Schritte, dann standen sie vor seinem Wagen. Galant öffnete ihr Seidel noch die Wagentür, danach gesellte er sich wieder zu den Männern von der Feuerwehr, die alle eifrig im Einsatz waren. Daniela blieb mit ihrem Entsetzen und einem Haufen unbeantworteter Fragen allein zurück. Sie musste kein Experte sein, um zu bergreifen, dass dieses Feuer vorsätzlich gelegt worden war. Bloß von wem und vor allem warum? Wer zum Teufel hasste sie so sehr, dass er ihr schönes Haus in Brand steckte?

Nachdem sie nichts mehr tun konnte, außer zu versuchen, jenen schlimmen Gedanken zu entfliehen, setzte sie sich brav auf die Rückbank des Kombis und drehte sich um. In dieser Position konnte sie aus dem Rückfenster auf das blicken, was einmal ihr Zuhause gewesen war. Sie fühlte sich hundeelend. Die Feuerwehrmänner gaben sich große Mühe, die Flammen nicht auf die Nachbarhäuser überspringen zu lassen. An ihnen lag es wirklich nicht, dass ihr Haus hoffnungslos abbrannte. Gerade als sie darüber nachdachte, brach die Front ihres Hauses endgültig in sich zusammen und verursachte einen ohrenbetäubenden Donner. Dabei erhellte der Feuerschein des Funkenfluges in den brodelnden Flammen auf einmal ein Gesicht. Es war ein Männergesicht, umrandet von blass-blondem Haar. Der Mann trug einen Kapuzenpulli und hatte die Hände lässig in seine Taschen gesteckt. Daniela spürte, wie ein nervöses Kribbeln ihren Rücken hinaufkroch. Etwas an dem Mann kam ihr bekannt vor. Sie erinnerte sich aber nicht sofort, was es war. Komischerweise schien ihm die Hitze überhaupt nichts auszumachen. Und er blickte hinüber zu dem Kombi, direkt auf sie. Für den Bruchteil einer Sekunde schienen sich ihre Blicke zu treffen. Daniela sah ihn direkt an. Doch das, was sie sah, erschreckte und erzürnte sie gleichermaßen. Was sich da in seinem Gesicht abzeichnete war nackter Triumph. Und da wusste sie, wo sie das Gesicht schon einmal gesehen hatte: auf den Fotos, die Kommissar Laubach immer in seiner Mappe mit sich trug. Das war der Stalker, der sie verfolgte. Der Mann, der sie in ihrem eigenen Haus überfallen hatte und der wahrscheinlich auch für die Morde an Wolfgang und Rita verantwortlich war. Mit aller Kraft begann sie gegen das Fenster zu trommeln. Aber niemand hörte sie. Seidel hatte ihr den Rücken zugewandt und unterhielt sich mit den Feuerwehrleuten. Von ihm konnte sie keine Hilfe erwarten. Sie spürte, wie sich ihr Hals verkrampfte, als sie anfing, wütend zu husten. Dabei rutschten ihre tastenden Finger von dem glatten Kunstleder der Türverkleidung ab, fanden den Türgriff und drückten sie auf. Mit einem Satz sprang sie ins Freie. Als sie wieder in Richtung des Feuers blickte, konnte sie kein Gesicht mehr entdecken. Die Fata Morgana war verschwunden.

Es dauerte dann doch knappe vierzig Minuten, ehe Roger Peters und Kommissar Laubach am Ort des Geschehens eintrafen. Ganz Rom war komplett geräumt worden. Sie vernahmen bereits den Brandgeruch, lange bevor sie die Wagentür geöffnet hatten. Feuer und Rauch stiegen zum Himmel auf.

Der Mann von der Securitas deutete auf einen älteren Mercedes 200, der gerade auf die Zufahrtsstraße rollte und anhielt, weil ein uniformierter Beamter die Hand hob. Weil das Gesicht des Fahrers diesem vertraut vorkam, war er zur Seite getreten, hatte freundlich gegrüßt und den Wagen durchgewunken. Kommissar Laubach war in einer Schleife an ihm vorbeigefahren und hatte sein Fahrzeug in sicherer Entfernung zu dem Feuer geparkt. Mit Erleichterung nahm Daniela wahr, dass neben dem Kommissar auch Roger Peters aus dem Fahrzeug stieg. Sie fühlte sich wie benebelt, während sie sich gegen den Kombi drückte und ihm etwas zurief, um auf sich aufmerksam zu machen. Auch Seidel gab den beiden ein Zeichen. Roger Peters blickte zunächst auf ihn, schwenkte dann seinen Blick hinüber zu dem Kombi, erkannte Daniela, nickte ihr mit dem Kopf zu und wandte sich wieder ab. Irgendwie schien er erleichtert zu sein. Dann endlich bewegte er sich auf den Kombi zu.

„Schlimme Sache", sagte er und nahm sie tröstend in den Arm. „Wer tut denn so etwas?"

Daniela schüttelte den Kopf. Sie hatte keine Antwort parat. Immer wieder musste sie an ihr Haus denken, das sie mit so viel Mühe restauriert hatte, und das jetzt in Schutt und Asche lag. Und wenn sie sich nicht völlig irrte, dann war der Brand bewusst gelegt worden, um ihr Heim zu vernichten.

„Laubach hat einen Augenzeugen gefunden, der gesehen haben will, wie es überall zur gleichen Zeit angefangen hat zu brennen", sagte Roger Peters nachdenklich.

Die Mittagssonne stand in voller Pracht am Horizont, was bedeutete, dass Daniela viel zu lang in dem Wagen der Securitas gesessen und nichts getan hatte. Von der umgebauten Weinkellerei war nichts mehr übrig geblieben als Schutt, Gestank, Rauch und einige glimmende Scheite, die nach wie vor von den Feuerwehrmännern besprüht wurden. Kommissar Laubach stapfte durch die verbrannten Reste und ließ seinem Frust freien Lauf, indem er brutal gegen ein Holzstück trat und es wegkickte. Was er allerdings Daniela noch nicht erzählt hatte, war die Tatsache, dass man dort, wo das Feuer bereits erloschen war und sich die Überbleibsel des Gebäudes bereits abkühlten, einen verkohlten, menschlichen Körper gefunden hatte. Und dazu eindeutige Spuren von Brandbeschleunigern. Die Feuerwehrmänner hatten vorsichtig damit begonnen über den verbrannten Holzbohlen die oberste Schicht mittels Spaten und Schaufeln abzutragen. Und da hatten sie gelegen. Die verkohlten Überreste des Mannes, der das Ganze wahrscheinlich angezettelt hatte.

Laubach kam nicht mehr zur Ruhe. Ganz im Gegenteil. Er blieb bis zur Dämmerung an der Brandstelle, stocherte in den Trümmern herum und stellte sich eine Unmenge an Fragen, auf die er keine Antworten fand. Bis dahin hatte er Daniela Neumann und Roger Peters schon längst nach Köttelbach geschickt. Später waren die Feuerwehrmänner zu ihm gekommen und hatten ihm Kaffee angeboten. Danach hatte er sich ins Führerhaus eines der Löschfahrzeuge gesetzt und darüber nachgedacht, warum er nicht auch einfach nach Hause gegangen war und sich schlafen gelegt hatte, anstatt hierzubleiben und darauf zu hoffen, dass er noch etwas fand. Mit einem Gefühl von Unbehagen blickte er auf die Resultate seiner Arbeit zurück. Er fühlte sich von einer tiefen Erschöpfung ergriffen.

Ich kann so nicht weitermachen, dachte er plötzlich. *Es muss etwas geschehen in meinem Leben. Bald schon, sehr bald.*

Am frühen Morgen war der Brand endgültig gelöscht. Danielas Haus war bis auf die Grundmauern niedergebrannt. Laubach wartete darauf, dass die Feuerwehr das Gelände freigab. Plötzlich tauchte Sigismund auf. Wie immer trug er eine Sonnenbrille und eine schwarze Lederjacke. Er war umgeben von einem Duft nach billigem Rasierwasser, der sogar durch den Brandgeruch drang.

„Verdammt traurig, so ein Brand“, sagte er. „Wie ich hörte, hat es einen Toten gegeben? Weiß man schon, um wen es sich handelt?“

„Morgen, Rainer. Bist bereits gut informiert. Die Untersuchungen laufen noch. Aber einiges spricht dafür, dass der Tote Fabian Henschel ist."

„Henschel, der Vergewaltiger?", fragte Sigismund. „Mensch, das wäre ein Ding."

Laubach nickte. „Möglicherweise auch Henschel, der Brandstifter, und Henschel, der Mörder."

Dann standen sie stumm zusammen und warteten. Laubach fror und war übermüdet. Noch immer war die Hauptstraße abgesperrt, aber einem Journalisten war es gelungen, die Absperrung zu umgehen. Laubach kannte ihn. Er würde wirklich nur das schreiben, was Laubach ihm sagte. Deshalb erzählte er ihm das Wenige, das er wusste. Dass jemand verbrannt war, und dass er noch nicht bestätigen konnte, um wen es sich handelte.

„Der Brand muss erst noch gründlich untersucht werden", sagte er, und der Journalist gab sich damit zufrieden. Jetzt gab es für Laubach wirklich keinen Grund mehr, um noch länger hierzubleiben. Er verließ die Brandstelle, stieg in seinen alten Mercedes und fuhr nach Hause. Dort ging er unter die Dusche, frühstückte und warf sich in frische Kleidung. Erst gegen Mittag parkte er seinen Wagen vor dem Polizeipräsidium. Sein Assistent Sigismund war auch gerade erst eingetroffen.

Ungewöhnlich spät für Schwarzenegger, dachte Laubach.

Doch Sigismund gab ihm eine Erklärung, ohne dass er danach fragen musste.

„Ich war noch bei der KTU, Chef. Die haben ihn identifiziert. Anhand seines Gebisses. Wie schnell das heute geht! Es handelt sich tatsächlich um Fabian Henschel."

Laubach hatte bereits damit gerechnet. „Na das war's dann wohl", sagte er und gab seinem Assistenten ein Zeichen, ihm zu folgen. „Hat sich selbst gerichtet, der Schurke. Hätte besser die Finger davon lassen sollen."

„Chef?“

„Was gibt es denn?“

„Auch wenn ich mir nicht ganz sicher bin, ob Sie das hören wollen. Im Bericht der KTU steht, das Skelett sei noch einigermaßen intakt gewesen.“

„Na und? So ein Feuer ist doch kein Krematoriumsofen.“

„Man hat den Rest einer Kerze bei seinen Knochen gefunden. Es handelt sich dabei um eine kleine Metallscheibe. So ein Ding, wo sie immer den Docht einsetzen.“

„Na dann ist ja alles klar.“ Laubach wollte nichts mehr davon hören.

„Aber die Schädeldecke muss mit einem stumpfen Gegenstand bearbeitet worden sein. Es gibt einen klaren Abdruck.“

„Ach was Schwarz … äh Rainer. Papperlapapp! Er wird sich irgendwo gestoßen haben. Oder sagt der Bericht etwa, dass dieser Stoß zum Tode geführt hat?“

„Das nicht Chef, aber …“

„Kein aber, Rainer. Der Fall ist erledigt und damit basta.“

Zwei Tage später gab Kommissar Laubach eine Pressekonferenz. Darin verkündete er, die hiesige Polizei habe einen gewissen Fabian Henschel als Brandstifter und Mörder von Wolfgang Ebersberger und Rita Heinemann identifizieren können. Dazu hielt er das Foto eines schmalen Mannes mit hellblonden Haaren und in Gefängniskleidung in die Kameras.

Wie gut, dass ich den Fall diesmal zügig abschließen konnte, gratulierte er sich selbst. Wie falsch er damit lag, sollte sich erst viel später herausstellen …

ZWEITER TEIL

15

Als Daniela Neumann erwachte und die Augen aufschlug, blickte sie in ein blendendes Weiß. Dann wechselte die Farbe zu einem matten Grau und erhellte sich erst wieder, als ihr Blick sich langsam klärte und sie das weiße Etwas als eine Wand erkannte. Verwirrt starrte sie darauf und versuchte langsam den Kopf zu drehen, um sich ihre unmittelbare Umgebung genauer ansehen zu können. Aber etwas hielt sie fest. So sehr sie sich auch bemühte, sie konnte sich nicht richtig bewegen. Also versuchte sie sich daran zu erinnern, was geschehen war. Aber da war nichts in ihr drin. Nur eine tiefe Leere. Und etwas störte sie ganz gewaltig. Als sie an sich hinunterschaute, sah sie den großen Verband, der sich von ihrem Arm bis über ihre Schulter zog. Er fühlte sich ganz und gar nicht wie ein Teil von ihr an.

Sie blickte sich weiter um. Neben ihr stand ein weißer Nachttisch mit Pillen und einem durchsichtigen Plastikbecher. Überhaupt schien hier alles weiß zu sein. Die Wände, die Tür, die Vorhänge und eben das besagte Möbelstück. Selbst die Frau, die an ihrem Bett stand und sie beobachtete, war weiß. Sie trug eine weiße Tracht und hatte gebleichte Haare.

Ich bin in einem verdammten Krankenhaus, dachte Daniela und verzog das Gesicht. Sie mochte weder Krankenhäuser noch Ärzte. Zum Arzt ging sie nur, wenn es unbedingt sein musste, denn Ärzten gegenüber hegte sie grundsätzlich ein großes Misstrauen. Die Frau im weißen Kittel beugte sich über sie und prüfte ihren Puls. Draußen schien die Sonne. Das grelle Licht blendete Daniela und sie senkte ihren Blick.

„Wo bin ich, Schwester?“, wollte sie fragen, aber ihre Stimme war nur ein heiseres Krächzen, über das sie selbst erschrak.

„Ah, guten Morgen, Frau Neumann. Ich bin Schwester Gertrud“, sagte die Frau mit freundlicher Stimme. „Gut, dass Sie wach sind. Wie geht es Ihnen?“

Daniela wusste nicht richtig, wie ihr geschah. „Ich weiß nicht recht. W…was ist geschehen, wo bin ich hier?“

„Hm“, sagte Schwester Gertrud. Dann lächelte sie. „Sie befinden sich in der Eifelklinik.“

Also doch, dachte Daniela und sah zu, wie die Schwester nach einer der bunten Pillen griff und sie ihr in den Mund steckte. Danach schnappte sie sich den kleinen Plastikbecher auf dem Nachttisch, vergewisserte sich, dass noch Mineralwasser darin war, und führte ihn an ihre Lippen. Daniela nippte zunächst vorsichtig daran, nahm aber dann doch einen kräftigen Schluck. Wie gut das tat! Allerdings konnte sie beim ersten Mal das ovale Etwas einfach nicht hinunterspülen. Also nahm sie einen weiteren Schluck und versuchte es noch einmal. Diesmal klappte es besser.

„So ist es richtig.“ Die Krankenschwester strahlte sie an. „Wenn Sie schön brav die Medikamente einnehmen und mir versprechen, sich ruhig zu verhalten, dann binde ich sie jetzt los, Frau Neumann.“

Erst jetzt bemerkte Daniela, dass sie mit einer Art Gürtel an das Krankenbett gefesselt war. Ungläubig blickte sie die Krankenschwester an. Gertrud verstand sofort, was ihre neue Patientin wissen wollte.

„Die sind nur zu Ihrer eigenen Sicherheit da, Frau Neumann. Trotz Ihrer Verletzung haben Sie getreten und gezetert wie eine Wildkatze. Der Kommissar hat sich große Sorgen gemacht.“

Daniela verstand kein Wort. „Was hat das zu bedeuten?“, fragte sie und versuchte, sich halbwegs aufzurichten. „Weshalb bin ich hier?“

„Zur Untersuchung.“ Schwester Gertrud drückte sie sanft in das Kissen zurück. „Kommissar Laubach meinte, wir sollen Sie einmal gründlich durchchecken.“

Daniela machte ein Gesicht wie drei Tage Regenwetter. „Kommissar Laubach?“, sagte sie. „Hat der mich etwa hier hergebracht?“

„Ja, das hat er. Ganz genau. Er hat Sie bei uns eingeliefert.“

„Na dann …“, erwiderte Daniela und schwieg eine Weile. Sie versuchte sich zu erinnern. Aber da kam nichts.

„Zunächst wollten wir Sie auf die Unfallstation bringen, aber der Kommissar meinte, in der Klinik seien sie viel besser aufgehoben.“

Daniela riss die Augen auf. „Wann war das?“

„Gestern!“

Sie zögerte. „Das gibt es doch gar nicht. So lange bin ich schon hier?“

„Sicher. Ganze elf Stunden. Wir mussten Ihnen ein Beruhigungsmittel verabreichen. Danach haben Sie fest geschlafen. Haben Sie Schmerzen?“

Die Antwort kam prompt. „Ja, mein Kopf …“

Die Schwester nickte verständnisvoll und fragte weiter: „Und ihre Schulter?“

„Die pocht so komisch. Ich … ich w…weiß nicht.“ Sie überlegte. „Sagen Sie mir bitte, wo er jetzt ist. Kommissar Laubach, meine ich. Ich würde sehr gerne mit ihm sprechen.“

Schwester Gertrud trat einen Schritt näher an ihr Bett heran. „ Alles zu seiner Zeit, Frau Neumann. Er wird sicher in seinem Büro sein.“ Daniela wurde das Gefühl nicht los, dass sie grinste.

„Und warum grinsen Sie so blöd?“, fragte sie scharf.

„Wie bitte?“

„Ich habe Sie gefragt, warum Sie grinsen? Bin ich so komisch?“

„Aber nein. Sie sind nur reichlich verstört, Frau Neumann. Ich habe nicht gegrinst.“

„So, haben Sie nicht?“ *Vielleicht hat sie wirklich nicht gegrinst. Verdammt, ich bin vielleicht durcheinander.*

„Bitte entschuldigen Sie. Ich bin etwas …“

„Nervös? Keine Ursache, Frau Neumann.“ Jetzt grinste sie wirklich. Aber es war ein freundliches Krankenschwester-

Grinsen. Dann schien ihr plötzlich etwas einzufallen. „Ach ja, und bevor ich es vergesse, draußen auf dem Gang wartet ein Herr. Und der ist auch reichlich nervös. Wie ein Verrückter läuft er die ganze Zeit den Flur auf und ab. Wirklich seltsame Bekannte haben Sie, Frau Neumann."

Daniela hob den Kopf vom Kissen, ließ ihn aber sofort wieder fallen. Schwester Gertrud reagierte sofort. „Bitte bleiben Sie ruhig liegen, Frau Neumann. Das hier ist ein Krankenhaus. Sie müssen sich unbedingt ausruhen."

Auf Danielas Gesicht erschien ein trotziger Ausdruck. „Ich mag aber keine Krankenhäuser."

„Nicht? Das ist aber schade. Sie werden es wohl eine Zeit lang hier aushalten müssen. Wir haben nicht vor, Sie so schnell wieder gehen zu lassen."

Der Schlag saß. Eine andere Krankenschwester kam herein. Sie brachte ein Glas mit einer honigfarbenen Flüssigkeit, reichte sie Schwester Gertrud und grüßte verhalten.

„Trinken Sie", sagte Schwester Gertrud. „Es wird Ihnen gut tun."

Daniela trank. Es schmeckte irgendwie säuerlich. Danach stellte sie das leere Glas auf den Nachttisch.

„Kann ich jetzt bitte mit dem Mann auf dem Korridor sprechen?", fragte sie ungeduldig.

Schwester Gertrud sah sie an. Ihr Blick hatte etwas Strenges an sich.

„Mir scheint, Sie lassen sich nur ungern etwas sagen, was? Aber in Ordnung. Ich werde ihn rufen. Aber nur für ein paar Minuten, haben wir uns verstanden?"

„Vielen Dank", erwiderte Daniela und nickte der Schwester zu, die gerade dabei war, das Zimmer zu verlassen. Dabei brachte sie sogar ein Lächeln zustande. Daniela wollte sich gerade wieder in ihr Kopfkissen fallen lassen, als Roger Peters eintrat. Er sah übermüdet aus und machte ein besorgtes Gesicht.

„Rooooger!"

Daniela breitete ihre Arme aus, konnte sich aufgrund des Verbandes aber gerade noch zurückhalten, ihn anzuspringen. Wortlos ging Roger Peters auf sie zu und ließ es geschehen, dass sie ihm einen nicht enden wollenden Kuss auf seine trockenen Lippen drückte. Dabei heftete sich sein Blick, der zuvor ziellos im Raum umhergeirrt war, augenblicklich an ihrem Gesicht fest. Gegensätzliche Gefühle glommen in ihm auf und seine Augen wurden feucht. Dann brach es aus ihm heraus.

„Ich hoffe, dir ist klar, was du getan hast, Daniela?"

„Wie bitte?" Mehr sagte sie nicht. Stattdessen drückte sie ihn noch fester an sich, auch wenn ihr ganzer Körper schmerzte.

Roger Peters versuchte, sich zu befreien.

„Bitte sag mir, warum, Daniela? Warum hast du das getan? Erklär es mir bitte!"

Plötzlich lachte sie. Der Ausdruck in ihrem Gesicht hatte sich verändert. Ihre Augen glitzerten vor Lebendigkeit, während er hilflos vor ihr saß. Auch der Klang ihrer Worte, hörte sich irgendwie anders an. „Weil sie es verdient hat, die Schlampe! Sie wollte dich nicht gehen lassen." Ihre Lippen formten ein weiteres Lächeln für ihn, sodass ihm die Knie weich wurden.

„Wie kannst du nur so etwas sagen? Ich meine, wir hätten doch sicher eine Lösung gefunden."

„Ich habe eine Lösung gefunden, Roger. Ich ganz allein!" Er verstand, dass sie es ernst meinte.

„Aber jetzt ist alles vorbei, Daniela. Sie werden dich hierbehalten. Kommissar Laubach meint, du seist verrückt und gehörst in die Klapse."

Daniela streichelte ihm sanft über den Kopf. „Ich hab es doch nur für uns getan. Wichtig ist nur, dass du mich liebst."

Roger Peters packte ihr Handgelenk, brachte es aber nicht fertig, ihre Hand wegzuschieben.

„Verdammt, Daniela. Weißt du überhaupt, wie es mir geht? Und von Edith will ich erst gar nicht sprechen."

„Edith trägt eine gehörige Mitschuld, an dem, was geschehen ist, das weißt du doch."

„Ach Daniela, was hast du dir da bloß in den Kopf gesetzt? Edith kann doch überhaupt nichts dafür. Immerhin ist sie meine Lebensgefährtin."

Danielas Augen funkelten böse. „Und das ist alles?"

„Ja sicher, das ist alles."

„Und deshalb kannst du sie nicht verlassen?"

„Ich ... ich glaube nicht."

„Und warum nicht?"

„Weil ich nicht will."

„Aber mich würdest du verlassen?"

„Das will ich auch nicht."

„Aber du könntest es."

„Ach sei doch nicht kindisch, Daniela."

„Ich, kindisch? Ich wollte nur dieses idiotische Versteckspiel beenden. Du liebst sie doch gar nicht und sie liebt dich auch nicht. Und trotzdem machst du dir Sorgen um sie!"

„Sie hat viel durchgemacht, Daniela", seufzte er.

„So, hat sie das? Das ist natürlich etwas anderes. Darauf muss man Rücksicht nehmen, nicht wahr? Immerhin ist sie ja deine Lebensgefährtin! Während ich ... was bin ich eigentlich für dich? Eine gewöhnliche, kleine Nutte?"

„So ein Quatsch", sagte er. „Du weißt, dass das nicht stimmt, Daniela."

„Ha, das stimmt also nicht. Ich bin willig, nicht wahr? Die kleine Daniela, die sich so sehr nach ein bisschen Liebe sehnt! Wenn Edith im Bett nur eine ordentliche Hure gewesen wäre, dann hättest du dich doch niemals für mich interessiert. Gib es nur zu. Hast du dich bei ihr jemals so richtig gehen lassen können?"

„Wahrscheinlich nicht."

„Ach hör doch auf! Du bist kein bisschen besser als all die anderen, die mich hintergangen haben. Ich werde dir sagen, was du bist ..."

„Lass gut sein, Daniela. Ich weiß es selber."

„Nein, das weißt du nicht! Aber ich habe es ihnen heimgezahlt, allen!"

„Wie bitte? Was willst du damit sagen?"

„Das wirst du schon noch früh genug erfahren, Roger. Ich wollte damit nur sagen, dass ..." Weiter kam sie nicht, denn im gleichen Augenblick flog die Tür auf und Schwester Gertrud kam ins Krankenzimmer gestürmt.

„So, jetzt reicht's aber! Frau Neumann ist krank und braucht Ruhe. Das verstehen Sie doch sicher! Bitte gehen Sie jetzt und halten Sie sich in Zukunft an unsere Besuchszeiten. Unser Krankenhaus ist schließlich kein Busbahnhof, wo jeder kommen und gehen kann, wie es ihm beliebt!"

Roger Peters beugte sich über das Bett. Danielas Gesichtsausdruck war jetzt sanft wie ein Lamm. Ihre Augen strahlten Wärme und Zärtlichkeit aus.

„Musst du schon gehen?", flüsterte sie leise.

„Ich will noch nach Edith sehen. Du weißt doch, es geht ihr nicht gut."

„Edith? Wieso denn Edith? Ich verstehe nicht ...?" Sie brachte die Worte so leise hervor, dass er sie kaum verstand. Er hauchte ihr einen Kuss auf die Wange und war im nächsten Augenblick aus ihrem Blickfeld verschwunden.

Und nun lag sie da und wusste nicht, was sie denken sollte. Schwester Gertrud verabreichte ihr ein paar der bunten Pillen und schaute eine Stunde später wieder nach, ob sie schon schlief. Weil das nicht der Fall war, maß sie Danielas Puls und deren Blutdruck. Danach rauschte sie wieder ab, allerdings nicht ohne zu versprechen, dass sie spätestens in zwei Stunden wieder vorbeikommen würde.

Abgesehen von den Schmerzen an ihrem Körper, war das Schlimmste die verdammte Ungewissheit sowie die Tatsache, dass man sie möglicherweise gar nicht schlafen lassen wollte. Anscheinend durfte sie nur schlafen, solange Schwester Gertrud sie aufwecken konnte und ihr dann sofort bewusst wurde, dass sie in einem Krankenhaus lag. Bis die gute Gertrud dann wieder ihren Puls gemessen, ihr alle Fragen gestellt und sie sich wieder beruhigt hatte und eingenickt war, kam schon eine andere Krankenschwester durch die Tür gesegelt und der ganze Zirkus fing wieder von vorne an. Davon einmal abgesehen hatte man ihr überhaupt noch nichts Richtiges zu essen gebracht. Nur etwas Püree, weil man mit der Fütterung offensichtlich warten wollte, bis sie von einem Arzt untersucht worden war. Und da sich der besagte Arzt alle Zeit der Welt ließ, drohte sie hier zu verhungern. Vielleicht wäre ein Steak mit Gemüse und Salat doch ein bisschen viel verlangt gewesen, aber schon irgendein Fruchtjoghurt hätte sie definitiv aufgebaut.

In diesem Moment beugte sich eine dunkelhaarige Schwester über sie. Wahrscheinlich hatte sie sogar ein Namensschild an ihrem Kittel, aber sie beugte sich so weit über das Bett, dass Daniela es nicht sehen konnte. Dabei schlug sie die Decke zurück, um ihren Verband zu besichtigen, während sie gleichzeitig zigtausend Fragen auf sie losließ. Daniela wusste nicht, was sie darauf antworten sollte. Jedenfalls notierte sich die Schwester etwas auf einem kleinen Notizblock, den sie aus einer ihrer Taschen zog und meinte: „Das wird schon wieder, Frau Neumann. Ist alles halb so schlimm."

Sie schien wieder gehen zu wollen, hielt aber plötzlich inne und fragte: „Haben Sie vielleicht Hunger?"

Na die hat vielleicht Nerven.

„Ich werde mal sehen, ob ich etwas zu essen für Sie finde.“ Diesmal ging sie endgültig. Daniela wartete, aber keine Mahlzeit erschien wie von Zauberhand. Nach einer Weile kam tatsächlich wieder Schwester Gertrud in ihr Zimmer. Sie fühlte ihr den Puls und maß ihren Blutdruck. Daniela fragte sie nach etwas Essbarem. Gertrud blickte in ihre Akte und sagte: „Ich werde sehen, was ich für Sie tun kann“, und verschwand.

Daniela rechnete damit, dass es noch länger dauern würde. So langsam kam ihr der Verdacht, dass das Krankenhauspersonal ganz eigene Pläne hinsichtlich ihrer Behandlung verfolgte. Dann wurde ihr endlich doch ein Tablett ins Zimmer gebracht. Der Kaffee war lauwarm, aber sie nahm ihn trotzdem dankend an und hatte ihn bereits halb ausgetrunken, bevor man auch nur den Metalldeckel von ihrem Teller gehoben hatte. Das Resultat war ernüchternd. Wässriger Rühreiersatz, kaltes Toastbrot und schlapper Speck mit etwas Püree starrten sie an. *Was für ein Fraß!*

Nachdem sie etwa die Hälfte des Tellers leer gegessen hatte, siegten ihre rebellischen Geschmacksnerven über das schwächer werdende Brummen in ihrem Magen und sie deckte den Teller wieder ab, damit sie nicht länger das Elend anzusehen brauchte. Kurze Zeit später fing sie an, sich darüber zu ärgern, dass sich bisher noch kein Arzt bei ihr hatte blicken lassen. Außerdem störte sie der Lärm auf dem Flur, der durch die offene Tür in ihr Zimmer drang. Die dunkelhaarige Krankenschwester hatte vergessen sie zu schließen, als sie ihr das Tablett mit dem Essen gebracht hatte. *Wo bleibt nur der verfluchte Arzt? Welcher Arzt auch immer …*

Roger Peters bog auf die B 421 ab. Seine schlechte Stimmung schien sich auch auf den MG zu übertragen. Der kleine Roadster ruckelte und spuckte, dass es nicht mehr schön war. Die Tachonadel zitterte um die 100 Kilometer pro Stunde-Marke. Diese kurvenreiche Strecke nahm er eigentlich viel zu schnell. Und dabei musste er ständig daran denken, was ihm Daniela gesagt hatte. *Ob ich sie jemals richtig verstehen werde?*

Auch sein Gefühlsleben fuhr gerade Achterbahn. Daniela stand unter Arrest und befand sich einer Klinik für psychisch Kranke, während Edith schwer verletzt in einem anderen Krankenhaus lag. Das hatte man nun davon, wenn man mehrere Frauen zur gleichen Zeit liebte.

Es war kurz vor Mittag, als er in Daun ankam, von der Schnellstraße abfuhr und schnurstracks in den Eifelgrill marschierte. Keine zehn Minuten später kam er wieder heraus und ging hinüber ins benachbarte Polizeipräsidium. In den Händen trug er eine braune Papiertüte, aus der es würzig duftete. Auch in Daun war mittlerweile der Herbst eingezogen. Noch rankten kleine Kletterpflanzen am Mauerwerk des nüchternen Verwaltungsgebäudes empor. Bald jedoch würde der Wind die kleinen Pflanzen auf die Straße tragen. Innen roch es irgendwie nach Bohnerwachs und brandneuen Computern.

Roger Peters ging durch den fensterlosen Flur zu Kurt Laubachs Büro, diesmal ohne sich vorher bei Fräulein Hübscher anzumelden. Laubach selbst saß hinter seinem Schreibtisch und las in irgendwelchen Akten. Sicher hätte er die meisten Daten auch direkt in seinem Computer abrufen können. Das neue Gerät stand nebst Monitor auf einem kleinen Computertisch in seiner Nähe. Doch Roger Peters wusste, dass Laubach alles Moderne hasste und stattdessen die gewöhnliche Papierform bevorzugte.

„Hunger?" fragte er, als er zu Laubach ins Zimmer trat. Als der Rogers Stimme hörte, blickte er auf. Sein ehemaliger Schulkamerad stand vor seinem Schreibtisch und wedelte mit einer braunen Tüte, die er mitgebracht hatte. Eifelgrill stand in großen Buchstaben darauf geschrieben.

„Und wie! Gut, dass du da bist, Roger." Laubach zog einen Umschlag aus der obersten Schublade seines Schreibtischs und legte ihn vorsichtig auf die Platte. Roger Peters tat so, als gäbe es nichts Wichtigeres als sein Mittagessen, setzte sich auf die Schreibtischkante und riss die Tüte auf. Mit den Fingern holte er zwei Frikadellen heraus, die beide mit Salat, einer Remoulade und viel Senf garniert waren. Eine davon hielt er Laubach hin. Der Kommissar griff gierig zu.

„Dachte ich mir doch, dass du dir noch nicht einmal die Zeit genommen hast, um dir etwas Essbares zu holen."

Anstelle einer Antwort, biss Laubach in die Frikadelle.

„... und dabei liegt der Eifelgrill gleich nebenan. Du musst ja mächtig viel zu tun haben, wenn du dir dein Mittagessen entgehen lässt."

„Moment, Roger, eine Sekunde." Während er den zweiten Bissen nahm, drückte er auf den Knopf seiner Sprechanlage. Renate Hübschers Stimme antwortete sofort.

„Ja, Chef?"

„Kaffee bitte", sagte Laubach und schnippte symbolisch mit den Fingern, als ob er ihnen elektrostatische Funken entlocken wollte. Roger Peters krümmte sich vor Lachen.

„Kaffee, aber gleich zwei Mal bitte", rief Laubach hinzufügend, dann kam er geradewegs auf den Punkt.

„Schlimme Sache, das mit Edith. Die Neumann muss völlig ausgerastet sein. Wie konnte sie nur so etwas tun? Wo ihr sie doch so nett bei euch zu Hause aufgenommen habt. Und wenn du nicht rechtzeitig an Ort und Stelle gewesen wärst, Roger ..."

„... dann läge Edith jetzt auf dem Friedhof und nicht im Krankenhaus. Ich weiß, Kloppe."

„Und ich hätte einen satten Totschlag hier auf meinem Schreibtisch liegen. Aber sag mal, kannst du dir da irgendwie einen Reim drauf machen, Roger? Ich meine, du verstehst doch etwas von Frauen, oder liege ich da falsch?"

Mittlerweile hatte er die Frikadelle verspeist und lugte sehnsüchtig in die Papiertüte.

„Nimm dir ruhig noch eine, Kloppe. Und solltest du danach immer noch hungrig sein, dann laufe ich eben schnell noch einmal runter zum Imbiss." Er wartete ab, aber Laubach machte keinerlei Anstalten, ihm zu antworten. Also nahm er wieder den Faden auf. „Es gibt da etwas, das ich dir sagen muss, Kloppe."

„Hm … schieß schon los."

„Ich hatte … ich meine Daniela und ich hatten … Scheiße, wie soll ich dir das jetzt erklären?" Laubach riss die Augen auf. Die zweite Frikadelle hatte er ganz vergessen.

„Wie bitte? Daniela und du ihr hattet …? Roger, du willst mir doch nicht etwa erzählen, dass …?"

Sein Gegenüber nickte stumm. Laubach schenkte ihm einen Blick, der ihn förmlich durchbohren sollte. So kam es Roger Peters jedenfalls vor.

„Du willst mir doch nicht allen Ernstes erzählen, du hättest mit der Neumann ein Verhältnis gehabt, und dazu noch in Ediths Haus?"

Roger Peters schluckte. Was danach folgte, war ein stammeln und der Versuch es zu erklären. Laubach hielt sich die Hände vors Gesicht. Fast schien es so, als wollte er dies alles gar nicht hören. Erzürnt legte er die angebissene Hälfte der zweiten Frikadelle auf die Tischplatte.

„Du hast wohl vollkommen den Verstand verloren, was? Hast du bereits vergessen, was Edith alles durchgemacht hat? Und du betrügst sie in ihrem eigenen Haus?"

Roger Peters atmete tief durch und ließ sich mit der Antwort absichtlich viel Zeit.

„Nun mach mal halblang, Kloppe. Zwischen Edith und mir läuft es seit einiger Zeit nicht mehr richtig rund. Am Anfang hatte ich ja noch Verständnis für ihre Situation, aber diese ewigen Depressionen haben mich kirre gemacht.

Oft hat sie tagelang kein Wort mit mir gesprochen. Daniela dagegen war so nah und anlehnungsbedürftig. Kannst du das denn nicht verstehen?"

„Sie hielt sich aus Gründen der Sicherheit bei euch auf. Du solltest sie beschützen, nicht ficken, du Idiot. Jetzt sieh nur, was du angerichtet hast. Als Dank dafür ist sie mit dem Messer auf Edith losge..." Plötzlich hielt er inne. „Messer? Warte mal, das gab es doch schon einmal. Genau, das war es, woran ich vorhin denken musste, als ich mir die hier noch einmal angesehen habe." Er griff nach dem Umschlag, den er vorhin auf seinen Schreibtisch gelegt hatte, und entnahm ihm die Fotos des toten Wolfgang Ebersberger. Seine Hände zitterten leicht, als er zwei Sachen gleichzeitig tat: Mit der einen Hand griff er nach dem Rest der Frikadelle und mit der anderen betätigte er den Knopf der Sprechanlage.

„Kaffee kommt gleich, Chef." Fräulein Hübscher wollte gerade wieder auflegen, aber Laubach war schneller.

„Halt! Stopp! Verbinden Sie mich so schnell sie können mit Hartmut Reisiger in der JVA Rheinbach."

Hastig schob er sich das Fleischstück in den Mund. Keine zwei Minuten später hatte er seinen Spezi in der Leitung. Das Gespräch kam so schnell, dass er noch mit vollem Mund antwortete.

„Mff ... hallo, Hartmut. Entschuldigung!" Er schluckte. „So, jetzt ist es besser. Wie gut, dass ich nicht erst noch lange nach dir suchen lassen muss. Sag mal, wie lange sitzt eigentlich der Schürmann noch bei euch ein?"

„Hallöchen, Kurt. Ich bin direkt hier in der Zentrale. Erwin Schürmann wird in der kommenden Woche entlassen, warum fragst du?"

„Weil ich noch etwas Dringendes mit ihm zu besprechen habe." Er blickte auf seine Armbanduhr. „Warte mal, jetzt ist es gleich eins. Das schaffe ich noch dicke. Ich komme sofort raus zu euch nach Rheinbach."

„Wie du meinst, Kurt. Ich hab zwar gleich Feierabend – Frühdienst, verstehst du? –, aber ich warte natürlich gern auf dich.“

„Abgemacht, dann also bis gleich.“ Laubach legte auf. Jetzt kam er so richtig in Fahrt. An Roger Peters gewandt, fragte er: „Hast du Lust mit nach Rheinbach zu fahren?“

„Lust schon, aber ich kann leider nicht. Ich muss noch zu Edith ins St. Joseph Krankenhaus. Außerdem weiß ich nicht, was ich dort soll. Der Fall ist doch gelöst, oder etwa nicht?“

„Da würde ich nicht mehr drauf wetten. Aber gut. Bitte grüß Edith schön von mir und sag ihr, ich wünsche ihr eine gute Genesung. Bei Gelegenheit fahr ich selbst zu ihr ins Krankenhaus nach Prüm. Ich muss noch die Einzelheiten der Anzeige gegen Frau Neumann aufnehmen. Und dann werde ich auch noch in die Psychiatrische Klinik nach Manderscheid fahren müssen. Mein Gott, Roger, ich glaube bald können wir einen eigenen Pendeldienst aufmachen.“

16

„Du siehst genauso müde aus, wie ich mich fühle", sagte Hartmut Reisiger zu Laubach, nachdem der seinen alten Mercedes vor der JVA Rheinbach geparkt hatte und ausgestiegen war.

„Du hast auch allen Grund, müde zu sein", erwiderte er, korrigierte sich jedoch sofort selber. „Das gilt eigentlich für uns beide, denn ich habe seit Tagen nicht mehr richtig geschlafen. Und wie geht es dir, Hartmut?"

„Wenn man davon absieht, dass ich eigentlich gerade Feierabend hätte, geht es mir gut. Und müde sind wir doch schließlich alle. Am besten begleite ich dich hinauf, Kurt."

„Besten Dank, Hartmut. Du weißt ja, wie das ist. Also gut, lass uns gehen. Ich brenne so richtig darauf, nochmals mit dem Schürmann zu sprechen."

Seite an Seite kletterten sie die Stufen hinauf, bis sie in die dritte Abteilung gelangten, wo sich unter anderem das Zimmer des Direktors und eben auch das Besucherzimmer befanden.

„Komisch", meinte Laubach. „Es ist doch noch gar nicht so lange her, seit ich genau an dieser Stelle gestanden habe. Und du bist genau wie jetzt nach hinten gegangen, um die Tür zu öffnen. Und dann ..."

„Und dann hat Erwin Schürmann vor dir gestanden, und du wusstest nicht so recht, was du mit ihm anfangen solltest?"

„Nein, ich glaube es war eher so ..., dass ich mir einen Stalker eigentlich ganz anders vorgestellt hatte."

„Mag sein, dass du recht hast." In diesem Moment öffnete der Wachmann die Tür und Schürmann betrat das Besucherzimmer. Es war schwer zu sagen, wer von den Beteiligten überraschter war. Immerhin war es Laubach, der, nachdem er Platz genommen hatte, zuerst das Wort ergriff. Diesmal duzte er ihn.

„Hallo, Erwin, da bin ich wieder." Er begrüßte den Häftling ungewöhnlich freundlich. „Ich hab dir ja versprochen, dass wir uns wiedersehen."

Schürmann verzog keine Miene. Er dachte: *Was will denn der Laubach schon wieder von mir?*, sagte aber: „Ha! Sie? Ja wie finde ich denn das?"

Laubach lehnte sich in den Stuhl zurück. Er überlegte, wie er Schürmann am besten aus der Reserve locken konnte.

„Noch bist du nicht draußen, Erwin", begann er mit seiner Taktik. „Und wenn es so weit ist, dann mach dich auf etwas gefasst. Alle glauben, Henschel hätte sich selbst gerichtet. Doch ich bin überzeugt davon, dass jemand ihn kaltgemacht hat."

Erwin Schürmann konnte nicht verhindern, dass er zusammenzuckte. Der Schlag hatte gesessen. Eins zu null für Laubach.

„Wen hat es erwischt?" fragte er, aber es hörte sich alles andere als überzeugend an.

„Hör bloß auf mit deinen Spielchen, Erwin! Fabian Henschel ist tot und wir wissen, dass er mit dir zusammen gesessen hat."

„Aber ich habe doch bereits erklärt, dass ich nichts weiß ..."

„Schluss jetzt mit dem Theater! Ich weiß genau, dass ihr beide etwas zusammen ausgeheckt habt."

Schürmann zeigte keine Reaktion.

„Ihr habt eine geheime Übereinkunft getroffen, nicht wahr? So eine Art Pakt! Wirklich eine geniale Idee. Henschel bestraft die Person, die dich hier reingebracht hat und umgekehrt. Also nun rede schon! Was ist dein Anteil an dem Handel?"

Erwin Schürmann wusste nicht, ob er weinen oder lachen sollte. „Sie sind ja wahnsinnig", erwiderte er spöttisch.

„Bis eben habe ich ja noch nicht einmal etwas davon gewusst. Wie kommen Sie nur auf diese Idee?"

„Weil ich glaube, dass jemand Fabian Henschel umgebracht hat. Erschlagen und verbrannt! Und weil genau dieser Henschel vorher die gleiche Art an Botschaften geschickt hat wie du damals. Nur dass es ihn diesmal dabei erwischt hat."

Laubach verließ das Zimmer und kam kurz darauf mit einem großen Umschlag zurück.

„Soll ich dir die Fotos zeigen von dem, was noch von ihm übrig geblieben ist? Hat verdammt lang genug gedauert, bis ihn unsere Techniker identifizieren konnten. Aber zum Glück gibt es ja diese Zahnschemen. Sicher hast du schon davon gehört." Laubach deutete auf den Umschlag mit den Bildern. „Hier, schau sie dir ruhig an …"

Schürmann verzog das Gesicht. „N…nein, so etwas mag ich mir nicht ansehen."

Er fühlte sich in die Ecke gedrängt. Es schien keine Ausflüchte mehr zu geben.

„Also gut", sagte er. „Es hat in der Tat eine Absprache gegeben. Erschrecken sollte er die beiden! Die Schlampe Neumann und ihre Freundin Rita. Von Mord ist nie die Rede gewesen. Damit habe ich nichts zu tun und ich will auch nichts damit zu tun haben. Das müssen Sie mir einfach glauben, Herr Kommissar."

„So, muss ich das? Nachdem du bisher jegliche Beteiligung abgestritten hast?"

„Aber Herr Kommissar, so verstehen Sie doch. Ich komme in wenigen Tagen hier raus. Glauben Sie, da will ich mir noch irgendwelchen Ärger einhandeln?"

Nachdenklich rieb sich Laubach das Kinn.

„Also gut, Erwin. Dann erzähl mir mal genau, wie das ursprünglich gewesen ist, das mit eurem Pakt? Hübsche Idee übrigens, wirklich nett. Ist die eigentlich auf deinem Mist gewachsen?"

Schürmann lächelte, aber sein Lächeln wirkte ein wenig verschlagen.

„Die Idee stammt nicht von mir allein. Fabian und ich haben eine Zeit lang herumgesponnen und darüber nachgedacht, was man tun könnte. Mir schwebte vor, die Damen ein wenig zu erschrecken, damit sie mich in Erinnerung behalten. Wenn sie verstehen, was ich meine?"

Laubach verstand. Trotzdem hakte er nach. „Und da ist euch das Ganze ein wenig aus dem Ruder gelaufen, was?"

Erwin Schürmann riss die Augen auf. „Ich kann wirklich nur für mich alleine sprechen, Herr Kommissar. Von Gewalt ist niemals die Rede gewesen, das schwöre ich, und außerdem war ich ja die ganze Zeit hier drin. Das können Sie getrost ..."

„... nachprüfen, Erwin. Ich weiß Bescheid. Also nehmen wir einmal an, dass alles stimmt, was du mir hier erzählst: Was war dann dein Teil des Deals?"

In Schürmanns Augen begann ein schwaches Licht zu glimmen. Laubach konnte es förmlich sehen.

„Nun, da draußen gibt es jemanden, mit dem Henschel noch eine Rechnung offen hatte."

„Und die solltest du begleichen?"

Erwin Schürmann nickte vorsichtig und überlegte dann kurz. Fast schien es so, als wolle er sein Geständnis widerrufen.

„Nur erschrecken, Herr Kommissar. Beobachten und erschrecken. Das war der Deal."

„Ist das auch wirklich alles?"

„Ich schwör es Ihnen, Herr Kommissar.

„Na dann dein Wort in Gottes Ohr. Aber lass dir eins gesagt sein: Sobald du hier raus bist, sind meine Männer hinter dir her. Sie werden dir auf Schritt und Tritt folgen und wehe, wenn mir auch nur die kleinste Ordnungswidrigkeit zu Ohren kommt! Dann bist du schneller wieder hier drin, als dir lieb sein kann. Habe ich mich klar genug ausgedrückt?"

„Aber sicher, Herr Kommissar. Sehr wohl, Herr Kommissar. Ich werde mir bestimmt nichts mehr zu Schulden kommen lassen. Hier kriegt mich niemand mehr rein. Darf ich jetzt gehen?"

Laubach nickte stumm und deutete auf die Tür. Der Wachmann schloss sie auf und Schürmann verschwand ohne sich zu verabschieden. Laubach stieß einen Seufzer aus.

„Ist alles in Ordnung mit dir, Kurt?" fragte Hartmut Reisiger, als er sah, dass Laubach beharrlich gegen die Wand starrte.

„Ich weiß es nicht, Hartmut. Verdammt! Ich glaube, ich hab doch recht gehabt. Von Anfang an hatte ich so ein komisches Gefühl in meiner Magengegend. Aber was nicht sein durfte, konnte auch einfach nicht sein. Ich meine, eigentlich kann ich es immer noch nicht glauben."

Reisiger verstand kein Wort.

„Früher, ja früher war alles einfacher! Ein Mord war ein Mord und basta. Doch selbst das ist heute nicht mehr ganz klar. Früher war es doch so: Da haben wir uns den Täter nicht gesucht, sondern ermittelt, bis wir ihn überführen konnten. Und heute? Da wird so ein Arschloch wie Erwin Schürmann wieder auf freien Fuß gesetzt und die Guten sperren wir ein. Kommst du damit noch klar?"

Hartmut Reisiger konnte Laubach noch immer nicht folgen. Fast schien es so, als ob er ihn auf etwas so Geheimes aufmerksam machen wollte, dass er sich nicht einmal mehr selbst darüber im Klaren war.

Das Krankenhaus lag in einer kleinen Seitenstraße von Prüm. Der Arzt, der an den Empfang kam, war noch jung. Er hatte dunkles Haar und eine fahle Gesichtsfarbe. In der Brusttasche seines weißen Kittels steckten etliche Kugelschreiber.

„Sind Sie der Lebensgefährte der Patientin aus Köttelbach?", fragte er mit einem Akzent, der auf eine osteuropäische Herkunft schließen ließ.

Roger Peters nickte. „Wie geht es ihr?“

Der Arzt zuckte die Achseln. „Den Umständen entsprechend. Sie hat mehrere Stichwunden abbekommen, wovon einige möglicherweise zu inneren Verletzungen geführt haben könnten. Das müssen wir noch genauer untersuchen. Aber wenigstens befindet sie sich nicht mehr in Lebensgefahr.“

„Danke, sehr aufschlussreich. Kann ich sie sehen?“

„Ja sicher, kommen Sie mit.“

Seine Gummisohlen quietschten, als ihm Roger Peters durch die nach Äther riechenden Flure folgte. Edith lag in einem Einzelzimmer. Ihr langes Haar breitete sich fächerartig auf dem grünen Kittel aus. An ihrem Körper waren mehrere Kabel befestigt, die sie mit verschiedenen Geräten verbanden. Trotz ihrer sichtlichen Erschöpfung waren ihre Augen offen.

„Edith, Liebes“, sagte Roger Peters und fuhr sich mit der Zunge über die Lippen. Sie waren trocken. Für ihn war es unvorstellbar, dass Edith und er bis vor wenigen Tagen noch zusammen waren.

Ihre Augen blieben regungslos. Roger Peters ging näher an sie heran, damit sie ihn erkennen konnte.

Edith blinzelte und fragte: „Wer?“

„Ich bin's, Roger. Dir geht es ziemlich mies, was?“, fragte er und kam sich dabei selten dämlich vor.

„Mies ist überhaupt kein Ausdruck“, krächzte sie. „Was war eigentlich los?“

„Du bist mit Daniela aneinandergeraten“, sagte er leise. Die Einzelheiten wollte er ihr ersparen.

„Mist“, sagte sie. „Warum?“ Auf ihren Lippen stand weißer Schaum. Roger Peters verstand nicht ganz. „Warum?“ fragte er verständnislos.

„Flittchen“, murmelte sie kaum hörbar. Ihr Gesicht war angespannt, weil sie offenbar Schmerzen hatte.

„Wie bitte?“ Sein Gesicht war ebenfalls angespannt, weil er versuchte, sie zu verstehen.

„Frau …“, sagte sie. „Daniela Neumann.“

„Ja?“

„Sag Daniela, dass ich sie hasse.“ Dann schrie sie auf. Sofort kam der Arzt herbei und drückte auf die Klingel an der Wand. Roger Peters strich ihr sanft über die Wange.

„Alles wird gut, Liebes.“

Plötzlich war das Zimmer voller Menschen in weißen Kitteln, die ihn hinaus auf den Korridor drängten. Roger Peters wartete und starrte aus dem Fenster. Draußen lief alles normal weiter: Die Sonne schien, die Leute gingen spazieren, Autos fuhren auf den Straßen. Nur in seiner Welt schien etwas ganz und gar nicht mehr zu stimmen.

Der Arzt kam aus Ediths Krankenzimmer.

„Es hat Komplikationen gegeben. Ihr Blutdruck ist rapide gefallen. Wir müssen sie wieder auf die Intensivstation verlegen.“

Roger Peters nickte wie in Trance. „Das wäre nett“, antwortete er und wusste gleichzeitig, dass er die Tragweite der Nachricht noch gar nicht erfasst hatte: Edith kämpfte ums Überleben.

In seiner Welt, in der ein Besuch einfach eine nette Angelegenheit war, würde Edith nächste Woche zurückkehren. Sie würden zusammen auf der Terrasse sitzen, grillen und Wein trinken.

Er fragte: „Kann ich im Moment noch etwas für sie tun?“

Der Arzt schüttelte den Kopf. „Nichts, außer abzuwarten und die Daumen zu drücken. Hoffen wir, dass es gut für sie läuft. Hinterlassen Sie Ihre Handynummer am Empfang. Ich melde mich bei Ihnen, sobald eine Veränderung eingetreten ist.“

Roger Peters tat alles, um nicht gleich losweinen zu müssen, spürte aber gleichzeitig, wie erschöpft er war. In seinem Kopf pochte es unangenehm.

„Wenn Sie möchten, können Sie sich dort einen Moment ausruhen." Der Arzt deutete auf ein Zimmer, in dem eine helle Couch stand, doch Roger Peters lehnte dankend ab. Er hatte sich klargemacht, dass er Prioritäten setzen musste. Eine davon war Daniela Neumann, die er einmal sehr geliebt hatte. Und daneben schien alles andere trivial zu sein. Selbst sein MG, der draußen parkte. Nach etwa einer halben Stunde kam der Arzt zurück, um ihm Auskunft zu erteilen. Sie hatten Ediths Blutdruck wieder in den Griff bekommen.

In Manderscheid saß Daniela Neumann auf einer harten Bank und blickte sich verängstigt auf der Station, auf der sie untersucht werden sollte, um. Heute früh war ein Anwalt bei ihr gewesen und hatte sich bemüht, ihr zu erklären, dass sie nicht freikommen würde. Darüber hinaus hatte er ihr geraten, mit der Polizei zu kooperieren. Sie sah überhaupt keine Chance, sich über den Druck, den man auf sie ausübte, zu beschweren. Es schien irgendwie vorbei zu sein. Teils war sie froh darüber, denn sie wollte endlich selber Klarheit haben. Sie wollte wissen, was mit ihr los war, auch wenn sie sich davor fürchtete, es zu erfahren. Was würde jetzt auf sie zukommen? Der Arzt, der die erste Untersuchung durchgeführt hatte, hatte von einem Defekt in ihrem Unterbewusstsein gesprochen und neue Behandlungsmöglichkeiten erwähnt.

Was auch immer das bedeutet.

„Es handelt sich um eine reine Vorsichtsmaßnahme, wenn Sie sich diesbezüglich untersuchen lassen", hatte er ihr gesagt.

„Wie lange wird so etwas dauern?", hatte sie daraufhin gefragt.

Der Arzt hatte nur mit den Achseln gezuckt. „Nun, eine Weile werden Sie es bei uns schon aushalten müssen, Frau Neumann".

„Aber es tut nicht weh, oder?", hatte sie vorsichtig gefragt.

„Heutzutage nicht mehr. Früher hat man den Patienten noch Luft in ihre Gehirne geblasen und dann …"

Sie hatte sich geschüttelt. „Hören Sie bloß auf, da mache ich nicht mit", hatte sie geschrien.

„Das brauchen Sie ja auch gar nicht. Heutzutage erstellen wir ein Enzephalogramm, und das tut überhaupt nicht mehr weh."

Dieses Wort hatte sie schon einmal gehört, wusste aber nicht sofort, wo sie es einordnen sollte. Jedenfalls klang es nicht gefährlich. Er hatte gelächelt und sie gefragt, ob sie mit einer Generaluntersuchung einverstanden wäre.

Sie war sich vorgekommen wie eine Fliege im Spinnennetz. „Natürlich", hatte sie trotzdem brav geantwortet und dabei daran gedacht, was ihr der Anwalt geraten hatte.

„Gleichzeitig wird Sie unser Spezialist betreuen", hatte der Arzt ihr weiter erklärt, und als er ihr besorgtes Gesicht sah, hatte er schnell hinzugefügt: „Keine Angst! Doktor Johannsen ist eine wahre Koryphäe auf seinem Gebiet. Er wird sehr schnell herausbekommen, was mit Ihnen los ist, und ein eindeutiges Gutachten über Ihren Seelenzustand erstellen können. Gleich am frühen Nachmittag haben Sie Ihren ersten Termin bei ihm."

Und so war es gekommen, dass sie nun auf dieser kalten Holzbank saß und darauf wartete, was auf sie zukommen sollte. Irgendwo spielte leise ein Radio. Eine Männerstimme sang: „All by myself ..."

Sie kannte das Lied, wusste aber nicht mehr, wer es sang. Plötzlich knackte es.

„Frau Neumann, bitte in Zimmer sieben", sagte eine Stimme, die aus einem der überall auf der Station angebrachten Lautsprecher kam. Noch während sie sich etwas zögerlich erhob, stellte sie sich vor, sie stünde auf einem großen Bahnhof, und durch den Lautsprecher würde gerade die Ankunft des nächsten Zuges durchgegeben.

„All by myself, yes I'm gonna be ..."

Sie fühlte sich beschissen und kam sich allein gelassen vor.

17

Das Zimmer war weiß gestrichen. Im Hintergrund tickte eine Uhr – ganz langsam. Jeder tiefe Schlag schien für einen Moment im Raum stehen zu bleiben, bevor ihm der nächste folgte. Daniela konnte die Uhr nicht sehen, aber sie konnte sie sich vorstellen. Ihr Gehäuse war uralt, groß und dunkel. Das Holz roch nach Vergangenheit. Fast kam es ihr so vor, als würde sie die Uhr genau kennen. Ihrem sanften Rhythmus hätte sie ewig zuhören können.

Eine Wand war komplett mit Bücherregalen bedeckt und auf der anderen Seite des Raumes wurde ein Schreibtisch vom abgedunkelten Schein zweier Lampen erleuchtet. In seiner Mitte standen Aktenordner, ein Computer, ein Telefon und eine große Schale mit Konfekt. Das Zimmer kam ihr seltsam vertraut vor, obwohl sie wusste, dass sie es noch niemals zuvor betreten hatte. Ein ganz in weiß gekleideter Mann setzte sich ihr gegenüber und drückte sich in seinen bequemen Ledersessel. Es war Doktor Roland Johannsen, der sie jetzt interessiert ansah. Er war ein großer, beleibter Mann von 52 Jahren, mit dunklen Augen und Haaren, einem rosigen Gesicht und einem sanften Gemüt. Er hatte ein großes Herz und trotzdem Nerven aus Stahl. Das hielt in jung. Kaum einer hätte sein Alter erraten. Er lächelte fast immer – herzlich und freundschaftlich, auch wenn er verärgert war.

„Hallo, Daniela! Ich darf Sie doch duzen, nicht wahr?"

Sie zuckte mit der Schulter. „Von mir aus gern."

„Fein. Ich heiße Roland. Versuch dich einfach zu entspannen und stell dir vor, ich sei ein guter Freund, der dir helfen möchte. Ich hoffe, du sitzt gut?"

Sie nickte. Sie war ganz ruhig und gefasst und lächelte harmlos.

„Du musst überhaupt keine Angst haben", sagte Johannsen.

„Ich hab gar keine Angst", erwiderte Daniela.

„Gut. Dann lehn dich jetzt bitte ganz weit zurück und mach es dir bequem. Alles ist in bester Ordnung. Wir müssen ein wenig miteinander plaudern, Daniela. Kommissar Laubach und der Staatsanwalt meinten, dass sei das Beste für dich."

„Aber wir plaudern doch bereits!"

Doktor Johannsen beugte sich vor, nahm seine Brille ab und entgegnete: „Es geht allein um dich, Daniela."

„Aber du weißt doch sicher schon alles über mich? Aus der Akte." Ihre Stimme klang auf einmal beklommen.

„Ich weiß noch gar nichts, und ich muss verdammt viel wissen", sagte der Doktor.

„Zuerst will ich dir erklären, was für einen Beruf ich habe."

„Ist doch logisch. Du bist Arzt."

„Ja. Psychiater."

„Ein Seelenklemptner also?"

„Genau so ist es, Daniela", sagte er sanft. „Gibt es etwas, worüber du gerne sprechen möchtest?"

Daniela atmete tief durch. „Ich weiß nicht recht. Eigentlich versteh ich auch gar nicht, warum ich hier bin. Und es ist auch nicht richtig, dass ich überhaupt keine Angst habe. Die habe ich nämlich schon."

„Wovor denn?"

„Vielleicht davor, dass ich etwas Böses getan haben könnte?"

Doktor Johannsen sah sie direkt an. Sein Blick schien sie durchbohren zu wollen.

„Du weißt also, warum du hier bist?"

„N…nicht ganz genau."

„Ich fürchte, du bist nicht gesund, Daniela. Du hast jemanden sehr schwer verletzt, und das auf eine ziemlich brutale Art und Weise. Und den Ursachen dafür würde ich gerne auf den Grund gehen, denn eigentlich siehst du ja gar nicht gefährlich aus.“ Er lachte über seinen eigenen Witz.

„Ich bin kerngesund! Und das, wovon du sprichst, war Notwehr.“ Ihre Antwort kam viel zu schnell.

„Notwehr? Na ich weiß ja nicht. Mir scheint, du bringst da so einiges durcheinander. Und deshalb müssen wir uns jetzt unterhalten. Also, wollen wir anfangen?“

„Natürlich“, sagte sie. „Warum nicht. Ich sage dir alles, was du wissen möchtest. Du scheinst Verständnis für mich zu haben, und ich weiß, du willst mir nur Gutes.“

Er griff nach seinem Schreibblock, den er irgendwo zwischen den Akten liegen hatte und brachte sein kleines Aufnahmegerät in Stellung. Das machte er immer so. Stets hatte er eine Menge Kassetten bei sich und verwendete das Gerät bei jeder Sitzung.

„Zunächst die einfachen Dinge“, sagte Johannsen. „Du bist …?“

„Daniela Neumann.“

„Wie alt bist du?“

„Achtunddreißig“

„Wo wohnst du?“

„In Rom bei Birresborn.“

„Bist du verheiratet?“

„Nein.“

„Hast du Kinder?“

„Nein.“

„Geschwister?“

Sie zögerte. „Einen Bruder.“

„Hast du Kontakt zu ihm?“

„Ja. Er wohnt in Bonn. Wir sehen uns regelmäßig.“

„Erzähl mir von deinen Eltern.“

Er beugte sich nach vorne und sprach zu ihr in sanftem Ton, als sei sie ein Kind, das Trost brauchte. Daniela schloss die Augen und entspannte sich. Es war das erste Mal seit langem.

„Mein Vater ist schon lange tot", begann sie. Dabei zitterte ihre Unterlippe ein wenig. „Er war ein vielbeschäftigter Mann, von Beruf Kaufmann oder so etwas Ähnliches. Jedenfalls war er viel auf Reisen und hat mir immer schöne Geschenke mitgebracht."

„Na das hat dir sicher gefallen. Und deine Mutter?"

„Mutter hatte einen Laden. Sie verkaufte die Sachen, die Vater von seinen Reisen mitbrachte. Viel Zeit hatten sie nicht für mich, aber uns ging es gut. Wir wohnten in einem schönen, großen Haus. Ich hatte ein eigenes Zimmer und besaß viele Spielsachen ..."

„... die du ganz bestimmt nicht mit deinem Bruder teilen musstest?"

„Mit meinem Bruder?" Sie seufzte. „Ach Helmut, die gute Seele! Als ich klein war, hat er immer versucht, mich zu beschützen. Genau genommen tut er das bis heute noch."

Doktor Johannsen spielte mit seinem Oberlippenbart. Dann fragte er: „Und? Musste er dich beschützen? Ich meine: Hat es jemals einen Grund gegeben?"

Daniela setzte sich abrupt auf. Ihr Kopf hing ein wenig schief, ihr Blick verlor sich, sie sah über seine Schulter und sagte undeutlich und halblaut, als sei das, was sie sagte nicht für ihn bestimmt: „Ich weiß nicht recht. Ich glaube aber nicht." Auf einmal klang ihre Stimme ungewöhnlich scharf und sie zitterte am ganzen Körper. „Jedenfalls jetzt noch nicht."

Doktor Johannsen verzog keine Miene, beschloss aber, auf weitere Fragen zu verzichten. Er hatte sehr wohl die Veränderung ihres emotionalen Zustandes bemerkt. Hier würde er zu einem späteren Zeitpunkt nochmals nachhaken müssen. Eilig schrieb er dazu etwas auf den Notizblock, den er neben sich liegen hatte. Dann schaute er zu ihr auf.

„Gut, für heute wollen wir es dabei belassen. Jetzt, wo wir uns kennengelernt haben, kannst du mir beim nächsten

Mal sicher mehr erzählen. Ich gehe mir jetzt einen Kaffee holen. Möchtest du auch einen?"

Daniela wunderte sich, aber irgendwie hatte sie keine Lust auf Kaffee. Am wenigsten in dieser Umgebung.

„Nein danke", sagte sie höflich. „Das ist lieb gemeint, aber ich würde jetzt gerne auf mein Zimmer gehen."

„Oh. Ja, sicher. Selbstverständlich."

Er stand auf, ging zu seinem Schreibtisch, griff nach seinem Telefon und wählte eine Null, für die Zentrale.

„Hallo? Äh, Frau Ehlers. Ja, wir sind fertig für heute. Bitte geben Sie Schwester Gertrud Bescheid, damit sie Frau Neumann abholen kommt. Ich bin für fünf Minuten unten in der Kantine. Danach verbinden Sie mich bitte mit dem Polizeipräsidium in Daun. Ja, Kommissar Laubach bitte. Vielen Dank."

Schwester Gertrud kam und führte Daniela hinaus, während sich Doktor Johannsen den Kittel auszog und fast gleichzeitig mit den beiden Frauen hinaus auf den Gang trat. Nur vage nahm Daniela wahr, wie er sich der steilen Holztreppe näherte, die sämtliche Stockwerke miteinander verband. Dann waren sie und Schwester Gertrud hinter der großen Glastür verschwunden, die zu dem Trakt mit den einzelnen Zimmern führte.

Kurz darauf kehrte Doktor Johannsen zurück. Gut gelaunt pfiff er die Melodie eines alten Pop-Klassikers, während seine Hände ein Tablett trugen, auf dem sich ein dampfender Becher mit Kaffee und ein Quarkteilchen befanden. Er liebte Süßes.

Da seine beiden Hände beschäftigt waren, hatte er Probleme, die Tür zu seinem Behandlungszimmer zu öffnen. Er fluchte leise vor sich hin, stellte das Tablett auf den gebohnerten Fußboden, öffnete die Tür, nahm das Tablett wieder an sich, betrat das Zimmer und platzierte die Köstlichkeiten auf seinem Schreibtisch. Nachdenklich pflanzte er sich dahinter und überflog noch einmal jene Notizen, die er sich zu Daniela Neumann angelegt hatte. Gerade, als er den Deckel von seinem Kaffeebecher abnehmen wollte, klingelte das Telefon.

„Doktor Johannsen?" Es war die Stimme von Frau Ehlers. „Ich habe jetzt den Kommissar in der Leitung. Soll ich durchstellen?"

Doktor Johannsen drückte den Plastikdeckel zurück auf den Becher. „Ich bitte darum, Frau Ehlers."

Was folgte war ein kurzes Klicken, dann vernahm er ein tiefes Atmen.

„Guten Tag, Herr Kommissar. Gut, dass Sie gleich zurückrufen konnten. Ich wollte mit Ihnen nur kurz über Frau Neumann sprechen, beziehungsweise Ihnen meine ersten Eindrücke mitteilen."

Laubach grunzte etwas in den Hörer.

„Wie bitte? Ach so. Ja, wir hatten heute eine erste Sitzung. Na ja, eigentlich war es nicht viel mehr als ein Kennenlerngespräch."

„Und?"

„Konkrete Ergebnisse können Sie von mir natürlich noch nicht erwarten. Ich kann nur so viel sagen: Sie kommt mir ziemlich verschlossen und verunsichert vor."

Laubach räusperte sich. „So? Diesen Eindruck hatte ich aber ganz und gar nicht von ihr."

„Nicht?" Doktor Johannsen starrte auf seinen Notizblock; sein kurzes Bärtchen wippte auf und ab, als er an seinen Lippen kaute.

„Sie ist schizophren, Herr Kommissar. Wissen Sie, was das ist?"

„Wollen Sie damit sagen, dass sie einen Dachschaden hat?"

„Nicht unbedingt. Danielas Wahrnehmung hat sich verändert. Allerdings weiß ich noch nicht, was die eigentliche Ursache für diese andersartige Wahrnehmung ist. Möglicherweise verfügt sie über ausgeprägte schizophrene Fähigkeiten. Wenn

Sie ein Kollege wären, dann würde ich Ihnen jetzt ein paar fachspezifische Worte an den Kopf werfen, aber so …" Er lächelte vor sich hin, um seinen Worten die Besserwisserei zu nehmen. „Para heißt übrigens ‚neben'", sagte er dann doch.

„Das ist mir bekannt", sagte Laubach, dachte aber: *Der besitzt den Charme eines ewig jugendlichen Dicken.* Dabei stellte er sich vor, dass Johannsen, angefangen bei Frauen bis hin zu gutem Essen, Zigarren, Alkohol und Kaffee, bestimmt nichts auslassen würde. *Und so was nennt sich Psychiater!*

„Was wissen Sie über Danielas Eltern?" Johannsens Frage kam prompt und unerwartet.

„Nur, dass ihr Vater schon lange tot ist", entgegnete der. „Muss irgend so ein graugesichtiger Patriarch aus Bad Münstereifel gewesen sein. Hat täglich drei Schachteln Zigaretten geraucht und seine Familie mit bitterem Sarkasmus regiert."

Na, da habe ich aber etwas anderes gehört, dachte der Doktor und fragte weiter: „Und ihre Mutter?"

„Die lebt, glaube ich, noch und soll in so einem Heim für Demenzkranke stecken."

„Demenzkranke? Hm … das ist ja interessant." Doktor Johannsen machte sich eine entsprechende Notiz, ehe er weiterfragte: „Aber Frau Neumann hat doch noch einen Bruder. Können Sie mir wenigstens über den etwas sagen?"

‚Wenigstens' ist gut. Der geht mir ganz schön auf die Nerven, dachte Laubach, griff aber gleichzeitig nach einer Akte, die er unter einem Stapel anderer Dokumente auf seinem Schreibtisch liegen hatte.

„Natürlich. Den kenne ich gut. Er heißt Helmut. Wundert mich überhaupt sehr, dass der noch nicht bei Ihnen aufgetaucht ist."

„Bisher noch nicht, soviel ich weiß. Aber ich würde mich sehr gern mit ihm unterhalten. Haben Sie vielleicht eine Adresse oder eine Telefonnummer von ihm?"

„Na klar, auch das! Steht alles hier in meiner Akte. Wenn Sie notieren wollen.“ Laubach nannte ihm die Nummer und fragte: „Sonst noch etwas?“

„Im Moment nicht, Herr Kommissar. Sie haben mir sehr geholfen. Vielen Dank und auf Wiederhören.“

„Sie mich auch“, flüsterte Laubach. Dann legte er auf.

Der grüne MG schnurrte die B257 hinunter, vorbei an Blumentrögen mit Lorbeerbäumchen und den frischgestrichenen Erkerfenstern der Fachwerkhäuser. Das neue Kelberg war das, was in Reiseprospekten gerne als Eifel-Idylle bezeichnet wurde. Hier gab es zwei Cafés, eine Eisdiele und ein Sonnenstudio. Aus den Resthöfen hatte man Wochenendhäuser und Ferienapartments gemacht, und die steilen Gassen – einige noch mit Kopfsteinpflaster und für den Verkehr gesperrt – waren voller Souvenirläden. Jene Menschen, die vor der Invasion der Spekulanten diese Häuser bewohnt hatten, lebten jetzt in Altersheimen oder waren bereits verstorben. Wie in vielen Randgebieten Deutschlands erfuhr auch die Eifel eine krasse Überalterung.

Roger Peters fuhr über Kelberg nach Köttelbach, bog beim Rowa Firmenschild nach links ab und folgte dem gewundenen Weg, der über eine grüne Ebene direkt zu Ediths Haus führte. Das alte Fachwerkhaus wies eine Besonderheit auf: Es war in einen quadratischen Gebäudekomplex integriert, der von seinem früheren Besitzer, einem Bauern, ursprünglich als Viehstall gedacht war. Er hielt vor der Einfahrt, hievte sich aus dem flachen Wagen und öffnete das Tor. Anschließend stieg er wieder ein, quetschte sich hinter das Lenkrad und fuhr hinunter auf den kleinen Vorplatz. Ediths Haus war zwar kein besonders prächtiges Anwesen, aber er fand, dass sie es in den zehn Jahren, die sie mittlerweile darin wohnte, zu einer angemessenen Bleibe für sie hergerichtet hatte. Er schloss die Haustür auf und ging über den Flur in den Wohnraum. Diesmal brannte kein Feuer im Kamin und die Blumen in der bunten Vase auf dem Tisch waren welk. Die Tageszeitung, die danebenlag, war von vorgestern, und niemand steckte den Kopf durch die Tür, um ihn zu begrüßen. Er öffnete den Mund, um etwas zu sagen, doch dann schloss er ihn wieder. Hier war niemand mehr, der ihm zuhören würde. Also schob er die Hände in die Hosentaschen und starrte hinüber zu dem Foto auf Ediths Sideboard. Das Foto starrte zurück. Es war damals bei einer Gartenparty aufgenommen worden und zeigte ihn mit einer strahlenden Edith am Arm. Es erinnerte ihn an die besseren Zeiten, die es einmal gegeben hatte. Und irgendwie wurde er traurig. Wäre damals nicht die schlimme Geschichte mit diesem Konrad passiert, vielleicht wäre noch alles beim Alten. Das Schwein hatte Edith entführt und tagelang missbraucht. Er, Roger Peters, hatte sie gesucht und schließlich halbtot in einem Lagerhaus in Oberwinter am Rhein gefunden. Bis dahin war es zwischen Edith und ihm bestens gelaufen. Danach kam die Entfremdung.

Das Schrillen des Telefons zerriss die Stille. Er nahm ab.

„Roger?“, fragte Kurt Laubach. Seine Stimme klang rau und etwas undeutlich.

Roger Peters sah ihn vor sich, wie er in der Eifelstube vor dem Tresen saß. Zu dieser Uhrzeit hatte er vermutlich ein Glas Whisky vor sich und rauchte mit grauem Gesicht und fettigem Haar ein Zigarillo nach dem anderen. Er war nicht gerade eine Schönheit, wenn er getrunken hatte. Aber danach suchte man sich schließlich auch keine Freunde aus.

„Was ist mit Edith?“

„Hallo, Kloppe. Das Krankenhaus hat sich gemeldet. Sie sagen, falls keine Komplikationen auftreten, kann ich Edith morgen sehen.“

„Prima! Und wann?“

„So gegen Mittag, haben sie gesagt.“

„Gut. Lass mich wissen, wie es ihr geht. Aber da ist noch etwas. Hör zu!“, sagte Laubach. „Etwas ist faul im Staate Dänemark.“

„Hast du getrunken, Kloppe?“, erkundigte sich Roger Peters, verwundert über Laubachs geschwollene Ausdrucksweise.

„Nur ein bisschen.“

„Wie dem auch sei. Ich will wissen, wenn es Neuigkeiten bei deinen Nachforschungen gibt, die Daniela oder Edith betreffen. Egal, was es ist. Ich will es nur wissen.“

Laubach hustete. „Jetzt werd mir bloß nicht komisch, Roger. Du denkst doch auch, dass es der Kumpel von Erwin Schürmann war.“

„Ja natürlich, und?“

„Er war's aber verflucht noch mal nicht.“

„Wie bitte?“, fragte Roger Peters. „Wer war's denn dann?“

„Hätte ich bloß nicht so schnell die Ermittlungen diesbezüglich fallen gelassen.“ Laubachs Stimme klang scharf und fürchterlich krächzend. „Ich bin auch manchmal einfach zu blöd.“

„Du hast meine Frage noch nicht beantwortet.“

„He? Ach so. Sie war's, Roger. Deine Daniela. Ich hatte von Anfang an so 'n Scheißgefühl.“

„Daniela? Du spinnst doch, Kloppe. Jetzt mach aber mal 'nen Punkt.“

„Beim Ebersberger hat sie es mit einem Messer getan und bei ihrer Freundin Rita mit einem Schraubenzieher. Sie hatte ihre Gründe.“

Roger Peters schnappte nach Atemluft. „Das ist doch unmöglich! Und überhaupt: Welche Gründe sollen das denn gewesen sein? Sie war zu den Tatzeiten doch zu Hause, und alles lässt auf Henschel schließen. Oder hast du etwa neue Beweise?“

„Noch nicht“, flüsterte Laubach. „Aber ich werde danach suchen.“

Jetzt erst nahm Roger Peters den Lärm im Hintergrund wahr.

„Wo bist du überhaupt, Kloppe?“

„Isch? In der Eifelstube, wo denn sonst.“

„Und da ist dir soeben eingefallen, dass Daniela an allem schuld sein könnte? Ein schöner Kommissar bist du. Hör zu, ich muss jetzt Schluss machen. Lass uns darüber reden, wenn du wieder nüchtern bist.“

„Ja, aber hör zu, Roger ...“ Doch der legte den Hörer auf, ehe Laubach mit einer neuen Geschichte beginnen konnte.

Es war ein lauwarmer Frühherbstabend. Die Sonne stand noch hoch am leicht bewölkten Himmel und von Westen her wehte eine leichte Brise. Er musste unbedingt den Kopf frei bekommen und da half nun einmal Cabriofahren am besten. Doch als er in den MG einstieg, fröstelte es ihn. Nach drei Versuchen sprang der Wagen an. Es wurde Zeit, dass er die Zündkerzen austauschte. Er setzte unnötig heftig zurück und wendete. Als die Speichenräder über den Asphalt donnerten, flatterten die Tauben von den Dächern der anliegenden Häuser hoch. Schnell schrumpfte Ediths Haus mit seinem hübschen Fachwerk in seinem Rückspiegel zu einem winzigen Bild zusammen. Dies war wirklich eine richtige Idylle, aber vielleicht empfand er auch genau deswegen seine innere Leere als besonders stark.

Daniela Neumann lag auf der Couch in dem weiß gestrichenen Zimmer und wartete auf Doktor Johannsen. Der dumpfe Schlag der alten Standuhr erinnerte sie wieder daran, wie seltsam wohl sie sich hier beim ersten Mal gefühlt hatte. Roland Johannsen kam ins Zimmer und setzte sich in seinen bequemen Ledersessel. Auf seinen Knien lag ein dunkler Aktenordner.

„Hallo, Daniela", begrüßte er sie sachlich. „Bevor wir anfangen, muss ich ein ernstes Wort mit dir sprechen. Bist du dir wirklich sicher, dass du mir gestern die Wahrheit gesagt hast?"

Obwohl sie ihn verstanden hatte, blickte sie überrascht zu ihm auf.

„Ich weiß nicht, was Sie meinen."

„Du, Daniela. Wir waren bereits beim Du. Ich heiße Roland, hoffentlich erinnerst du dich noch daran?"

Sie nickte, und er konnte ihre Verlegenheit förmlich spüren.

„Hör zu. Das Ganze hat nur Sinn und Zweck, wenn du meine Fragen nach bestem Gewissen beantwortest. Du musst mir vertrauen. Ich will nur das Beste für dich. Also dann, fangen wir noch einmal von vorne an. Du bist ...?"

„Daniela Neumann."

„Du wohnst in?"

„Rom bei Birresborn."

„Bist du verheiratet?"

„Nein."

„Hast du Kinder?"

„Nein."

„Geschwister?"

Wieder zögerte sie. „Einen Bruder."

„Den du regelmäßig siehst. In Ordnung. Erzähl mir nun von deinen Eltern."

Daniela versuchte, sich zu entspannen. Sie schloss die Augen und sah wieder das große Haus ihrer Eltern vor sich. „Das hab ich dir doch bereits alles erzählt, Roland. Wir wohnten in einem großen Haus und es hat uns an nichts gefehlt."

„Und das ist alles? Bist DU dir da ganz sicher?"

„Ja, natürlich. An etwas anderes kann ich mich nicht erinnern."

Doktor Johannsen blätterte auffällig lang in dem Aktenordner herum, den er auf seinen Knien liegen hatte. Dann sah er sie an.

„Ich muss dir leider sagen, dass dies nur ein kleiner Teil von einem komplizierten Ganzen ist, Daniela. Ich habe mit deinem Bruder Helmut gesprochen und wir sind übereingekommen, dir die Wahrheit zu sagen. Dein Bruder hat mir gestanden, dass dich deine Eltern adoptiert haben. Damals bist du gerade fünf geworden."

Daniela riss es förmlich von der Couch herunter. Sie begann so zu zittern, dass ihr Körper richtig geschüttelt wurde. Der Schock kam unvermittelt.

„Nein, das stimmt doch nicht. Du lügst! Daran würde ich mich doch erinnern! Warum erzählst du mir so etwas?" Plötzlich schrie sie gellend: „Was wird hier eigentlich gespielt? Was ist hier los?"

Doktor Johannsen stand auf und schüttelte sie vorsichtig. Sie verstummte und sah ihn verwundert an.

„Tut mir leid!" sagte er. „Das musste sein. Ist jetzt wieder alles in Ordnung mit dir?"

Na der hat vielleicht Methoden.

Sie nickte und begann zu wimmern. „Es ist nur, weil ich so furchtbar durcheinander bin. Vollkommen durcheinander!"

„Bitte beruhige dich, Daniela. Ich habe mich lange mit Helmut unterhalten. Es gibt keinen Zweifel. Er hat nur nicht gewusst, wie er es dir sagen sollte."

Diesmal füllten sich ihre Augen mit Tränen. „Helmut? Ist er denn … ist er hier gewesen?"

„Nein, noch nicht. Ich habe mit ihm telefoniert. Er schien sehr beschäftigt zu sein, hat aber versprochen, so schnell wie möglich in die Klinik zu kommen."

Daniela versuchte zu begreifen, was sie soeben erfahren hatte. „Aber wer sind denn dann meine wirklichen Eltern?

Warum habe ich keinerlei Erinnerungen an sie?" In ihrem Gesicht stand Verzweiflung.

„Genau das werden wir herausfinden müssen", erwiderte Doktor Johannsen. Er nahm sich vor, Nachforschungen hinsichtlich Danielas Lebensgeschichte anzustellen, um festzustellen, ob sie schon einmal in psychiatrischer Behandlung gewesen war – womöglich vor der Adoption.

„Entspann dich und trink einen Schluck Wasser."

Er stand auf, ging hinüber zu einem Vitrinenschrank, der ganz aus Glas war, entnahm ihm eine kleine Plastikflasche mit stillem Mineralwasser und reichte sie Daniela. Danach nahm er hinter seinem Schreibtisch Platz und schrieb irgendetwas auf einen Zettel. Nach etwa zehn Minuten stand er wieder auf, nahm eine Praline aus einer Schachtel und rückte seinen Sessel dicht an die Couch heran, wo Daniela Neumann zusammengekauert lag.

„Möchtest du eine?"

Daniela schüttelte nur den Kopf. Anscheinend widerwillig legte Doktor Johannsen die Süßigkeit zurück in die Schachtel.

„Beim nächsten Mal werde ich dich unter Hypnose setzen. Dann bekommen wir vielleicht ein wenig mehr aus dir heraus." Daniela zuckte zusammen. Er bemerkte ihr besorgtes Gesicht und lächelte. „Keine Angst. Es tut überhaupt nicht weh."

18

„Ich hab gewusst, dass du kommst, Roger", begrüßte ihn Edith. Ihr blondes Haar war ordentlich nach hinten gekämmt und mit einer Spange befestigt worden. Ihr Gesicht wirkte nicht mehr so erschöpft wie noch beim letzten Mal, als er sie gesehen hatte. Auch die Lippen waren nicht mehr blutleer und aus ihren Augen sprach Ruhe und Gelassenheit. Außerdem war sie überaus freundlich zu ihm. Es gab keine Vorwürfe. Wenn sie etwas sagte, dann tat sie es langsam und bedacht. Das Gehetzte, das sie vorher an sich hatte, und das gelegentliche Aufbrausen schienen verschwunden zu sein. Sie lag friedlich in ihrem Krankenbett, das ihm heute irgendwie kleiner vorkam, auch wenn es Normalgröße hatte. Edith lag allein in einem großen Zimmer. Es gehörte zur Privatstation des St. Joseph Krankenhauses in Prüm. Hier gab es keine Gitter vor den Fenstern, die Tür besaß auf beiden Seiten Griffe und die Station war frei zugänglich.

„Wie geht es dir, Liebes?" fragte er sie ein wenig bange.

„Oh, heute geht es mir ganz gut, Roger. Ich hab auch geschlafen wie ein Pferd. Das Essen könnte ein wenig besser sein, aber ansonsten … Ich denke, es wird schon wieder werden." Die Tür ging auf und eine gutgelaunte Schwester brachte eine Vase mit Blumen, die er ihr mitgebracht hatte.

„Sind die für mich?" fragte Edith. „Blumen sind immer so schön. Ist schon ein Weilchen her, dass du mir welche geschenkt hast."

Roger Peters machte einen tiefen Seufzer. „Na Hauptsache, du bist mir nicht mehr böse", sagte er.

„Böse? Ich?" Sie tat überrascht. „Warum sollte ich dir böse sein?"

„Wegen Daniela natürlich. Immerhin hab ich sie dir doch ins Haus geschleppt. Glaub mir, ich habe immerzu daran denken müssen."

„Ach, das ist doch Unsinn! Du hast ihr doch nur helfen wollen, nicht wahr?" Sie lächelte. „Aber in der Zwischenzeit habe ich erfahren, dass sie in Manderscheid ist. Ich glaube, ich habe sie tatsächlich verkannt. Niemals hätte ich ihr etwas Schlimmes zugetraut."

Roger Peters atmete tief aus. „Na wenigstens ist sie jetzt gut untergebracht. Aber ein schlechtes Gewissen wegen ihr habe ich trotzdem."

„Geschenkt, Roger." Sie strahlte ihn an. „Hier sind alle so gut zu mir. Alle sind so besorgt um mich und hoffen, dass es mir bald wieder besser geht. Zuerst hat mir der Arzt etwas gegeben, da habe ich Gott weiß wie viele Stunden geschlafen, und dann hat er mit mir gesprochen und mir geraten eine Therapie zu machen", berichtete sie, wobei sie das Wort „Therapie" ziemlich emotionslos aussprach.

„Therapie? Und wann soll es damit losgehen?" fragte Roger Peters.

„Morgen. Ich denke wirklich, ich bin hier bestens aufgehoben. Und ich lieg gern allein. Zur Erholung, hat er gesagt. Nur zur Erholung."

„Hat er auch gesagt, wie lange sie dich hierbehalten wollen?"

„Zuerst soll ich die Therapie hinter mich bringen. Aber ich denke, dass ich danach entlassen werde. Du kommst mich doch wieder besuchen?"

„Aber gewiss komme ich dich besuchen, Edith", sagte er und drückte ihr einen langen Kuss auf die Wange.

„Dann bin ich beruhigt. Nur nicht gleich früh morgens", sagte sie. „Nach der Therapie werde ich sicher müde sein und noch eine Weile schlafen wollen."

Roger Peters nahm sich vor, den Arzt danach zu fragen. Nachdem er sich von Edith verabschiedet hatte, beschloss er, nach Monreal zu fahren. Daniela hatte ihn bei ihrem Telefonat heute Morgen gebeten, einmal nach Irene zu schauen. Die verdammten Weiber konnten einen ganz schön auf Trab halten.

Vor dem Haus am Alten Markt in Monreal war der Parkplatz leer. Hier hatte sich seit dem Tod von Wolfgang Ebersberger nicht viel getan. Die Rollläden waren heruntergelassen und dort, wo keine waren, hatte jemand die Vorhänge zugezogen. Das Haus wirkte einsam und verlassen. Roger Peters läutete ein, zwei Mal. Nichts rührte sich. Von Irene war keine Spur zu vernehmen. Also schwang er sich wieder in seinen MG und kurvte zurück. Da er noch keine Lust hatte, nach Hause zu fahren, hielt er vorm Geuerich in Kelberg an. Auf dem Besucherparkplatz stand ein alter Jaguar E-Type. *Was für eine Form*, dachte Roger Peters. *Wenn sie heute auch nur annähernd so schöne Autos bauen würden. Aber nein, alles muss so bequem und modern sein – und so langweilig.*

Er parkte den MG in gebührendem Abstand zu der edlen Katze und betrat die Gastwirtschaft. Günnie stand wie immer hinter seinem Tresen und zapfte Bier. Als er Roger Peters sah, nickte er ihm freundlich zu und stellte ein leeres Bierglas unter den Zapfhahn seiner Anlage.

„Was für ein Wagen", sagte Roger Peters und deutete nach draußen.

„Nicht wahr? Ist er nicht göttlich!", meinte Günnie. „Hab vorhin mal drin gesessen. Das weiche Leder, der Chrom und selbst die kleinen Bakelitschalter, alles ist einfach eine Wucht. Dazu noch diese langgezogene Schnauze. Man könnte glatt meinen, der Wagen hört nie auf. Er gehört übrigens einem Daniel Rheinhart. Er steht da drüben an der Musikbox. Riecht förmlich nach Geld und Erfolg. Hat's ganz schön weit gebracht im Leben. Ist sogar mal Rennen gefahren, hab ich gehört. Da hinten steht er."

Roger Peters blickte in die Ecke, wo neben dem Flipperautomaten die alte Rock Ola Musikbox stand. Sie waren Günnies heimliche Schätze aus den 60er Jahren.

Daniel Rheinhart war groß, hatte einen breiten Rücken und sah alles andere als schüchtern aus. Aber Roger Peters hielt sich nicht lange mit ihm auf, weil er die Dame erkannt hatte, die neben ihm stand. Als seine Augen auf ihr ruhten, schaute sie auf, und ihre Blicke trafen sich. Viel zu dick aufgetragene Wimperntusche in einem unnatürlich getönten Gesicht, übertrieben dauergewellte Haare, lange, rotlackierte Fingernägel, die eine goldene Zigarettenspitze umklammert hielten, ein für ihre kräftigen Waden zu kurzer Rock und Pumps mit Plateausohle und einem Absatz von mindestens zwölf Zentimetern – Irene Baumgartner. Schwankend kam sie auf ihn zu.

„Roger, altes Haus", säuselte sie und verströmte in Alkohol getränkte Dunstwolken. Auf ihrer Bluse hatte sie Zigarettenasche.

„Hallo, Irene. Ich war eben in Monreal, um zu sehen, ob du noch im Haus von Wolfgang Ebersberger wohnst. Aber anscheinend tröstest du dich ja bereits woanders."

„Oh", sagte sie. Hinter den vollen Lippen verbargen sich leicht vergilbte Zähne. „Ich hab es dort einfach nicht mehr ausgehalten. Schreckliche Sache. Der arme Wolfgang. Das hat er wirklich nicht verdient. Und außerdem bekomme ich kein Geld, wenn ich noch weiter in Monreal herumhänge. Also habe ich …"

Roger Peters schaute sie an. Sie war ein Bild des Jammers. Die Absätze ihrer Schuhe waren schief, ihre Bluse war verknautscht und am untersten Rand fehlte ein Knopf. Er grinste, klopfte ihr leicht auf die Schulter und schüttelte den Kopf. Natürlich würde sich kein normaler Mann in so eine Frau verlieben.

„Was macht eigentlich Daniela?", fragte sie, als könne sie Gedanken lesen und wechselte so das Thema.

„Die macht mir gerade große Sorgen", erwiderte Roger Peters.

„Oh“, sagte sie und man sah ihr an, dass sie ihn nicht ganz verstand.

„Daniela befindet sich in Manderscheid.“

„Was? Sag das bitte noch einmal.“

„Daniela ist in Manderscheid.“

„Doch nicht etwa in der psychiatrischen Klinik?“ Ihre schwarz umrandeten Augen verengten sich.

„Du hast ganz richtig verstanden. Daniela ist in der Klapsmühle.“

„Das gibt's nicht! Verdammt. Was ist denn nur los mit ihr? Auf jeden Fall muss ich sie mal besuchen.“

„Tu das, Irene. Und jetzt will ich mein Bier genießen. Du weißt schon … also bis dann, halt dich wacker.“ Er ging zurück zum Tresen. Das Helle stand schon da und schien auf ihn zu warten. Irene drehte sich um und wühlte sich zu Daniel Rheinhart durch. Die Rock Ola krächzte *Eine neue Liebe ist wie ein neues Leben,* während sie ihm von hinten zwischen die Beine griff.

Das allgemeine Gebrummel wurde lauter. Günnie stellte ein zweites Bier auf den Tresen, doch Roger Peters schüttelte den Kopf.

„Tut mir leid, aber ich muss gleich wieder weg.“

Die Atmospähre im Geuerich brachte ihm nicht die ersehnte Ablenkung. Ganz im Gegenteil, sie stürzte ihn noch tiefer in seine miese Stimmung. Noch beim Hinausgehen sah er, dass Irene sich an Daniels Hosenschlitz zu schaffen machte und ihm ungeniert eine Hand in seine gute Stube steckte. *Wie tief konnte ein Mensch nur sinken …*

19

„Hör einfach nur auf meine Stimme“, sagte Doktor Johannsen zwei Tage später zu Daniela, die auf der Couch lag und versuchte, sich zu entspannen. Die beiden vergangenen Tage waren mit Untersuchungen überhäuft gewesen. Man hatte sie beobachtet, durchleuchtet und mit verschiedenen Medikamenten vollgestopft. Schwester Gertrud war gleichmäßig freundlich und sachlich zu ihr gewesen. Nur über den eigentlichen Verlauf der Untersuchungen hatte sie kein Wort verloren. Doch Daniela spürte, dass sie ruhiger geworden war; ein Umstand, den sie möglicherweise den Beruhigungspillen, die man ihr verabreichte, zu verdanken hatte. Sie hatte gehört, dass dies hier so üblich war.

Im Hintergrund lief sanfte Musik, die irgendwie exotisch klang, aber nicht unangenehm war. Doktor Johannsen hatte ihr Medikamente gegeben und erklärt, dass sie keine Bewusstlosigkeit erfahren würde, wie es zum Beispiel im Zustand einer Ohnmacht oder einer Narkose der Fall war. Ähnlich wie im autogenen Training wollte er sie nur in einen Trance-Zustand versetzen. Dabei sollte die Kritikfähigkeit des Wach-Bewusstseins eingeschränkt werden. Er setzte dabei ganz auf monotone Reize und wiederholte den Satz „Hör einfach nur auf meine Stimme“ bereits zum dritten Mal. Daniela fühlte, wie in ihr eine wohlige Müdigkeit aufstieg, während sie den Klang seiner Stimme in sich aufsog. Als sie von ganz weit her das Ticken einer Uhr vernahm, sah sie plötzlich das alte Haus ihrer Eltern vor sich. Ganz allmählich war sie wieder das kleine Mädchen.

Sie saß auf den Knien ihres Vaters und spielte Schaukelpferdchen. Ihr Vater war ein großer, schlanker Mann mit einer hohen Stirn und sanften Händen. Ganz langsam zog er sie nach oben und setzte sie auf seine Schultern. Dann drehte er sich um die eigene Achse und setzte sich wieder hin. Sie lachte laut auf. Ihr gefiel es, wenn ihr die Haare um die Ohren fegten. In diesem Moment hörte sie ihre Mutter hinaufkommen. Wenig später betrat sie das kleine Zimmer. Mit ihrer kühlen Ausstrahlung und eleganten Kleidung war sie eine wirkliche Schönheit.

„Hör zu, Klaus, wir müssen reden“, sagte sie. „Schick sie nach draußen.“

Ihr Vater hob sie von seinen Knien. „Sei ein liebes Mädchen und geh draußen spielen.“

„Ich würde aber viel lieber bei dir bleiben?“

„Jetzt nicht. Ich muss mit deiner Mutter reden.“

Daniela seufzte enttäuscht auf. Er drückte sie an sich und konnte die Wärme und Zerbrechlichkeit ihrer kleinen Gestalt spüren.

„Geh nur. Es ist alles in Ordnung. Ich bin noch hier, wenn du zurückkommst.“

Sie betrachtete ihn ernst. „Dann gehe ich jetzt. Bis gleich, Vati.“

Er schaute ihr nach, als sie aus dem Zimmer ging. An der Tür drehte sie sich um und winkte ihm zu. Dann war sie verschwunden und er wandte sich an seine Frau.

„Was hast du denn jetzt schon wieder, Margot?“

„Ach, ich bin hier einfach nicht mehr glücklich! Es ist nicht mehr so wie früher Klaus.“

„In keiner Ehe ist es nach so vielen Jahren noch wie früher. Du musst dagegen ankämpfen. Immerhin sind wir noch zusammen. Das hast du doch immer gewollt.“

„Aber doch nicht so!“

„Warum denn nicht? Wir sind eine Familie, und das ist doch alles, was zählt.“

„Für dich mag das vielleicht zutreffen, aber für mich gilt das schon lange nicht mehr. Ich meine, was haben wir denn schon aus unserem Leben gemacht? Sieh dir nur diese alte

Hütte an, in der wir hausen. Und wann sind wir zum letzten Mal ausgegangen?"

„Sei doch nicht ungerecht, Margot."

„Es geht aber nicht nur um uns oder um dich. Jetzt nicht mehr." Sie wandte sich von ihm ab.

„Was meinst du damit?"

„Sie braucht mich nicht."

„Wer? Daniela? Natürlich braucht sie dich."

„Das ist nicht wahr. Ewig hängt sie nur bei dir herum. Prinzessin hier und Prinzessin da. Ich wollte niemals Kinder haben. Und jetzt möchte ich wieder arbeiten gehen."

„Kannst du damit nicht noch warten, bis sie etwas älter ist?

„Nein! Ich will, dass wir sie fortgeben, jetzt sofort!"

Er trat einen Schritt auf sie zu und nahm ihren Kopf in seine Hände, sodass sie ihn direkt anschauen musste. „Was? Das kann doch nicht dein Ernst sein."

„Hör zu, Klaus. Das ist mein voller Ernst. Es gibt Leute, die eine Menge Geld für ein vierjähriges Mädchen bezahlen."

„Da mach ich bestimmt nicht mit."

„Du wirst dich entscheiden müssen. Sie oder ich."

Tränen liefen Daniela die Wange hinab, und als Doktor Johannsen sah, wie die salzige Flüssigkeit auf ihre Lippen tröpfelte, gab er ihr das Stichwort. Sekunden später öffnete sie die Augen. Diesmal war das weiße Zimmer in einem seltsamen Winkel verkantet. Vor ihren Augen war alles verschwommen und sie musste sich anstrengen, um ihren Blick klar zu stellen.

Über ihrem Kopf sprach eine freundliche Stimme zu ihr. Sie fragte: „Bist du in Ordnung, Daniela?"

Daniela rieb sich die Augen und wunderte sich, dass sie feucht waren.

„Was ist mit mir passiert?"

Doktor Johannsen zögerte seine Antwort einen kleinen Moment hinaus. „Nun, ich glaube, du hast keine guten Erinnerungen an deine Kindheit, nicht wahr?"

Daniela zuckte mit den Schultern. „Wenn ich das bloß wüsste."

„Kannst du dich denn nicht daran erinnern, wie es war?"

„Ich glaube nicht."

„Also machen wir weiter?"

„Einverstanden. Vielleicht erfahre ich so endlich, was los ist."

Die Hypnose ist eine Methode der Tiefenpsychologie. Diese setzt sich mit vor- und unbewussten seelischen Vorgängen auseinander, um zum Beispiel eine Erklärung für menschliches Verhalten liefern zu können. Grundsätzlich wird davon ausgegangen, dass in den Tiefenschichten der Psyche eines Menschen viele weitere, unbewusste Prozesse stattfinden, die Auswirkungen nach außen, also das bewusste Handeln, haben.

Dieses Mal sah sie ihren Vater vor sich. Aber was sie sah, gefiel ihr ganz und gar nicht. Sein Gesicht wirkte müde und hatte die Farbe von stumpfem Blei angenommen. „Ich muss jetzt gehen, meine geliebte Prinzessin", sagte er. Danach folgte ein Filmriss. Daniela wälzte sich hin und her. *Nein, bitte geh nicht fort!* Als sich ihr Blick wieder verschärfte, blickte sie aus der Froschperspektive nach oben in einen Dachstuhl. Um den obersten Querbalken war eine Schlinge gelegt und daran baumelte ihr Vater. Sie wollte schreien, konnte es jedoch nicht. Sie sah zu, wie sein Körper sich in wilden Zuckungen ergab. Dann war es plötzlich vorbei und er hing über ihr. Lautlos und ohne sich zu bewegen.

Sie schrie so laut sie konnte: „Vater!" Und noch einmal: „Vater!" Es kam keine Antwort. *Vater, ich will nicht, dass du fortgehst. Komm zurück.* Dann drehte sich ihr der Magen um, und sie übergab sich. Dann wimmerte sie: „Vater … Vater …", und verstummte.

Ein furchtbares Schluchzen erstickte Danielas Stimme. Sie setzte sich taumelnd auf und presste die Hände gegen die Augen. Um sie herum drehte sich alles. Sie lachte und weinte jetzt durcheinander. Doch die Erinnerung verschwand genauso schnell, wie sie gekommen war. An seine Stelle trat ein tiefes, schwarzes Loch und eine gespenstische Stille. Auf einmal hörte Daniela wieder das Ticken der Uhr. Ihr eingeschränktes Bewusstsein war die ganze Zeit anwesend, und sie spürte, dass sie nicht schlief. Im Geiste sah sie eine Prozession von nackten und fremden Männern vor sich, die in oder aus dem Bett ihrer Mutter stiegen.

Mit einer Stimme, die Doktor Johannsen unnatürlich laut und verzerrt vorkam, sagte sie: „Und mir selbst hat diese Schlampe immerzu erklärt: ‚Das sind alles deine Onkel. Du musst nett und höflich zu ihnen sein.' Doch die Männer waren stark und grob und misshandelten mich. Sie blieben für eine Nacht, eine Woche oder manchmal auch für einen ganzen Monat. Danach verschwanden sie meistens wieder genauso schnell, wie sie aufgetaucht waren. Kaum war einer fort, schaute sich die Alte nach einem neuen Liebhaber um. Einer davon war ausgerechnet Edwin, der beste Freund meines Vaters. Diese Schweine! Wenn man sie doch nur an seiner Stelle aufgehängt hätte!"

Die Aggressivität in ihren Worten war neu für Doktor Johannsen. Deshalb fragte er: „Warum sprichst du so schlecht von deiner Mutter, Daniela?"

Dabei rückte er noch ein Stückchen näher an sie heran. Mittlerweile hatte er das kleine Aufnahmegerät in Position gebracht. Er wollte ihre Worte so klar und deutlich wie möglich aufnehmen. Und sie überraschte ihn abermals.

„Daniela?" fragte sie mit verzerrter Stimme. „Ich bin nicht Daniela!"

Er atmete tief durch. *Was soll das nun schon wieder?*

„So, bist du nicht. Und wer bist du dann?"

„Ich bin die Prinzessin!" Ihr Ton verschärfte sich sogar noch weiter. Doktor Johannsen tat so als wäre daran nichts Ungewöhnliches.

„Also gut, Prinzessin. Erzähl weiter."

„Die Schlampe schickte mich schlafen. In dieses kleine, kalte Hinterzimmer, während sie sich im vorderen Zimmer vergnügte. Darin war es wenigstens warm und es wurde vom Licht der rosa Lampe auf dem Tisch erleuchtet. Manchmal wartete sie, bis sie dachte, ich sei eingeschlafen. Dann ging sie weg. Meistens schlief ich dann auch tatsächlich, aber die Geräusche machten mich immer wieder wach. Die Haustür schlug zu, schwere Schritte folgten auf der schmalen, abgenutzten Treppe. Dazu Männerstimmen und Gelächter. Dem folgte irgendwann ein Lichtspalt vom Treppenabsatz, der auf mein Gesicht fiel, als die Alte auf Zehenspitzen in mein Zimmer kam und in dem alten Schrank herumkramte, um jene Blechdose zu suchen, in der sie ihr Geld versteckte. Sie pflegte die Dose hochzuhalten, so dass ich das zerkratzte Blech glänzen sehen konnte, während sie den kleinen Schlüssel umdrehte und die gefalteten Banknoten wegschloss. Danach steckte sie alles wieder unter einen Stoß alter Decken und Putzlappen. Als Hure war sie verfügbar für die Männer und hatte den Ruf einer leidenschaftlichen Bettgefährtin. Nur dass sich ihr Charakter langsam veränderte. Ohne Grund konnte sie völlig durchdrehen, aufbrausen und in Wutausbrüche verfallen. Oftmals hat sie auf mich eingeschlagen, völlig grundlos. Einmal bin ich aus meinem Bett gekrochen und hinaus auf den Treppenabsatz gelaufen. Dort habe ich dann gewartet und gelauscht, aber nichts passierte. Also habe ich mit meinem Fuß gegen die abgenutzte Holztür gestoßen. Sie öffnete sich sofort. Was ich dort drinnen sah, fand ich zunächst so komisch, dass ich mir schnell eine Hand auf den Mund legen musste, um ein Kichern zu unterdrücken.

Vaters Freund Edwin sah so lächerlich aus, wie er völlig ohne Kleider im Lichtstrahl der Lampe stand. Dabei ragte sein Ding rot und hart in die Höhe. So etwas hatte ich noch niemals zuvor gesehen. Dann erst bemerkte ich meine Alte. Auch sie hatte keine Kleider an. Und ich sah, wie sie ‚Paarung' machten. So wie die Hunde auf der Straße, die Katzen im Garten oder auch die anderen Tiere aus dem Buch, das ich mir immer wieder anschaute. Immer wieder schliefen sie miteinander und begingen den Verrat an meinem geliebten Vater. Wie ich sie hasste!

Kurz darauf wurde ich zu meinen neuen Eltern gebracht. Die Alte steckte mich in schöne Anziehsachen, lachte und flirtete mit dem Fahrer, als wir in das Taxi stiegen und sie mich wegbrachte."

Doktor Johannsen griff nach einer Praline, löste das Silberpapier und steckte sie sich in den Mund. Ganz langsam wandte er sich wieder seiner immer noch in Trance befindlichen Patientin zu.

„Nun, ich glaube ich weiß, wie es dir geht, Prinzessin, wenn du an deine Mutter denkst."

„Nein, das weißt du nicht!" Sie wälzte sich hin und her.

„Oh doch, das tue ich. Wahrscheinlich geht es dir nicht viel anders als mir mit meiner Mutter. Sie ist gestorben, als ich acht Jahre alt war. Später hat mein Vater wieder geheiratet und ich habe eine neue Mutter bekommen. Aber es war nie so wie bei meiner richtigen Mutter."

„Das ist doch nicht dasselbe."

„Wie meinst du das?"

Fast schien es so, als öffnete sie die Augen, aber dem war nicht so. Stattdessen erwiderte sie schroff: „Sie hat mich fortgegeben, verstehst du? Einfach so. Ich war erst fünf. Sie zog mir schöne Sachen an und brachte mich irgendwohin … Ich kann mich nicht mehr an alle Einzelheiten erinnern, aber da war ein Aufzug mit vielen Spiegeln, und so eine Art

Konferenzraum mit einem langen Tisch. Und ganz oben an dem Tisch saß ein Mann und lächelte." Sie kniff die Augen zusammen, während die Details aus ihr herausbrachen.

„Ich musste mich hinsetzen und durfte malen, während die Nutte irgendwelche Papiere unterschrieb. Dann bekam sie etwas, dass sie schnell einsteckte. Als sie aufstand und zur Tür ging, wollte ich mit ihr gehen, aber sie sagte mir, ich müsse dableiben und schön artig sein, sonst würde Vati im Himmel sehr, sehr traurig sein über seine kleine Prinzessin."

Doktor Johannsen machte sich Notizen. „Du erinnerst dich also genau daran, wie es war, als dich deine Mutter weggegeben hat?"

Sie nickte. „Ja, sie hat mich dagelassen. Ein paar Minuten später kamen ein Mann und eine Frau in das Zimmer und sagten mir, sie hätten immer schon so ein hübsches kleines Mädchen wie mich gewollt."

„Und das waren …?"

„Meine Adoptiveltern, natürlich! Und sie waren wirklich nett zu mir. Aber da war dieses Gefühl, diese …"

„… diese Leere in dir drin, nicht wahr? Das Bewusstsein, dass du für deine eigene Mutter nicht gut genug gewesen bist."

„Das auch. Aber sie hat meinen Vater verraten!"

„Du warst ein verängstigtes kleines Mädchen. Ganz allein."

„Nun, ich glaube ich war kein besonders angenehmes Kind."

„Daraus kann dir wirklich niemand einen Vorwurf machen."

„Aber genau das taten sie alle. Sie beschwerten sich andauernd und meinten, ich sei aufsässig, würde ewig Streit anzetteln und alles kaputtmachen."

„Eine ganz normale Trotzreaktion. Du hast dich davor gefürchtet, dich auf jemanden einzulassen, Gefühle zu investieren."

„Ich denke, das ist richtig."

„Weil dich diejenige Person hintergehen oder verlassen könnte, wenn du etwas für sie empfändest?"

„Vielleicht. Ich weiß es nicht. Damals, kurz nachdem mein Vater starb, dachte ich, ich müsste nur brav sein, dann würde er schon wiederkommen. Ich wartete und wartete ... Aber er kam nicht. Nie mehr."

Tränen rollten ihr über die Wange, aber Doktor Johannsen blieb regungslos sitzen und starrte sie an. „Erzähl weiter", sagte er. „Was kannst du mir noch über deinen Vater erzählen?"

Es schien so, als müsste sie überlegen.

„Nicht sehr viel", sagte sie schließlich. „Nur dass er mich Prinzessin nannte und immer sehr lieb zu mir war. Viel zu lieb! Er hat überhaupt nicht bemerkt, wie sie ihn verraten haben."

„Verraten? Sie? Wer denn Prinzessin?"

„Na meine Mutter, diese verdammte Hure! Und Onkel Edwin natürlich! Angeblich war er Vaters bester Freund. Ich hätte sie töten sollen, so wie ich die anderen getötet habe. Jeder Einzelne musste dafür büßen, dass er mich verraten wollte. Ich verzeihe nichts. Rein gar nichts."

Der Doktor horchte auf. Hatte er gerade richtig gehört? Sie hatte getötet? *Wahrscheinlich ist es nur eine Wahnvorstellung. Hoffentlich kann ich sie noch eine Weile in diesem Trance-Zustand halten,* dachte er und machte weiter, indem er so tat, als wäre ein Mord das normalste auf der Welt.

„Also Prinzessin, wie war das denn genau? Wer hat dich verraten wollen?"

Wieder wälzte sie sich hin und her und gab etwas von sich, dass Johannsen beim besten Willen nicht verstehen konnte. Schließlich hörte er Namen, die ihn fast aus dem Sessel rissen: Wolfgang Ebersberger und Rita Heinemann.

Er war baff und wusste zunächst nicht, wie er reagieren sollte. Er beobachtete sie. Es kam ihm so vor, als schliefe sie tief und fest. Kurz darauf besann er sich auf seine Aufgabe und stellte sicher, dass sein Aufnahmegerät noch lief.

„In Ordnung", sagte er sanft und versuchte, sich seine Aufregung nicht anmerken zu lassen. „Sprechen wir also über Herrn Ebersberger. Was …"

„Wolfgang war ein Schwein", fiel sie ihm ins Wort. „Er wollte mich aus dem Geschäft drängen und mich um meinen Anteil bringen. Das hatte er sich jedenfalls so gedacht, der feine Herr. Hat alles dafür getan, um den Ruf unseres Geschäftes zu schädigen. Er wollte mich bewusst ruinieren, wusste er doch, dass wenn die Kundschaft ausblieb, ich auf kurz oder lang aussteigen musste. Mein finanzielles Polster war nicht sehr groß und er hätte sich meinen Anteil für ein Taschengeld einsacken können. Natürlich nicht er selbst, nein so dumm war Wolfgang nicht. Dafür hatte er seine Mittelsmänner. Kontakte zu zwielichtigen Kreisen besaß er schließlich genug."

„Aber du hast ihm einen Strich durch die Rechnung gemacht?"

„Ja! Ganz genau das habe ich getan."

Sie lachte laut auf. Es war das abartigste Lachen, das Johannsen jemals gehört hatte.

„Dann erzähl mir bitte, wie das war", sagte er, ohne näher darauf einzugehen.

Für einen Moment verstummte die Konversation. Dann begann sie zu erzählen, und ihre Stimme hatte sich erneut verändert.

„Mach dir keine Sorgen, Mike. Das bekomme ich hin. Die Dokumente sind bereits fertiggestellt. Das Einzige, was jetzt noch fehlt, ist ihre Unterschrift, und dann gehört alles mir."

„Bist du sicher, dass sie nichts merkt?"

„Selbstverständlich bin ich mir sicher! Sie vertraut mir völlig. Außerdem ist sie im Moment viel zu sehr beschäftigt. Du weißt schon, die Geschäfte laufen nicht so besonders."

Wolfgang legte auf und lehnte sich in seinen Sessel zurück. Ein Blick auf seine Armbanduhr sagte ihm, dass es gerade erst halb neun war. In einer halben Stunde würde Irene erscheinen. Er freute sich wie ein Schneekönig. Für heute hatte sie ihm etwas ganz besonderes versprochen.

Daniela konnte nicht glauben, was sie da gerade gehört hatte. Sie wollte schreien, aber der Schreck schnürte ihr den Hals zu. An diesem Morgen war sie frühzeitig nach Monreal gefahren, um mit Wolfgang über das anstehende Jubiläum zu sprechen. Und das wollte sie möglichst erledigt haben, noch bevor Irene ihn in Beschlag nahm. Ohne sich etwas dabei zu denken, hatte sie die Eingangstür aufgedrückt und war die Treppen zu seinem Büro hinaufgestiegen. Oben im zweiten Stock hatte sie Stimmen gehört. Also war Wolfgang schon da. Anscheinend telefonierte er. Seine Bürotür stand einen Spaltbreit offen, und so bekam sie mit, was sie niemals hätte hören sollen.

Sie musste sich anlehnen, drückte sich gegen die Wand, den Mund weit aufgerissen, aber schreien konnte sie nicht. Irgendetwas in ihr schien zu explodieren. Ihr Gesicht verzerrte sich zu einer schrecklichen Grimasse, als sie spürte, dass ihre Füße sie nicht mehr tragen wollten. Doch dann, innerhalb von wenigen Sekunden, hatte sie sich wieder in der Gewalt. Fast automatisch schloss sich ihr Mund. Ihre Augen versprühten einen gefährlichen Zorn und auf ihren Lippen spiegelte sich ein falsches Lächeln wider. Fest entschlossen schlich sie aus Irenes Büro, rannte die Treppe hinunter bis zum Ausgang und verschwand so lautlos, dass Wolfgang oben in seinem Büro ihre Anwesenheit nicht einmal hätte erahnen können.

Dumme, kleine Daniela! Wurde auch allmählich Zeit, dass ich mich der Sache annahm. Ich wollte ihm eine Falle stellen und musste nachdenken. Deshalb fuhr ich nicht sofort nach Hause, sondern hielt am Gerolsteiner Stausee an. Allmählich hatte sich eine Idee in meinem Kopf festgesetzt. Plötzlich wusste ich, womit ich ihn ködern konnte: Einer antiken Maske aus purem Gold würde Wolfgang nie und nimmer widerstehen können. Ich startete den Anlasser und fuhr auf direktem Wege zu meinem Laden. Dort suchte ich zunächst nach etwas ganz Bestimmtem.

Verdammt! Wo hatte Daniela nur das kleine Notizbuch hingelegt?

Ich öffnete die Schubladen der Verkaufstheke.

„Ach ja, hier unten in der Zigarrenkiste liegt es."

Hastig griff ich danach und blätterte in den Seiten, bis ich zu dem Buchstaben H gelangte. Dann schnappte ich mir mein Handy und wählte eine ganz bestimmte Nummer. Jemand war sofort in der Leitung.

„Holm?"

„Ja, wer spricht?"

„Das tut nichts zur Sache. Ich suche eine antike Maske aus Peru. Können Sie mir da weiterhelfen?"

„Einen Moment. Ich schaue gleich mal in der Liste nach."

Ich wartete.

„Da haben Sie aber Glück. Es gibt eine Moche-Maske, die Diplomaten gerade außer Landes gebracht haben. Ist aber verdammt heiß, das Teil. Steht sogar auf dem Index."

„Silber oder Gold?"

„Wo denken Sie hin, meine Dame. Echtgold natürlich. Sie werden Sie nur nicht sofort verkaufen können."

„Lassen Sie das nur meine Sorge sein. Ich kenne da jemanden, der schert sich 'nen Dreck um die Herkunft solcher Objekte. Sein Name ist übrigens Wolfgang Ebersberger ..." Abrupt legte ich auf.

„Wusste ich's doch! Die sind alle gleich! Einer wie der andere! Allesamt gierige Drecksschweine! Die Sache wird ihren Lauf nehmen. Das Ganze ist nur noch eine Frage von Stunden."

20

„Daniela? Ich bin es, Wolfgang."

Sie griff zum Hörer. „Wo bist du?", herrschte sie ihn an.

„Ich bin noch im Büro. Ich hab dir doch gesagt, dass ..."

„Hör zu, wir müssen reden, Wolfgang."

„Ist ja schon gut, ich weiß Bescheid. Wie wäre es denn morgen in der Eifelstube? Wir könnten ..."

„Nein, jetzt, Wolfgang!"

„Daniela, es ist schon nach zehn. Ich habe einen anstrengenden Tag hinter mir, wir ..."

„Das ist mir egal. Hör zu! Wir haben ein ernsthaftes Problem. Ich habe genug von deinen Alleingängen. So geht das einfach nicht mehr weiter. Ich meine, wir beide sind Partner. Da kannst du doch nicht einfach ..."

„Warte, Daniela. Lass uns später darüber sprechen. Ich sehe ja ein, dass ich einen Fehler gemacht habe. Am besten komme ich doch noch raus zu dir."

„In Ordnung, ich werde auf dich warten."

Sie musste sich sehr zusammenreißen, um nicht den Hörer auf die Gabel zu knallen. Sie trat in die Küche und schaltete das Licht ein. Rasch blickte sie sich um. Sie war leicht irritiert.

„Ein Tee wird mir jetzt gut tun", sagte sie sich.

Als der Wasserkessel pfiff und vom Herd genommen werden wollte, blickte sie auf die Uhr: zwanzig nach zehn. „Allzu lange wird es nicht mehr dauern."

Während sie den Teebeutel im Wasser ziehen ließ, sortierte sie nochmals die Post. Es war wirklich nur Werbung dabei. Sie blickte erneut auf die Uhr: halb elf. Er wird sicher gleich kommen. Sie setzte sich aufs Sofa und blätterte in der Fernsehzeitung. Plötzlich spürte sie, wie sie müde wurde.

Mir blieb nur wenig Zeit. Ich wusste, Wolfgang würde die gewohnte Strecke nehmen. Also musste ich mich beeilen, wollte ich ihn noch rechtzeitig an der L96 abpassen. Das Messer, das ich in meiner Handtasche trug, hatte ich extra gekauft. Es war ein Steigenberger Modell, genauso eins, wie es Daniela in ihrer Küche zu benutzen pflegte. Nur dass es eben neu war, und seine Klinge verdammt scharf. Des Weiteren hatte ich mir eine Perücke besorgt, deren Pony mir tief ins Gesicht hing. Dazu eine dunkle, weite Strickjacke, Stöckelschuhe mit hohen Absätzen sowie Plastikhandschuhe, denn Vorsicht war nun einmal die Mutter der Porzellankiste.

Zu dieser späten Stunde war niemand mehr auf den Straßen unterwegs. Jedenfalls nicht in der Eifel. Es war sehr unwahrscheinlich, dass mich jemand sehen würde, und außerdem hatte ich ja noch meine Verkleidung. Ich verließ das Haus durch den Ausgang zum Obstgarten hinter dem Haus, schlich durch den Garten, vorbei an Danielas Beeten, unter den Obstbäumen hindurch, bis zu dem Feldweg, der an ihr Grundstück grenzte. Hier folgte ich einem schmalen Waldstreifen. Der Boden war bedeckt von Fichtennadeln. Sie dämpften meine Schritte. Ich ging weiter bis zu dem Wassergraben, sprang hinüber und lief bis zur Landstraße. Dort tauschte ich meine Turnschuhe gegen die Pumps. Anschließend setzte ich die Perücke auf und stöckelte den Seitenstreifen entlang. Es dauerte nicht lange und ich hörte ein Motorengeräusch, das schnell näher kam. Kein Zweifel, es war Wolfgangs Jaguar. Ich stellte mich in Pose und winkte ihm zu. Er musste mich einfach sehen. Und genau das tat er auch. Prompt hielt er an und ließ die Seitenscheibe herunter.

„Na schöne Frau, so spät noch unterwegs?"

Einer seiner blöden Sprüche! Als ob mir zum Scherzen zumute wäre. Wie ich ihn hasste!

„Kann ich Sie irgendwohin mitnehmen?"

Rotgeränderte Augen in einem grauen Gesicht sahen mich an. Er war ein Bild des Jammers. Sein Hemd war schmutzig, seine Krawatte zerknautscht, und durch die quer über den Kopf gebürsteten Haare schimmerten die ersten kahlen Stellen. Wahrscheinlich kam er direkt von Irene.

„Ja, gerne", sagte ich, nickte ihm zu, lächelte und öffnete die hintere Tür, noch ehe er mir zuvorkommen konnte. Das ging ja leichter, als ich dachte.

Nun musste ich zuschlagen, bevor er mich erkannte.

„Wo soll es denn hingehen?", fragte er, als könne er meine Gedanken lesen und drehte an seinem Rückspiegel.

„Fahr zur Hölle", sagte ich, nachdem ich mir im Dunkeln die Handschuhe übergestreift und das Messer aus meiner Handtasche gezogen hatte.

„Oh ... Daniela, was ...", sagte er noch, als er mich erkannte. Die Fettwülste unter seinen Augen verengten sich, während das Messer in ihn eindrang.

Es war das Letzte, was er sagte. Bevor er schreien konnte, stieß ich nochmals zu. Er röchelte und griff nach seinem Handy. Es lag auf der Mittelkonsole. Das Schwein versuchte, einen Notruf zu senden. Schnell schlug ich ihm das Ding aus der Hand. Danach hing er über dem Lenkrad und starrte mit großen, hervorquellenden Augen durch die Frontscheibe. Seine Zunge hing auf Ekel erregende Weise aus seinem Mund und überall war Blut.

Das war zwar verdammt schnell gegangen, aber jetzt war ich in Eile. Ich musste so schnell wie möglich weg von der Straße. Ich wechselte die Schuhe, warf das Messer weg und rannte los. Dabei hielt ich mich ganz im Schatten der Bäume und lief zurück zu Danielas Haus, wo ich alles, was mich verraten konnte, sofort in den brennenden Kamin warf. In weniger als dreißig Minuten, nachdem ich mich auf den Weg gemacht hatte, um Wolfgang zu töten, saß ich wieder auf ihrem Sofa. Niemand hatte mich kommen oder gehen sehen. Ich hatte mich äußerst klug verhalten, und alles war glatt gelaufen. Arme Daniela! Sie hatte keine Ahnung davon, was wirklich los war.

In diesem Moment schrie Daniela laut auf und wälzte sich hin und her. Mit einem Mal war sie hellwach und setzte sich ruckartig auf, ohne dass Doktor Johannsen sie aus der Trance entlassen hatte. Ihr Gesicht war kreidebleich und sie zitterte.

„W…was ist geschehen?" fragte sie mit veränderter Stimme und rieb sich die Augen.

„Du hast geträumt, Daniela", sagte Johannsen und versuchte, sie zu beruhigen. „Mach dir keine Sorgen. Hier nimm das." Er gab ihr eine Beruhigungstablette, die sie sogleich mit einem Schluck Wasser hinunterspülte.

Er überlegte noch, ob er ihr vielleicht zu viel zumuten würde, wenn er sie abermals in Trance versetzte, aber sein Wunsch, noch mehr zu erfahren, war einfach zu groß. Niemals zuvor hatte ihm ein Patient eine solch grausame Geschichte erzählt. Er schluckte. Nachdem, was er soeben gehört hatte, hatte sie den perfekten Mord begangen. *Würde sie noch mehr gestehen?*

Das Medikament wirkte schnell. Daniela bemerkte, wie das Zimmer langsam anfing sich zu drehen. Das Ticken der Uhr wurde lauter und die monotonen Worte „Hör auf meine Stimme" drangen in sie ein. Dann spürte sie nichts mehr. Nur eine wohltuende Stille. Langsam tauchte die Erinnerung vor ihr auf.

Sie stand hinter einem schmalen Pult in dem kleinen Saal des Gemeindezentrums von Gerolstein und hielt einen Vortrag. In der hintersten Reihe saß ein Mann, der extra wegen ihr gekommen war und nun gespannt zuhörte.

„Die Entwicklung der Moche-Kultur ist in die Zeit vom ersten bis zum achten Jahrhundert einzuordnen, in der dank vielfältiger Ressourcen und Städtewachstum an der Nordküste Perus eine hochentwickelte Kultur entstand. Wie ihr Nachfolger, die Chimú-Kultur, hatte sie ihr Zentrum nahe der Stadt Trujillo, in der man noch heute einzigartige Baudenkmäler dieser Zeit bestaunen kann …"

Sie wirkte lässig und entspannt, steckte die Hände in die Taschen und ging langsam auf und ab, während sie weitersprach. Als sie ihn entdeckte, lächelte sie ihm zu, trat hinter das Pult, trank einen Schluck Wasser aus einer kleinen Plastikflasche und ergriff einen Stapel Papiere, die sie unter den Anwesenden verteilte. Sie wusste, dass ihre Zuhörer gerne etwas an Informationen für sich mit nach Hause nahmen. Später schloss sie den Abend mit dem Ratschlag, sich eine ganz bestimmte Sendung von Terra X im Fernsehen anzuschauen, und schickte die Leute heim. Einige von ihnen blieben noch kurz an der Tür stehen, um Daniela für ihren Vortrag zu danken oder um ihr eine persönliche Frage zu stellen.

Als der letzte Zuhörer den Saal verlassen hatte, drehte sie sich zu Jochen Wiegand um und sagte: „Was für eine Überraschung, dich hier zu sehen. Ich hoffe, mein Vortrag hat dir gefallen?"

Er lächelte galant und meinte: „Du warst großartig, Daniela! Vor deinem Fachwissen kann man nur den Hut ziehen. Wollen wir noch etwas zusammen unternehmen?"

„Aber gern! Für dich habe ich alle Zeit der Welt. Sie schloss die Tür ab und hakte sich bei ihm ein.

„Das ist aber eine schöne Geschichte, Daniela. Scheint ein netter Mann zu sein, dieser Jochen Wiegand. Mochtest du ihn?"

Daniela drehte sich auf die rechte Seite. „Ja, sogar sehr", flüsterte sie. „Und wir wären ein Liebespaar geworden, wenn nicht …"

Doktor Johannsen bemerkte ihr Zögern, entschied sich jedoch dafür, sofort nachzuhaken.

„Was ist geschehen? Hat deine Freundin Rita etwas damit zu tun?"

Daniela zuckte zusammen und röchelte. Fast konnte man glauben, sie bekäme keine Luft mehr. Dann hatte sie sich gefangen, aber der entspannte Ausdruck auf ihrem Gesicht war verschwunden. Mit völlig veränderter Stimme sagte sie: „Sie wollte ihn ihr wegnehmen, diese Schlampe! Hat sich jedem an den Hals geworfen, der Hosen trug. Heimlich getroffen hat sie sich mit ihm und geglaubt, die ahnungslose Daniela würde nicht dahinterkommen. Und so jemand will eine gute Freundin sein!"

Sie ballte die Fäuste, als sie sagte: „Ich musste sie bestrafen, denn sie hat Daniela verraten."

Doktor Johannsen hielt inne. Es war wieder gefallen: dieses kleine Wörtchen „Verrat", das so viel auszulösen vermochte.

„Prinzessin?", fragte er. „Bist du das?"

„Ja sicher bin ich das!"

„Möchtest du mir vielleicht davon erzählen, Prinzessin", fragte er vorsichtig, nicht sicher, ob er das, was kommen würde, überhaupt hören wollte.

Ihre Hände zitterten. Sie konnte ihre Wut kaum verbergen.

„Als wir den Saal betraten, wo sie die Kunstauktion abhielten, hingen sie bereits zusammen und tuschelten. Ich sah wie sie ihn anhimmelte, diese Hure! Und wie schnell sie auseinandergingen, als sie Daniela bemerkten. Aber das dumme Ding verstand wieder mal überhaupt nichts. Sie war einfach viel zu gutgläubig. Später am Abend hörte ich das scheinheilige Getue am Telefon."

Wie aufs Wort klingelte in diesem Moment etwas in Ritas Handtasche: ihr Handy. Sie öffnete den Reißverschluss und hielt kurz darauf ihr Smartphone in der rechten Hand. Noch während sie den Touchscreen bediente, trat sie an das Schaufenster heran und besah sich die Auslagen.

„Ja?… Jetzt noch?… Ist gut, bin schon unterwegs.“ Sie sprach extrem leise. Hastig steckte sie den kleinen Apparat wieder ein. An ihre Freundin gewandt, sagte sie: „Okay, Daniela. War ein langer Tag heute. Ich muss dann jetzt los. Ich schau morgen wieder bei dir rein.“ Daniela nickte. Sie ging nach hinten, wo ihr Büro lag und auch das Telefon stand, um ihren Kunden anzurufen.

„Okay, bis dann, Rita“, sagte sie in Gedanken versunken. Sie wollte gerade die Nummer ihres Kunden wählen, als sie spürte, wie sie jemand zurückhielt. Plötzlich spielten ihre Füße nicht mehr mit. Gerade als sie befürchtete hinzufallen, drang eine nicht geahnte Energie in sie ein. Sie legte den Hörer auf, griff nach ihrer Jacke und verließ den Laden.

Ich wollte endlich Gewissheit haben und ging ihr nach, ohne dass sie etwas davon mitbekam. Die Gans ging hinüber zum Parkplatz. Lässig an ihren Wagen gelehnt stand Jochen Wiegand und schien auf sie zu warten. Sie flüsterten etwas, das ich nicht verstehen konnte. Das, was sie taten, war jedoch eindeutig genug. Ich hockte mich hinter eine Reihe von geparkten Fahrzeugen und beobachtete, wie sie sich küssten. Das war das letzte noch fehlende Teilchen in meinem Puzzle. Jetzt konnte ich meinen Plan in die Tat umsetzen.

Allzu lange standen sie nicht zusammen. Rita sagte etwas, das anscheinend sein Wohlgefallen fand, denn er nickte ihr zu, umarmte sie, stieg in seinen BMW und verschwand. Sie machte auf ihrem Absatz kehrt und stöckelte hinüber zu ihrem Laden, während ich zu Danielas Mini schlich und den Vorderreifen bearbeitete. Dabei lächelte ich heldenhaft, stand wieder mühsam auf und streckte mich. Etwas fehlte noch: Gummihandschuhe! Ich fand sie im Handschuhfach und steckte sie ein. Danach rannte ich im Schatten der abgedunkelten Geschäftszeile zu jenem Laden, in dem als einzigem noch ein schwaches Licht brannte. An der Eingangstür blieb ich stehen und blickte mich um. Hinten auf dem Parkplatz war niemand zu sehen und auch vor den anderen Geschäften war alles still. Ich zog die dünnen Handschuhe aus meiner Jackentasche und streifte sie mir über. Dann überprüfte ich Ritas Ladentür. Sie war nur angelehnt. Sie musste gerade die Außenbeleuchtung und die Lampen vorne im Verkaufsraum ausgeschaltet haben. Aus dem Hinterzimmer klang leise Musik. Ich schlüpfte in ihren Laden. Irgendwo rumorte etwas. Ich ging weiter. Anscheinend arbeitete sie noch. Auf dem Verkaufstisch lag ein Schraubenzieher. Den schnappte ich mir. Als ich das Hinterzimmer betrat, drehte sie sich zu mir um.

„Ach du bist es, Daniela. Hast du noch etwas vergessen?"

Ihre Frage klang beinahe unfreundlich. Sie gab sich keine Mühe, zu verbergen, dass sie im Moment nicht gestört werden wollte.

„Ich bin nicht Daniela", erwiderte ich.

„Ach komm, hör auf. Was willst du, Daniela?"

„Ich will ein potenzielles Problem aus der Welt schaffen, Rita", sagte ich.

Sie trat einen Schritt zurück.

„Was ist mit deiner Stimme, Daniela? Du klingst so anders. Und überhaupt, von welchem Problem redest du?"

Ich trat einen Schritt vor und hob den Schraubenzieher.

„Tu doch nicht so, als ob du das nicht wüsstest."

Sie wich zurück. In ihren weit aufgerissenen Augen stand Entsetzen.

„Das hier ist für Jochen Wiegand!"

Bevor sie schreien konnte, stieß ich zu. Einmal, zweimal, dreimal. Direkt in ihren Hals. Im Bruchteil einer Sekunde lag sie blutend auf dem Boden. Jetzt aber nichts wie weg von hier. Ich hatte getan, was ich tun musste. Wieder hielt ich mich im Schatten der anderen Geschäfte, während ich zu meinem eigenen zurücklief.

„Nanu! Schon so spät? Ich wollte doch noch den Porzellan-Kunden anrufen." Hastig wählte Daniela seine Nummer.

„Guten Abend, Herr Bühler. Ich habe da etwas, das Sie interessieren dürfte."

Nach dem Gespräch wollte sie nach Hause. Sie sortierte noch ein paar Sachen ein, schloss dann den Laden hinter sich zu und ging über den gepflasterten Weg hinüber zum Parkplatz. An ihrem Wagen angekommen, sah sie die Bescherung: Der Mini hatte einen Platten. „Verdammt!" sagte sie laut. „Das hat mir gerade noch gefehlt. Aber selbst ist die Frau." Wütend öffnete sie die Klappe des Kofferraumes und starrte auf das Reserverad. „Okay, und wo ist das Werkzeug?"

Sie durchwühlte den kleinen Kofferraum, bis sie den Wagenheber fand.

„Na dann mal los."

„Kann ich Ihnen behilflich sein?" Die Stimme schien aus dem Nichts zu kommen.

Daniela zuckte zusammen und schaute sich erschrocken um.

„Nein, danke. Das bekomme ich schon irgendwie selbst wieder hin."

„Macht mir aber gar keine Umstände." Ein Mann trat aus dem Schatten eines Lieferwagens, der in der Nähe ihres Wagens parkte.

„So eine hübsche Dame wie sie sollte sich wirklich nicht die Hände schmutzig machen."

„Vielen Dank, aber das schaffe ich wirklich schon allein." Daniela wandte sich ab und werkelte am Wagenheber rum.

„Schon gut. Ich wollte ja nur behilflich sein."

„Dann vielen Dank für ihr Angebot. Es geht schon, nett gemeint von Ihnen."

„Jederzeit wieder." Kaum eine Minute später fuhr der Lieferwagen aus der Parklücke. Daniela setzte den Wagenheber an und kurbelte los. Sie hatte ihren Helfer bereits vergessen.

„Aber ich prägte mir sein Gesicht ein, und es sollte gar nicht lange dauern, bis ich es wiedersehen würde."

Sie räusperte sich und drehte sich auf die linke Seite. Doktor Johannsen, noch überrascht von dem, was sie ihm erzählt hatte, hielt sich die Hände vor sein Gesicht. *Bloß nicht noch mehr!*

Und trotzdem hörte er gespannt zu, als Prinzessin ihre Schilderung fortsetzte.

Roger Peters hatte Daniela nach Rom gefahren. Sie wollte aus ihrem Haus nur schnell ein paar Anziehsachen holen, ging auf ihren Briefkasten zu und entnahm ihm einen dicken Stapel Post. Nicht dass etwas Besonderes dabei gewesen wäre. Nur Rechnungen, Werbung und eine Broschüre. Sie schloss auf, trat in ihr Haus und hielt inne.

Hat sich dort hinten etwas bewegt? Ach was. Ich sehe schon Gespenster. Trotzdem empfand sie ihr eigenes Haus als unheimlich. *Schnell die Sachen holen, und dann nichts wie weg von hier.* Sie lief nach oben in ihr Schlafzimmer, griff nach der Reisetasche, die wie immer auf ihrem Kleiderschrank lag und öffnete die Schubladen. Zwischendurch achtete sie auf verdächtige Geräusche. Nein, da war nichts. In Windeseile packte sie ein paar Kleidungsstücke zusammen. Schließlich suchte sie ihren kleinen Schminkkoffer. Er befand sich wie gewöhnlich unter ihrem Bett. Daneben lag eine leere Bierflasche. Sie spürte, wie sich ihre Nackenhaare hochstellten.

„Ob Roger die einfach dorthin …?"

Weiter kam sie nicht. Ohne Vorwarnung legte sich ein Arm um ihren Hals und drückte ihr die Luft ab. Als zusätzlich eine Hand auf ihren Mund gepresst wurde, spürte Daniela Panik in sich aufsteigen. Für einen Moment schien sie ihr Bewusstsein zu verlassen. Ihre Beine zitterten und vermochten sie kaum noch zu tragen.

Etwas in ihr explodierte.

Und genau das war der Moment, in dem ich in Erscheinung treten musste. Ich hatte den Dreckskerl schon längst erkannt. Reaktionsschnell biss ich in einen der Finger. Er fluchte laut, ließ aber für einen Moment von mir ab.

So ist's richtig, du Schwein. Mutig setzte ich nach und stieß ihm mit voller Wucht meinen Ellenbogen in den Magen. Gleichzeitig hob ich meinen Fuß hoch und trat zu. Ich hörte sein erneutes Fluchen, doch nun stieß mich der Saukerl von hinten an. Ich taumelte nach vorn auf die Treppe zu, stieß mit dem Kopf gegen den Knauf, konnte mich aber gerade noch an dem Geländer festhalten.

„Du Schwein! Du verdammtes Schwein", brüllte ich ihn an, während meine Hände den schweren Schirmständer ertasteten, der seit jeher neben dem Knauf des Geländers stand. Ein schneller Reflex, ein fester Schlag. Kurzum: Ich haute ihm das Ding um die Ohren. Bereits mein erster Schlag traf genau ins Schwarze. Der Kerl röchelte, gab ein unnatürliches Geräusch von sich und sank zu Boden. Jetzt sah ich meine beste Chance gekommen, ihn für immer und ewig loszuwerden. Ich erinnerte mich an die Spritze im Bad, die zur Standard-Hausapotheke gehörte. Mit zwei Sätzen war ich vor Ort und hielt das Ding in meinen Händen. Ich wusste, was ich zu tun hatte. Das hatte ich schon tausendmal in Kriminalfilmen gesehen. Das Schwein sollte aufgrund einer Luftembolie verrecken.

Eilig riss ich den Ärmel seines Pullis nach oben und suchte die Vene. Als ich sie fand, stieß ich die Nadel tief in seinen Arm und drückte zu. Ich wusste, dass es mindestens zehn Kubikzentimeter Luft braucht, um einen erwachsenen Menschen zu töten. Also wiederholte ich die Prozedur und stach ein zweites Mal zu. Diesmal direkt in seine Halsschlagader. So viel reine Luft, injiziert in einen menschlichen Körper, musste unweigerlich zum Tod führen. Er würde noch einen Augenblick leben, bis ihn der Lungeninfarkt umriss. Danach musste ich mir nur noch die Leiche vom Hals schaffen und die Sauerei wegputzen, die ich verursacht hatte. Und diesbezüglich hatte ich bereits die passende Idee.

Doktor Johannsen bekam jetzt Schweißausbrüche. Er wusste, er würde das Ganze umgehend melden müssen.

„Und du hast es geschafft Prinzessin, nicht wahr?“, fragte er ein wenig ratlos.

„Das kann man wohl sagen, und es war gar nicht so schwer. Ich wusste, dass Daniela zu Hause eine Sendung mit Antiquitäten zusammengestellt hatte, die sie an einen Kunden verschicken wollte. Dazu hatte sie den ganzen alten Kram sorgfältig verpackt und in einer Holzkiste verstaut. Und die sollte von einem Kurierdienst abgeholt werden. Ich verband die Einstiche in seinem Körper, öffnete den Deckel der Kiste, holte nach und nach die verpackten Pakete heraus, hievte den Dreckskerl hinein, füllte den freien Platz mit dem eingepackten alten Zeugs wieder auf und verschloss die Kiste genau so, wie Daniela es vorher getan hatte. Zum Schluss legte ich die Versandpapiere darauf und fertig war die Chose.“

„Aber Daniela … äh … Prinzessin? Und wieso denn in eine Kiste?“ Doktor Johannsen wunderte sich immer mehr über die Genialität, mit der Prinzessin alles geplant hatte.

Das war gar nicht so schwer. Ich musste nur möglichst rasch handeln, hatte ich doch mitbekommen, dass Daniela dem Kommissar die Haustürschlüssel aushändigen wollte, damit sich die Spurensicherung in ihrem Haus umsehen konnte. Die Gelegenheit dazu bot sich in jener Nacht, in der Daniela und Roger Peters zum ersten Mal alleine waren. Sie hatten sich geliebt und waren erschöpft eingeschlafen. Zu meinem Glück allerdings nicht im selben Bett. Als Daniela bereits schlief, war Roger Peters noch nach unten ins Wohnzimmer gegangen und hatte sich eine Flasche Rotwein mit aufs Zimmer genommen. Eine knappe Dreiviertelstunde später vernahm ich sein Schnarchen aus dem Schlafzimmer gegenüber, das er sich für gewöhnlich mit Edith teilte.

Ich wartete bis nach Mitternacht, vergewisserte mich, dass er fest schlief, nahm Ediths Autoschlüssel vom Haken und schlich durch die kleine Seitentür hinaus in den Garten. Da es wieder angefangen hatte zu regnen, hielt ich mich dicht an der Hecke, schlug quasi einen Bogen um das gesamte Grundstück herum und erreichte den roten Corsa, ohne dass mich jemand bemerkte. Der Regen prasselte unaufhörlich gegen die Fensterscheiben, so konnte ich einigermaßen sicher sein, dass niemand mitbekam, wie ich den Corsa anließ. Mit ihm fuhr ich direkt nach Rom. In Danielas Haus fand ich noch alles so vor, wie ich es verlassen hatte. Ich musste mich beeilen, holte den alten Kram aus der Kiste und zerrte an der Leiche, bis sie auf dem Boden lag. Dort hievte ich den Dreckskerl in eine ganz bestimmte Position. Es sollte so aussehen, als sei er gestürzt. Danach holte ich zwei große Kerzen aus dem Wohnzimmer, legte ihm eine davon in die Hand und stellte die andere im Flur auf den Fußboden. Ich wusste, dass Daniela irgendwo diverse Kanister mit Benzin aufbewahrte und damit ständig den Rasenmäher fütterte. Bloß wo genau befand sich das Zeug jetzt?

Es fiel mir wieder ein. Natürlich mussten sie draußen im kleinen Geräteschuppen sein. Und genauso war es auch. Ich schleppte drei volle Kanister ins Haus, übergoss damit die Leiche, kippte den Rest über den Fußboden und sorgte dafür, dass sich besonders um die Kerze, die ich in eine kleine Vertiefung hineingestellt hatte, ein kleiner See bildete. Ich überlegte, dass die beiden Kerzen midestens zwei Stunden benötigen würden, um abzubrennen. Erst danach würde sich das Benzin entflammen. Für mich bedeutete das, mir stünde in jedem Fall genügend Zeit zur Verfügung, um in aller Ruhe nach Köttelbach zurückzukehren. Und das Beste daran war noch, dass von dem verdammten Dreckskerl nicht die kleinste Spur mehr übrig bleiben würde. Jedenfalls nichts, was die Polizei später veranlassen könnte, an einen Mord zu denken. Wieder einmal würde ich sie alle überlisten.

Doktor Johannsen war jetzt hellwach. Auf einmal wusste er, woran er war. Solch ein extremer Fall von Persönlichkeitsspaltung war ihm noch niemals zuvor untergekommen. Er war sich jetzt vollkommen sicher, dass die echte Daniela wirklich keine Ahnung davon hatte, was da in ihr schlummerte. Sie selbst war unfähig, auch nur die geringste Straftat zu begehen. Das erledigte allerdings ihr zweites Ich für sie: Die Prinzessin, die alle Tugenden eines Serientäters in sich barg und darüber hinaus hochintelligent war.

Daniela lag friedlich auf der Couch. Doktor Johannsen stand auf, ging zu seinem Schreibtisch und setzte sich. Er machte sich weitere Notizen, bevor er zu seinem Aufnahmegerät griff und einen längeren Text auf das Band sprach. Währenddessen rang er mit sich selbst, ob er noch einen Kollegen hinzuziehen oder lieber gleich Kommissar Laubach anrufen sollte. Bevor er die Entscheidung traf, fiel ihm jedoch noch etwas ein. Er musste unbedingt das letzte, ihm noch fehlende Stückchen ihrer Geschichte in Erfahrung bringen. Und das bezog sich auf Edith, beziehungsweise auf das, was Daniela … äh … Prinzessin ihr angetan hatte. Also setzte er sich wieder in den Ledersessel und suchte erneut das Gespräch mit ihr.

Diesmal klappte es nicht auf Anhieb. Die schlafende Daniela wälzte sich hin und her, brachte aber keinen vernünftigen Satz zustande. Er fragte sie direkt nach Edith, wollte aber schon aufgeben, als von ihrer Seite nichts mehr kam.

Schließlich vernahm er leise die Worte „Diese Schlampe" aus ihrem Mund, und da wusste er, dass es wieder Prinzessin war, die ihm antwortete.

„Sie ist zurückgekommen, nicht wahr?", rätselte er und traf damit genau ins Schwarze.

„Sie liebt ihn doch, den Roger Peters, meine kleine Daniela. Die erste Nacht mit ihm war eines der schönsten Erlebnisse seit langem für sie gewesen. Warum zum Teufel musste die Schlampe wieder auftauchen?"

„Aber es war doch Ediths Haus, nicht wahr?“

„Ja, das schon. Aber sie hatte ihn doch verlassen und dann …, es war knapp eine Woche nach dem Brand, da stand Edith eines Abends wieder im Türrahmen.

‚Roger, Liebling, ich bin wieder da. Die Tage bei meiner Freundin haben mir wirklich gut getan. Ich konnte neue Kraft sammeln und bin mir sicher, jetzt wird alles gut‘, hatte sie bei ihrer Ankunft gerufen.

Diese Heuchlerin. Zurückgekehrt ist sie wie eine räudige Hündin. Dabei war sie es doch gewesen, die ihn verlassen hat.“

„Und da hast du wieder rotgesehen, Prinzessin, nicht wahr? Du hast Daniela beschützen wollen?“

„Aber nicht sofort. Daniela war im Bad und ich bekam nur Bruchstücke des Gespräches mit, das Roger und Edith führten. Später ist er dann weggefahren. Er war wohl froh, dass er seinen geliebten MG zurück hatte.“

„Und was ist dann geschehen, Prinzessin?“

„Ich bin die Treppe runtergegangen und habe mich angeschlichen.“

„Angeschlichen? Du meinst an Edith?“

„Ganz genau. Sie war ziemlich überrascht, als sie mich sah. Ich muss wohl eine schreckliche Grimasse gezogen haben. Dann habe ich mit einem Messer aus der Küche auf sie eingestochen.“

„Du wolltest sie umbringen?“

„Selbstverständlich! Ich musste doch …“

„… die kleine Daniela beschützen, ich weiß.“

„Aber dann hat er ganz plötzlich im Raum gestanden und mich wortlos angesehen.“

„Wer?“

„Na Roger Peters natürlich. Er hat seine Daniela nicht mehr wiedererkannt! Wie sollte er auch? Schließlich war es mir gelungen, mehr und mehr von ihr Besitz zu ergreifen und ihr meine Gedanken beziehungsweise meine Vorgehensweise aufzuzwingen."

Ein klarer Fall für die Tiefenpsychologie, dachte Doktor Johannsen und überlegte, was er über das Thema Persönlichkeitsspaltung wusste: *Persönlichkeitsspaltung ist ein krankhafter Selbstschutz, hervorgerufen durch Abspaltung positiver und negativer Persönlichkeitsanteile. Der Betroffene nimmt eine Person als gut oder böse wahr. Diese Wahrnehmung kann allerdings schnell wechseln und führt zur Spaltung der eigenen Persönlichkeit. Die Erkrankung entsteht im Kindheitsalter, wenn noch keine Integration der eigenen Persönlichkeit stattgefunden hat.*

„Und dann ist Roger Peters dazwischen gegangen?"

„Leider ja. Dieser miese Verräter. Ich dachte, Edith wäre tot, als sie auf dem Boden lag, aber sie atmete noch. Roger Peters sperrte mich ins Schlafzimmer und muss dann sowohl das Krankenhaus als auch Kommissar Laubach angerufen haben. Den Rest kennt ihr ja."

Das waren sehr ungewöhnliche Worte, die sie gesprochen hatte, und sinnlose dazu, fand Doktor Johannsen. Hatte jemand den Raum betreten und stand jetzt hinter ihm?

Er drehte sich schnell um. Da war niemand. Niemand hatte den Raum betreten. Kein Mensch. Aber Prinzessin hatte „ihr" gesagt, also in der Mehrzahl gesprochen. Das war total verrückt. Sie hatte zu Menschen gesprochen, die gar nicht anwesend waren, oder die er nicht sehen konnte.

Aber er kannte den verdammten Rest. Und er wusste, was er zu tun hatte. Er stellte das Aufnahmegerät ab, ging hinüber zu seinem Schreibtisch und wählte die Nummer der Zentrale. „Bitte verbinden Sie mich mit der Kriminalpolizei in Daun, Frau Ehlers."

Während er wartete, sah er sie wieder an. Mit leicht schief gehaltenem Kopf schien sie mit sich selbst zu sprechen. Leise sagte sie: „Sie werden mit ihr streiten. Aber sie wird sie alle überwinden. Da könnt ihr ganz sicher sein!"

„Wer kann sich ganz sicher sein?“, fragte Doktor Johannsen laut.

Ihr Blick wurde langsam klar. Sie sah ihn an, als sei sie eben erwacht. Vorsichtig fragte sie: „Ganz sicher? Weshalb denn?“

„Wegen der Prinzessin“, sagte er.

„Was für eine Prinzessin?“

„Das frage ich dich, Daniela. Du hast von einer Prinzessin gesprochen! Und von vielen anderen Dingen. Du hast gesagt …“

Daniela reckte sich und unterbrach ihn. Dabei rötete sich ihr Gesicht heftig. „Nichts habe ich gesagt! Gar nichts!“

„Aber ja doch!“

„Nein!“, rief Daniela erregt. Dabei wirkte sie auffallend verlegen und ängstlich.

„Sicher, ich hab's doch auf Band.“

„Du musst dich verhört haben“, sagte Daniela. „Ich kenne keine Prinzessin.“

In diesem Moment wusste Doktor Johannsen, dass es nicht einfach werden würde mit ihr. Daniela war nicht nur schizophren. Hier steckte wesentlich mehr dahinter. Viel mehr. Schließlich war es sein feines Gespür für Dinge und für Menschen, dem er seine gutdotierte Anstellung verdankte. Neben einer großen Neugier empfand er ein schales Ekelgefühl. So war es jedes Mal, wenn er im Sumpf der Menschen herumwühlte.

21

An jenem Herbstmorgen wachte Kurt Laubach kurz vor halb sieben auf. Gerade als er die Augen aufschlug, meldete sich der Wecker auf seinem Nachttisch. Das Klingeln wurde immer lauter; er fluchte, stellte ihn aus und blieb liegen. Langsam streckte er sich und überprüfte, ob bei ihm noch alles in Ordnung war. Das war für ihn zu einem allmorgendlichen Ritual geworden, auch wenn er sich dabei manchmal vorkam wie ein Hypochonder. Aber auch an diesem Morgen schien noch alles so weit in Ordnung zu sein. Außerdem hatte er endlich einmal gut geschlafen. Den paar Bierchen und Mariacron sei Dank. Er stand auf, schnappte sich seinen Morgenmantel und ging in die Küche. Das Thermometer draußen am Fenster zeigte zehn Grad an. So langsam wurde es kühl in der Eifel. Laubach blickte zum Himmel. Dichte Nebelschwaden zogen über die Dächer von Daun. Heute würde es nichts werden mit Sonnenschein.

Er kochte Kaffee, den er getreu seines masochistischen Geschmacks zubereitete. Wie gewöhnlich war sein Kühlschrank nicht sonderlich gut gefüllt. Er würde etwas einkaufen müssen und begann eine Liste zu schreiben. Dann ging er auf die Toilette und als er wieder in die Küche kam, fügte er Toilettenpapier seiner Liste hinzu. Er schlürfte seinen Kaffee und blätterte dabei in der Eifelzeitung, die er aus dem Flur geholt hatte. Als er bei den Kleinanzeigen angekommen war, hielt er inne. Irgendwo in seinem Hinterkopf existierte die vage Sehnsucht nach einer festen Lebenspartnerin, auch wenn er Beziehungskisten hasste. Es war schon zu lange her, seit die gute Ruth ihn verlassen hatte, auch wenn er sich in seinem Innersten immer noch dagegen wehrte, es zu akzeptieren. Er beschloss, auch heute zu Fuß zum Polizeipräsidium zu gehen, so wie er es meistens tat.

Um sieben Uhr war er startklar, schnappte sich seine zerknitterte Jacke, die er immer anzog, wenn es draußen nicht richtig warm war, und ging zur Haustür. Als er sie öffnete, spürte er den schwachen Wind, der von den Hügeln der Eifel hereinwehte. Bis in sein Büro würde er eine gute Viertelstunde benötigen.

Unterwegs dachte er darüber nach, was heute anlag. Da waren die Luxuskarossen, die neuerdings im Landkreis Vulkaneifel verschwanden, eine Serie von Einbrüchen in Schmuckläden und der Fall Daniela Neumann natürlich. Er war sich sicher, dass es einen Fall Daniela Neumann gab, auch wenn er immer noch keine eindeutigen Beweise gefunden hatte. Trotzdem wusste er: Mit der Dame stimmte etwas nicht! Aber darum sollte sich Doktor Johannsen kümmern.

Es hatte zu regnen begonnen. Durch den Nieselregen schritt er auf das Portal zu. Dahinter befand sich die Eingangshalle. Über dieser Eingangshalle lag ein Zwischenstockwerk, danach kamen Seitentrakte, in denen sich auch sein Büro befand. Hier kannte er sich bestens aus. Er trat durch die Glastür des Polizeigebäudes, steuerte auf den schwarzen Fahrstuhlblock zu, ließ sich in den zweiten Stock befördern, verließ dort den Fahrstuhl und lief über den Flur. Renate Hübscher saß bereits im Vorzimmer zu seinem Büro. Er nickte ihr kurz zu und dachte: *Die könnte auch mal etwas für ihr Äußeres tun.*

Dann ging er in sein Zimmer, warf seine Jacke über eine Stuhllehne der Besucherstühle und setzte sich an seinen Schreibtisch. Genau in diesem Moment klingelte das Telefon. Er nahm den Hörer ab.

„Sind Sie schon ansprechbar, Chef?"

Laubach verkniff sich einen Kommentar. „Was gibt's?"

„Ich glaube, Sie müssen raus nach Manderscheid fahren", sagte Renate Hübscher.

„Ist was passiert?"

„Doktor Johannsen hat angerufen. Hätte Neuigkeiten für Sie, hat er gesagt."

Laubach hatte das Gefühl, als machte sein Herz einen Sprung. Sein erster Gedanke war, dass Daniela dem Doc eine Geschichte aufgetischt hatte.

„Wichtige Neuigkeiten", fuhr Renate Hübscher fort.

Laubach atmete tief durch und verwünschte seine Sekretärin, weil sie ihm nicht gleich klare Angaben durchgegeben hatte.

„Hat eben erst angerufen", ergänzte sie. Es klang fast wie eine Entschuldigung.

Laubach nickte in den Hörer. „Ich fahr hin", sagte er. „Wer ist noch im Haus?"

„Niemand, soviel ich weiß. Sigismund ist unterwegs nach Cochem."

„Schon wieder? Na gut, dann fahr ich eben allein. Halt nein, wissen Sie was? Rufen Sie Roger Peters an und sagen Sie ihm, ich würde vor der Eifelklinik auf ihn warten."

„Ganz wie Sie wünschen, Chef."

Diesmal bat er sie nicht um einen Kaffee. Laubach stand auf, ging hinaus auf den Flur, wo der Kaffeeautomat stand, warf eine Münze hinein und wartete, bis das schwarze Gebräu in den Plastikbecher gelaufen war. Dann ging er zurück in sein Büro. Er wollte noch schnell ein paar Dokumente durchsehen und sich dann auf den Weg nach Manderscheid machen. Mal sehen, was sie dort für ihn hatten.

Es war bereits fünf Uhr am frühen Morgen, als Daniela endlich einschlafen konnte. Vorher in der Nacht war sie mehrfach aufgeschreckt, nachdem sie wirres Zeug geträumt hatte. Draußen sangen bereits die Vögel und gegen halb sieben wurde sie von einer jungen Krankenschwester geweckt. Die war unscheinbar, blond und zu jung. Daniela setzte sich auf. Sie fühlte sich wie gerädert, ihr war schwindelig und sie hatte Kopfschmerzen. *Warum konnte man sie nicht einfach nur schlafen lassen?*

Die Schwester bemerkte ihren Gemütszustand und sagte: „Tut mir leid, Frau Neumann. Ich bringe Ihr Frühstück. Doktor Johannsen hat es so angeordnet. Ihre Untersuchung beginnt um halb acht."

Untersuchung? Ach so? Sie erinnerte sich. Ziemlich mies hatte sie sich gefühlt, als sie aus der Hypnose aufgewacht war. Doktor Johannsen hatte sehr beschäftigt getan und schien jeden Kontakt mit ihr meiden zu wollen. Sie hatte ihm Fragen gestellt. Wollte wissen, ob es Neuigkeiten gab. Aber er hatte keine ihrer Fragen beantwortet und stattdessen etwas von einem späteren Zeitpunkt sowie medizinischen Untersuchungen gefaselt. Sie selbst hatte sich an rein gar nichts erinnern können und war brav mit Schwester Gertrud auf ihr Zimmer gegangen. Dort hatte sie noch zu Abend gegessen und sich dann hingelegt. Aber schlafen konnte sie nicht. Zu sehr war sie innerlich aufgewühlt. Sie fragte sich, was das Ganze eigentlich sollte, und ob der Doktor nicht doch etwas herausgefunden hatte. Vielleicht sogar etwas Schlimmes, das er ihr nicht verraten wollte. Beim Grübeln darüber war sie kurz eingenickt und in einen unerfreulichen Traum versunken. Sie wusste, dass sie mehrfach aufgewacht war, und sie musste auch geschrien haben. Jedenfalls war die junge Schwester erschienen. Geschlafen hatte sie deswegen aber noch lange nicht. Und jetzt wollten sie mit der medizinischen Untersuchung beginnen? In ihrem Zustand?

„Ich hoffe, die Pillen haben gewirkt?"

Die Frage der Krankenschwester platzte in ihre Gedanken. Daniela sah sie verständnislos an. „Welche Pillen?"

„Na die, die ich Ihnen letzte Nacht gegeben habe."

„Ich weiß nicht …" Es war wirklich sehr bedauerlich. Jetzt fing sie sogar schon an, gewisse Dinge zu vergessen.

„Na ja. Vielleicht sind Sie nicht mehr ganz wach gewesen, Frau Neumann. Sie schliefen sehr unruhig, redeten im Schlaf und haben sogar geschrien."

„So, habe ich das? Worüber habe ich denn gesprochen?"

„Ich weiß es nicht genau. Einmal glaubte ich das Wort ‚Prinzessin' gehört zu haben."

Daniela konnte sich darauf keinen Reim machen und tat das Geschwätz der Krankenschwester als Fantasie eines jungen Mädchens ab.

Nachdem Daniela den Kaffee getrunken und etwas gegessen hatte, erschien Doktor Johannsen mit einem Assistenten. Jedenfalls sah er so aus. Er war um einiges jünger und trug ebenfalls einen weißen Kittel. Ein kleines Namensschild oberhalb seiner Brusttasche, wies ihn als M. Wilson aus. Sie führten Daniela durch einen langen Gang bis zu einer Tür mit der Aufschrift „Zentrallabor".

Weiß der Geier, was die hier mit mir anstellen wollen.

„Keine Angst, Daniela", sagte Doktor Johannsen und klopfte ihr beruhigend auf die Schulter.

„Wir werden uns zunächst deinen Kopf ansehen. Das ist reine Routine. Wir wollen nur nachsehen, ob dein Gehirn irritiert ist. Es gibt da gewisse Anzeichen …"

Er stockte und sagte ein paar unverständliche Sätze zu seinem Assistenten, der sofort mit allerlei technischem Gerät anrückte. Daniela fühlte sich entsprechend hilflos und fand die beiden Ärzte plötzlich alles andere als sympathisch.

Ein irritiertes Gehirn. Was bitte schön soll das denn sein?

„Meine Herren", sagte sie, „bitte nehmen Sie's mir nicht übel, wenn ich ein bisschen aufgeregt bin, aber würden Sie mir bitte erklären, was Sie hier mit mir vorhaben?"

Doktor Johannsens Assistent Wilson schenkte ihr einen Blick, der sagen wollte: „Ach gib schon auf. Davon verstehst du doch sowieso nichts." Doch stattdessen sagte er betont gelassen: „Machen Sie sich keine Sorgen, Frau Neumann. Wir benutzen nur den Augenspiegel. Es ist nichts, wovor Sie sich fürchten müssen."

Na der hat vielleicht gut reden.

„Bitte schau einmal kurz nach oben."

Daniela wusste nicht wozu das gut sein sollte, tat aber wie ihr geheißen.

„So ist's gut. Und jetzt nach unten."

Sie tat es.

„Auch gut. Und jetzt schau bitte abwechselnd nach links und nach rechts."

Was für ein Schwachsinn.

Jetzt sagte Doktor Johannsen etwas zu seinem Assistenten. Der tat plötzlich ungeheuer wichtig und trug irgendeinen Wert auf ein Blatt Papier ein, das er auf einer hölzernen Unterlage mit sich herumtrug.

„Wie fühlen Sie sich", fragte er.

„Gut, danke der Nachfrage."

Sie sollten nicht bemerken, wie unwohl sie sich fühlte und wie ihr dies alles zuwider war. Kurze Zeit später führten sie Daniela in einen Nebenraum, der irgendwie wie eine Bibliothek aussah. An den Wänden waren Regale montiert, in denen unzählige dünne Aktenordner standen.

„Wir werden jetzt eine Lichtquelle über deinem Kopf anbringen", sagte Doktor Johannsen.

So langsam reicht's.

„Bitte atme jetzt tief durch. Ist dir schwindlig?"

Daniela nickte. Ihr war übel und sie fühlte sich ganz und gar nicht wohl. Alles um sie herum schien sich auf einmal zu drehen.

„Machen wir eine Pause", schlug Wilson vor, dessen Vornamen sie immer noch nicht kannte.

„In Ordnung", bestätigte ihm Doktor Johannsen und meinte weiter: „Dann geh ich mal eben runter in die Kantine und hol uns was Leckeres zum Naschen." Dabei blinzelte er Daniela zu, die bereits ahnte, was jetzt kommen würde. Immerhin wusste sie von seinem Laster, nämlich, dass er zu jeder Tageszeit Kaffee trinken und etwas Süßes zu sich nehmen konnte. Und sie wusste auch, wo sich die Kantine befand - unten im ersten Stock. Dort trafen sich ständig irgendwelche Ärzte und Krankenschwestern und machten Pause. Sie hatte gehört, dass die Kantine ansonsten nicht viel hergab. Typische 70er Jahre Einrichtung. Alles war aus buntem Plastik.

Um dahin zu gelangen musste man allerdings eine steile, in sich verdrehte Holztreppe hinabsteigen. Und die war gar nicht ungefährlich. Nicht zuletzt aufgrund der riesigen Menge an Bohnerwachs, den die Reinigungsfrauen ständig verbrauchten. Daniela lehnte sich zurück und hob die Brust an. Ihr war immer noch schwindelig.

„Ich gehe mal eben zur Toilette", sagte sie zu Wilson, nachdem Doktor Johannsen gegangen war.

Draußen auf dem Gang fühlte sie sich seltsam befreit. Diese Spinner hatten wirklich keine Ahnung. Ihre Befunde und Diagramme konnten sie sich getrost sonst wohin stecken. Sie lief auf die Treppe zu und wartete. Bereits mehrfach hatte sie beobachtet, wie Doktor Johannsen in die Kantine gegangen und mit Kaffee und Kuchenteilchen auf einem Tablett zurückgekommen war. Anscheinend war das ein Steckenpferd von ihm. Seine Figur ließ jedenfalls darauf schließen.

Einmal, als sie kurz alleine war, hatte sie die Chance ergriffen und in seinen Notizen geblättert. Allerdings hatte sie das, was sie dort lesen musste, zunächst mächtig erschreckt. Doch dann hatte sie beschlossen, dass die Informationen, die er über sie angelegt hatte, niemals an die Öffentlichkeit gelangen durften. Und jetzt war ihre Chance gekommen. Sie bot sich ihr gerade noch früh genug, ehe

Johannsen seine Notizen an Laubach weitergeben konnte. In ihrem Gesicht zeigte sich ein teuflisches Grinsen. Sie war zu allem entschlossen. Und dann sah sie ihn kommen …

Doktor Johannsen kam pfeifend die Treppen hinauf. In seinen Händen trug er ein Tablett mit drei Tassen, aus denen es dampfte. Er schaute noch aus dem Fenster … und bemerkte zu spät, wie sie aus dem Schatten sprang, mit einer Hand nach dem Geländer griff und ihn mit der anderen nach hinten schubste. Seltsamerweise fiel er nicht sofort. Er schaute sie erstaunt an. „Daniela, was …", wollte er noch fragen, als sie ein zweites Mal zustieß. Diesmal mit voller Wucht.

Während er fiel, stieß er einen gellenden Schrei aus. Danach ging alles sehr schnell. Daniela lief zurück zum Laboratorium und tat so, als wäre sie gerade von der Toilette gekommen. Vor den Augen des erstaunten Wilson zog sie sich sogar noch die Strumpfhose zurecht. Dann brach das Chaos los.

Von überallher ertönten Stimmen. Sie waren laut und klangen sehr aufgeregt. Doktor Johannsens Assistent sprang erschrocken auf, lief nach draußen auf den Gang und wollte nachsehen, was los war.

Ärzte und Schwestern in ihren weißen Uniformen rannten an ihm vorbei. Sie brüllten etwas, das er nicht verstehen konnte. Also lief er ihnen nach, während Daniela aus dem Fenster in den Garten schaute. Die Sonne schien. Es würde ein schöner Herbsttag werden. Viel zu schön, um zu sterben. Nur Doktor Johannsen würde nichts mehr davon haben. Nie mehr.

Der lag bewegungslos auf der untersten Treppenstufe. Sein Kopf war seltsam verdreht. Blut rann aus seinem Mund.

Die herbeigeeilten Ärzte und Schwestern konnten nichts mehr für ihn tun. Jemand wollte seinen Puls messen. Es gab keinen. Neben dem toten Doktor war alles über und über mit Kaffee besudelt. Das Tablett lag rücklings auf dem Boden. Der allgemeine Tenor war der gleiche. Der Ärmste war ausgerutscht und hinterrücks die Treppe hinuntergestürzt. Hatten sich nicht alle darüber beschwert, dass die Putzfrauen immer wieder viel zu viel Bohnerwachs auftrugen?

Daniela erkannte die Gunst der Stunde. Sie rannte in sein Behandlungszimmer, schnappte sich seine Notizen und lief zurück auf den Gang. Auf halbem Weg zum Laboratorium blieb sie stehen. *Verdammt, das Aufnahmegerät!* Sie musste unbedingt noch die kleine Kassette an sich bringen. In Windeseile machte sie kehrt und rannte zurück in Doktor Johannsens Zimmer. Der kleine Apparat lag auf seinem Schreibtisch. *Gott sei Dank!*

Schnell nahm sie die Kassette aus dem kleinen Fach und steckte sie ein. Dann eilte sie wieder nach draußen. Keine zwei Minuten später saß sie im Laboratorium und tat so als sei nichts geschehen.

Draußen stürmten weitere Krankenschwestern an der offenen Tür vorbei. Vom Assistenten des Doktors war allerdings weit und breit keine Spur zu sehen. Sie konnte also ruhig einen Blick auf Johannsens Notizen riskieren.

Persönlichkeitsspaltung in ihrer schwersten Form, stand da zu lesen. Eine Krankheit mit fortgeschrittener Schizophrenie. Dann gab es Einträge, die ihre Kindheit betrafen. Demnach hatte der Freitod ihres geliebten Vaters bei ihr einen solchen Schock ausgelöst, dass sie, ohne es selbst zu wissen, in eine andere, psychisch wesentlich stärkere Persönlichkeit geflüchtet war. Das war wahrscheinlich zu ihrem eigenen Schutz geschehen, beziehungsweise weil sie den Schmerz nicht mehr ertragen konnte. Dabei war der von ihrem Vater so häufig verwendete Kosename Prinzessin für sie zu einer zweiten Persönlichkeit geworden. Und die übernahm immer dann das Kommando, wenn Daniela in Gefahr war oder jemand versuchte, sie zu hintergehen.

Es folgte ein neuer Eintrag. Allerdings hatte ihn Doktor Johannsen nicht ganz zu Ende geschrieben:

> Es besteht durchaus die Gefahr, dass sich mit fortlaufender Zeit Danielas ursprüngliche Persönlichkeit komplett verändert, und sich ihr wesentlich aggressiveres zweites Ich auf Dauer durchsetzt und ihr Handeln bestimmt. Das würde eine erhebliche Gefahr für die Menschen in ihrer unmittelbaren Umgebung bedeuten, da ihre Verhaltensweise exzessiv und von ihr selbst nicht mehr zu kontrollieren ist. Ich schlage daher eine ständige Unterbringung in …

Die wollen mich also für immer und ewig wegsperren, dachte Daniela und wollte noch weiterlesen, als sie Schritte auf dem Flur hörte, die rasch näher kamen. Schnell versteckte sie den Text unter ihrer Kleidung und setzte sich brav auf den Stuhl. Sie tat so, als wäre sie in irgendwelche Tabellen vertieft, als Doktor Johannsens Assistent vor ihr stand. Er war kreidebleich und atmete schwer.

„Frau Neumann", sagte er und keuchte. „Es ist etwas Schreckliches passiert. Doktor Johannsen ist tot. Er hatte einen Unfall."

Daniela sah ihn verständnislos an.

„Sehr bedauerlich", sagte sie. „Dann gibt es ja heute keine weiteren Untersuchungen mehr."

Wilson rieb sich die Augen. *Was für eine Antwort.*

„Da können Sie ganz unbesorgt sein", sagte er. „Für heute fallen alle weiteren Anwendungen aus. Und überhaupt, ich weiß sowieso nicht, was ich im Moment mit Ihnen anfangen soll. Am besten bringe ich Sie erst einmal wieder auf ihr Zimmer. Alles Weitere wird sich später finden."

Er stand auf und begleitete sie hinüber zu dem Trakt, in dem die Zimmer der Patienten lagen. Danach begab er sich Richtung Hauptgebäude. Hier befand sich unter anderem auch die Unfallstation. Der Eingang bestand aus einer riesigen Glastür. In einer winzigen Kabine daneben saß eine blonde Schönheit. Er kannte sie, seit er hier angefangen hatte. Sie hieß Jutta Ehlers, war verheiratet und hatte zwei Kinder, und ließ sich nicht einladen. Er hatte es schon mehrfach versucht. Umsonst. Die Sache mit der Glastür war so, dass sie sich nur öffnen ließ, wenn Jutta Ehlers auf einen Knopf drückte. Das war neben dem Telefondienst ihre wichtigste Aufgabe. Sie musste jeden kennen und genau wissen, wer das Hauptgebäude betreten durfte und wer nicht. Zigtausend Mal schon hatte sie für ihn die Tür geöffnet. Er nickte ihr zu, und sie nickte zurück. Anscheinend wusste sie noch nichts von dem tragischen Unfall. Im nächsten Augenblick prallte er mit Kommissar Laubach zusammen, der an der Klinke rüttelte. Die Glastür rührte sich nicht. Jutta hatte den Knopf noch nicht gedrückt. Sie öffnete ein kleines Sichtfenster. „Wohin möchten Sie, wenn ich fragen darf?“

„Dürfen Sie, mein schönes Fräulein. Ich habe eine Verabredung mit Doktor Johannsen. Laubach ist mein Name. Kommissar Laubach.“

„Oh, bitte warten Sie einen Moment, Herr Kommissar. Ich werde Sie gleich anmelden.“

Wilson wedelte wild mit den Armen dazwischen.

„Daraus wird wohl nichts werden, Herr Kommissar. Es hat einen bedauerlichen Unfall gegeben. Doktor Johannsen ist tot.“

„Tot?“ Das Wort kam gleichzeitig aus verschiedenen Mündern. Laubach und Frau Ehlers sahen sich erschrocken an. Die Blondine hielt sich die Hände vor das Gesicht. Sie schluchzte laut. An ihren Wangen rollten die ersten Tränen hinunter.

„Tot?“, wiederholte sie. „Das kann nicht sein. Er war immer so freundlich und gut gelaunt. Noch heute früh hat er mir einen seiner schmutzigen Witze erzählt.“

Sie lächelte verzweifelt und versuchte, ihr Entsetzen in der Konversation zu verbergen, doch es blieb ihr nicht verborgen, dass die anwesenden Herren ihr Lächeln nicht mehr erwiderten. Der Tod des Doktors war eine Katastrophe, und sie sollte nicht die einzige bleiben. Die nächste kam ein wenig später, als sich herausstellte, dass dessen Aufzeichnungen verschwunden waren.

Oberschwester Gertrud weinte. Dicke Tränen rannen über ihr bleiches Gesicht. Überall brannten grelle Neonröhren. Sie saß in ihrem Büro und hatte ihre weiße Uniform an, die sie immer während der Arbeit trug. Draußen auf dem Flur eilten eine Menge Leute hin und her und redeten durcheinander. Darunter befanden sich auch zwei Männer in grauen Kitteln, die mit etwas, das wie eine Metallwanne aussah, aus dem Aufzug stiegen. Sie schleppten das Ding bis zur Treppe, legten Doktor Johannsen hinein, verschlossen es mit einem Deckel und schleppten es wieder zurück zum Aufzug. Mit dem fuhren sie hinunter ins unterste Stockwerk. Hier befanden sich die gekühlten Fächer, in denen die frisch Verstorbenen aufbewahrt wurden.

Der Leichnam in dem Metallbehälter war auch an Johannsens jungem Assistenten vorbeigetragen worden, als der gerade im Begriff war, das Zimmer des Doktors zu verlassen. Er hatte nach Aufzeichnungen zu den Befragungen von Daniela Neumann gesucht, aber nichts gefunden. Auch das kleine Aufnahmegerät war leer gewesen.

Jetzt machte er sich auf den Weg in den Trakt, wo sich die Zimmer der Patienten mit psychischen Störungen befanden. Er musste unbedingt mit Schwester Gertrud sprechen. Vielleicht hatte sie Johannsens Aufzeichnungen an sich genommen.

Ihr Büro befand sich direkt neben der großen Glastür und war nur spartanisch eingerichtet. Vor dem vergitterten Fenster stand ein Schreibtisch aus hellem Holz. Daneben befand sich ein Aktenschrank aus Metall. Das war ein wahres Ungetüm, das Karteikarten und Krankenakten enthielt. In der Ecke dem Fenster gegenüber standen ein kleiner Tisch, zwei Stühle und eine Liege. Darauf saß Schwester Gertrud und weinte.

„Oh, tut mir leid“, sagte Wilson unsicher, als er den Raum betrat und sah, was mit der Oberschwester los war. „Die Polizei ist im Haus und da wollte ich nur fragen, ob Sie vielleicht ...?“

Sie schluchzte.

„Ich meine, Doktor Johannsens Aufzeichnungen, sie sind verschwunden. Haben Sie ...“

Sie schluchzte weiter und schüttelte den Kopf. „Ich habe überhaupt nichts! Mein Gott, der Doktor ist tot. Ich kann es einfach nicht fassen. Wo er doch so ein guter Mensch war.“

„Ein tragischer Unfall!“, bedauerte der junge Assistenzarzt und fragte noch einmal nach den Aufzeichnungen.

„Ich habe sie wirklich nicht! Vielleicht liegen sie noch im Zentrallabor, dort wo sie am Vormittag die Patientin untersucht haben.“

„Gute Idee. Ich werde gleich mal nachschauen.“

Mit diesen Worten ließ er Schwester Getrud allein.

Erst viel später, als sich die allgemeine Aufregung langsam gelegt hatte, kam das Thema Krankenbericht wieder auf den Tisch.

„Und man hat wirklich keine dementsprechenden Aufzeichnungen gefunden?“, wollte Schwester Gertrud von Kommissar Laubach wissen.

Laubach verneinte und bekam das zu hören, was er bereits vermutet hatte.

„Das gibt es doch gar nicht!“ Schwester Gertrud war sichtlich nervös geworden. „Doktor Johannsen war ein Pedant. Er hat sich immer Notizen gemacht. Außerdem pflegte er bei seinen Sitzungen ein Band mitlaufen zu lassen. Irgendwo muss doch etwas von ihm herumliegen.“

Aber sie konnten keine Aufzeichnungen finden, sosehr sie auch danach suchten. In seinem Behandlungszimmer nicht und auch nicht im zentralen Labor. Jemand musste sie an sich genommen haben. Und da gab es eigentlich nur eine Möglichkeit.

22

Roger Peters war erst später eingetroffen. Der MG war wieder einmal nicht angesprungen. Wahrscheinlich mutete er dem in die Jahre gekommenen Klassiker einfach zu viel zu. Jutta Ehlers hatte ihn zunächst nicht hereinlassen wollen. Ganz schön komisch hatte sie ausgesehen, fand Roger Peters. Ihre Augen sahen verheult aus und die Wimperntusche war verschmiert. Auch wenn sie trotzdem verdammt gut aussah, solch einer Empfangsdame war er noch niemals begegnet. Aber dann hörte er, was los war. Er hatte sofort mit Laubach gesprochen und war anschließend hinüber zur Station gegangen, wo sich Danielas Zimmer befand. Schwester Gertrud schien mit sich selbst beschäftigt zu sein. Dieses Mal hatte sie anscheinend nichts zu beanstanden. Er trat in ihr Zimmer. Ihr Bett war unangetastet. In dem kleinen Bad brannte Licht. Jetzt sah er sie. Sie stand vor einem Waschbecken, ihm den Rücken zugewandt, und putzte sich die Zähne. Vollkommen nackt. Obwohl er sie schon einmal besessen hatte, fiel ihm erst jetzt so richtig auf, was für schöne Brüste sie hatte. Sie waren fest und hatten große, braune Warzen. Weiter unten befand sich das dunkle Dreieck mit ihrer Scham. Daniela musste im Spiegel über dem Waschbecken sein Eintreten bemerkt haben, denn sie drehte sich abrupt um, stellte Glas und Zahnbürste auf die Ablage und warf sich in seine Arme.

„Wie gut, dass du gekommen bist, Roger."

Heiß und spontan schoss ihm das Blut in den Leib. Auf einmal hatte er alles vergessen, was geschehen war und weswegen er sich herbemüht hatte. Er wollte sie, jetzt gleich. Das war der einzige Gedanke, den er fassen konnte. Daniela schmiegte sich an ihn. Ihre Haut war rein und weiß. Sein Blut pochte. In Gedanken lag er bereits auf ihr und war in ihr drin. Sie sah ihn mit großen Augen an. Zahnpasta klebte um ihren Mund. Er berührte ihre Schultern. Seine Hände glitten tiefer. Doch er tat es nicht. Sie säuselte etwas, und das brachte ihn sofort auf andere Gedanken.

„Das mit Edith tut mir so furchtbar leid", sagte sie. „Es war eine Art Kurzschlusshandlung von mir, verstehst du? Mir sind einfach die Kabel durchgeschmort. Aber vielleicht werde ich bald entlassen. Dann kann ich mich bei ihr entschuldigen."

Roger Peters spürte, wie sich sein Magen verkrampfte. Er drückte sie von sich und griff nach ihrem Morgenmantel, der auf einem Hocker lag. Betroffen sagte er zu ihr: „Hör zu, Daniela. So einfach, wie du dir das vorstellst, ist das leider nicht. Auch wenn Doktor Johannsen hier und heute einen bedauerlichen Unfall hatte, es werden andere Psychiater kommen und es wird weitere Untersuchungen geben. Kommissar Laubach ist nach wie vor von deiner Schuld überzeugt und ..."

„... und möchte, dass man mich für immer wegsperrt?", sagte Daniela keifend. Ihre Stimme klang jetzt irgendwie seltsam verzerrt.

„Lächerlich!" Roger Peters fuhr herum. Natürlich konnte sie durchaus zu einer Gefahr für ihre Mitmenschen werden. Aber das konnte er ihr beim besten Willen nicht sagen. Also machte er einen auf versöhnlich und half ihr in den Morgenmantel. Dann hob er sie hoch, trug sie zu ihrem Bett, in das er sie hineinlegte, und deckte sie zu. Dabei sagte er: „Was du für einen Unsinn redest. Wieso glaubst du, dass man dich für immer wegsperren will?"

„Weil dem so ist! Und weil ich bei Doktor Johannsen in Behandlung bin. Entschuldigung, war", sagte sie trotzig.

„Ach was." Er winkte ab. „Das hat doch damit überhaupt nichts zu tun. Du bist krank, Daniela. Und du brauchst jetzt Fachleute, die sich um dich kümmern."

Sie verzog ihr Gesicht. „Du glaubst also auch, dass ich bekloppt bin, und das nach all dem, was zwischen uns war?“

„Bitte, darüber möchte ich jetzt nicht mit dir sprechen. Ich glaube, ich geh jetzt besser. Ciao.“

Er ging zur Tür, doch als er die Hand auf die Klinke legte, erklang ihre Stimme, so leise, dass er sie fast überhört hätte: „Roger?“

„Ja?“ Er drehte sich um. Sie sah ihn mit traurigen Augen an. „Komm zurück“, flüsterte sie. „Bitte!“

Er ging zu ihr – langsam, zögernd. Vor dem Bett blieb er stehen. Sie gab ihm ein Zeichen. Er sollte sich zu ihr hinunterbücken. Er tat es. Sie küsste ihn fest auf die Lippen, drückte ihn weiter an sich heran.

„Du darfst nicht zulassen, dass sie mich hier einsperren, versprichst du mir das, Roger? Ich werde mich nicht damit abfinden! Niemals, hörst du! Weil es mir hier auf die Dauer jede Möglichkeit nimmt, zu arbeiten! Weil ich meine Freunde verliere, meine Beziehungen, dich, mein Leben.“ Letzteres flüsterte sie fast und ihre Augen saugten sich an seinen fest.

Er richtete sich auf. „Es tut mir wirklich wahnsinnig leid, Daniela. Du stehst mir sehr nahe, aber ich kann einfach nicht entschuldigen, was du Edith angetan hast.“

„So, du kannst es nicht entschuldigen? Und wie es mir geht, hier drinnen in diesem Loch, das ist dir ganz egal, wie?“

Er wollte nicht sprechen, doch es sprudelte einfach aus ihm heraus. „Das ist kein so entsetzliches Unglück, obwohl es natürlich auch nicht sehr angenehm ist. Aber du bist hier sehr gut aufgehoben.“

Daniela schnitt eine Grimasse. Ihr Gesicht wurde knallrot. „Bin ich das? Na du bist vielleicht gut.“

Sie stand auf und begann stolpernd hin und her zu laufen.

„Hast du wirklich einmal an mich gedacht?“, zischte sie ihn wütend an.

„Was glaubst du denn!", konterte er sofort. „Ich versuche, dir zu helfen, ich halte zu dir, unterstütze dich. Und das Einzige, was ich von dir zu hören bekomme, sind Vorwürfe!"

„So ist das also. Dann sag mir doch endlich, was du noch von mir willst?" Sie blieb keuchend vor ihm stehen.

Er bemerkte, wie sich ihr Gemüt verändert hatte.

„Sag es mir doch! Sag mir sofort, was du von mir willst!"

„Ich will nur meine Ruhe haben", schrie er.

„Ach, und dabei störe ich dich?"

Er wollte es nicht sagen, und wieder sagte er es doch. „Ja, dabei störst du mich. Seitdem wir uns begegnet sind, spielt mein Gefühlsleben Achterbahn, und um mich herum geschehen schreckliche Dinge."

Daniela schaute ihn an. Auf ihrem Gesicht spiegelte sich ein seltsames Lächeln wider. Ihre Augen wurden feucht. „Das ist also der Dank für alles, was ich für uns getan habe. Ich will hier raus, verstehst du. Ich will hier raus!"

Schweißperlen bildeten sich auf ihrer Stirn. Ihre Augen öffneten sich ganz weit und füllten sich mit Tränen. Plötzlich konnte er den Ausdruck in ihren Augen nicht mehr ertragen. Nicht so viel Hilflosigkeit, nicht so viel kalte Entschlossenheit. Er wusste nicht mehr, woran er mit ihr war. Ihre Stimmungsschwankungen machten ihn fertig. Frustriert verließ er das Zimmer.

Draußen erschien eine Reinigungsdame mit ihrem Wagen voller Putzsachen. Roger Peters dachte, was für ein Idiot er war, dass er jetzt auch noch damit anfing, Daniela zu bemitleiden, und sagte der Dame vom Reinigungsservice, sie könne ruhig hineingehen und das Zimmer in Ordnung bringen.

„Sie haben sicher 'ne Menge zu tun", sagte er freundlich. Sie trug eine hellblaue Uniform mit Kappe und lächelte ihm zu. Wahrscheinlich kam es nur selten vor, dass sie von jemandem angesprochen wurde.

„Arbeit zum Verrücktwerden", erwiderte sie und fing an, die Vorderseite eines Gummibaumes abzustauben, bevor sie mit ihrem Reinigungswägelchen vor der Tür zu Danielas Zimmer stehen blieb und anklopfte.

In diesem Moment hatte Roger Peters einen schwerwiegenden Fehler begangen. Einer der zu vermeiden gewesen wäre, hätte er die Dinge vorher besser eingeschätzt. Er hätte niemals das Zimmer verlassen dürfen, solange diese Putzfrau darin sauber machte. Zu keiner Zeit hätten fremde Menschen in Danielas Zimmer sein dürfen, wenn nicht wenigstens ein Pfleger, eine Krankenschwester oder er anwesend war und auf sie aufpasste. Als er später mit Kommissar Laubach zurückkehrte, war es viel zu spät. Das Unglück war längst geschehen.

Aber der Reihe nach. Zuerst war da dieser Fraß gewesen. So etwas von einem misslungenen Abendessen hatte Roger Peters noch nie erlebt. Es war bereits weit nach 18:00 Uhr, als er in die Kantine kam. Kloppe Laubach saß zusammen mit Schwester Gertrud und einem jungen Arzt an einem Tisch. Sie tranken Kaffee. Anscheinend hatten sie auf ihn gewartet. Roger Peters war gerührt. Doch dann sah er, was es gab: Drei Teller mit einem wässrigen Etwas darauf, standen unangetastet auf einem Tablett. Er bekam das gleiche, rümpfte die Nase und ließ es stehen. Wahrscheinlich war diese Delikatesse noch vom Mittagstisch übrig geblieben.

„Sieh nur, was wir dir übrig gelassen haben", scherzte Kloppe Laubach. „Warst du bis jetzt bei der Neumann?", wollte er wissen.

Roger Peters schüttelte den Kopf. „Ich bin noch unten im Park gewesen. Die ganze Geschichte geht mir verdammt an die Nieren."

„Wie geht es Frau Neumann?" Es war der junge Arzt, der sich jetzt meldete.

„Das ist übrigens Doktor Wilson, der Assistent von Doktor Johannsen“, stellte Laubach ihn vor.

„Wir haben gerade über sie gesprochen. Und über den Doktor natürlich auch“, sagte der Arzt.

„Schlimmer Unfall“, erwiderte Roger Peters. „Ich glaube, Daniela geht es nicht wirklich gut. Sie scheint mir psychisch sehr labil zu sein. Und dann diese ewigen Gemütsschwankungen. Fast kommt es mir so vor, als würde sie innerlich gegen etwas ankämpfen.“ Der junge Arzt erwiderte stumm seinen Blick.

„Bloß seltsam, dass sich der Doc überhaupt keine Notizen gemacht hat“, unterbrach Laubach die Konversation. „Während der Sitzungen mit der Neumann, meine ich. Es müssten doch Protokolle vorhanden sein, oder so etwas. Aber wir haben nichts gefunden. Du hast bei der Neumann auch nicht zufällig etwas gesehen, als du vorhin bei ihr warst?“

Roger Peters verneinte. Darauf hatte er absolut nicht geachtet.

„Ich muss sie unbedingt noch dazu befragen. Ich hoffe nur, dass sie nicht selbst …“

Roger Peters rieb sich die Augen. „Du meinst, sie hätte die Aufzeichnungen verschwinden lassen? Einfach so?“

„Das wäre doch gut möglich.“

„Dann glaubst du also auch, dass sie etwas mit dem Tod des Doktors zu tun haben könnte?“

„Hm … nicht zwingend.“ Laubach zuckte mit den Achseln. „Aber sie könnte sich dessen Unfall durchaus zunutze gemacht haben.“

„Na wenigstens haben wir noch die Resultate der Untersuchungen von heute Morgen“, sagte Johannsens Assistent. „Ich werde sie so schnell wie möglich auswerten. Dann wissen wir wenigstens, woran wir sind.“

„Wollen Sie etwa damit sagen, dass diese Apparate feststellen können, ob da etwas im Kopf der Neumann nicht stimmt?“, wollte Laubach wissen.

„So ist es, Herr Kommissar.“ Der junge Arzt hatte seinen „Ich-weiß-Bescheid-Blick“ aufgesetzt.

„Na ich verlasse mich da lieber auf mein eigenes Urteil“, erwiderte Laubach. „Ich gehe jetzt rauf zu ihr. Was ist, kommst du mit, Roger?“

„Warten Sie, meine Herren. Ich werde Sie hinaufbegleiten.“ Es war das erste Mal, dass Schwester Gertrud einen Ton von sich gab.

Sie räumten das volle Tablett in die entsprechende Vorrichtung und verließen die Kantine. Während sie die Treppe hinaufstiegen, sahen sie, wie draußen vor der Klinik ein Transporter hielt. Roger Peters konnte die Aufschrift erkennen. Saubermann stand da in großen, weißen Buchstaben auf schwarzem Untergrund geschrieben.

„Das ist das Fahrzeug der Reinigungsfirma“, belehrte sie Schwester Gertrud. „Es holt die Reinigungskräfte ab.“

Dann hörten sie ein Geräusch. Eine der Reinigungsdamen schien sich etwas verspätet zu haben. Hastig lief sie auf den Eingang zu. Jutta Ehlers hatte sie bereits kommen sehen, nachdem sie ihr Wägelchen in den Raum für Reinigungsmittel geschoben hatte. Impulsiv drückte sie auf den Knopf und öffnete die Glastür. Der Transporter war bereits angefahren. Abrupt hielt er an. Die Dame von der Putzkolonne stieg ein; der Wagen zog erneut an und verschwand.

„Dass Sie überhaupt noch Zeit für uns haben, Schwester Gertrud“, wunderte sich Roger Peters. „Ist es nicht wahrscheinlich, dass man sie von woanders her anpiept?“

Schwester Gertrud deutete auf den Piepser, der an ihrer Kitteltasche hing und ließ ein kurzes Lächeln auf ihrem Gesicht erscheinen.

„Um diese Zeit nicht mehr, Herr Peters. Jetzt sind die anderen Schwestern an der Reihe. Normalerweise wird um diese Zeit das Abendessen verteilt.“

Roger Peters musste schlucken, als er daran dachte. Zur gleichen Zeit ertönte nicht weit von ihnen entfernt ein Schrei.

„Ich dachte immer, die könnten da drinnen schreien, ohne dass man es draußen hört", meinte Laubach.

Schwester Gertrud sperrte die Zimmertür auf und hinter sich wieder zu. Das tat sie immer so, wenn jemand kam oder ging. Laubach und Roger Peters klopften aufgeregt an die Tür. Dann öffnete Schwester Gertrud auch diese. Vor dem Badezimmer hockte eine Frau, hielt sich die Hände vors Gesicht und schluchzte. „Was für eine Sauerei! Eine verdammte Sauerei ist das! Oh Gott!"

Dann sahen sie was sie meinte. Die Frau war halbnackt. Sie hockte seltsam verrenkt auf dem gefliesten Fußboden. Aber es war nicht Daniela Neumann. Es war die Reinigungsdame, die Roger Peters vorhin so freundlich begrüßt hatte. Hinten an ihrem Kopf klaffte eine blutende Wunde und um ihre Hände war etwas Weißes geschlungen: Danielas Morgenmantel. Sie war niedergeschlagen und mit den Ärmeln gefesselt worden. Von Daniela selbst war keine Spur zu sehen.

„Mensch, Kloppe, die Putzkolonne!" Aufgeregt wedelte Roger Peters mit den Händen. Laubach verstand kein Wort.

„Der Transporter! Sie ist mit dem Transporter abgehauen."

Langsam dämmerte es ihm. „Verdammt", sagte er.

„Sie ist längst weg!" sagte Schwester Gertrud. Dabei taumelte sie ein wenig. Roger Peters sprang herbei um sie zu stützen.

„Wieso längst weg?", fragte Laubach. „Wann war … Wie spät ist es überhaupt?"

Schwester Gertrud schaute auf ihre Uhr. „Zwanzig vor sieben", sagte sie. „Die Reinigungsdamen haben um 18:30 Uhr Feierabend."

„Was? Verfluchte Scheiße“, knurrte Laubach. „Der Polizeipräsident wird mir den Kopf abreißen. Wo kann ich hier telefonieren?“

„In meinem Büro steht ein Telefon“, sagte Schwester Gertrud. „Wenn Sie die Acht wählen brauchen Sie nicht über die Zentrale zu gehen.“

Laubach wählte die Nummer des Polizeipräsidiums in Daun. Er wurde sofort mit seiner Sekretärin verbunden.

„Fräulein Hübscher“, keuchte er in den Apparat. „Geben Sie sofort eine Nachricht an alle Reviere raus! Aus der Klinik in Manderscheid ist eine Geisteskranke entflohen.“

„Doch nicht etwa … ?“

„Leider doch. Es handelt sich um Frau Neumann! Und versuchen Sie bitte, den Hauptsitz der Reinigungsfirma Saubermann ausfindig zu machen.“

„Wie bitte? Natürlich sofort.“

„Ich erkläre es Ihnen später, Fräulein Hübscher. Und wenn Sie die Adresse haben, dann schicken sie den Schwarzenegger zu der Firma hin. Er soll nach dem Transporter fragen, der um 18:30 Uhr eine Putzkolonne von der Klinik in Manderscheid abgeholt hat.“

„Mach ich sofort, Chef“, sagte sie und legte auf.

„Sind mir doch langsam ein bisschen zu viele Zufälle mit der Neumann. Meinst du nicht auch, Roger?“, fragte Laubach, als er zurückkam.

Langsam löste der sich aus seiner Lethargie. Daniela war verschwunden. Das allein war schon schlimm genug. Aber es hatte eine Verletzte gegeben, wofür sie die alleinige Verantwortung trug, oder war da vielleicht sogar noch mehr im Spiel? Hatte sie möglicherweise auch etwas mit dem Unfall des Doktors zu tun?

Er sah zu, wie ein kräftiger Helfer die Verletzte auf eine Trage hievte und wegbrachte. Jemand hatte ihr die lächerliche Kappe abgenommen. Im Vorbeigehen bemerkte er, dass sie schöne, lange Haare hatte. Die Erkenntnis traf ihn wie ein Schlag. Es war alles seine Schuld. Er hatte Daniela provoziert, und weil sie auf sich alleingestellt war, hatte sie um sich geschlagen und war anschließend geflüchtet. Eine Handlung im Affekt nannte man das wohl.

Eine Stunde später verließ er die Eifelklinik in Manderscheid. Seine Hände waren nass, sein Hemd war durchgeschwitzt vor Angst.

23

Daniela presste den Finger auf den Klingelknopf am Balken einer Wohnungstür, an der ein Schild mit dem Namen Helmut Neumann hing. Sie tat es ohne Hoffnung, immerhin klingelte sie bereits seit mehreren Minuten Sturm. Immer und immer wieder. Aber niemand öffnete. Ihr Bruder schien nicht zu Hause zu sein. Oder wollte er nicht öffnen? Sie fühlte sich seltsam verunsichert. Dieses seltsame Gefühl war schon im Taxi über sie gekommen, das sie von Ahrbrück nach Bonn gebracht hatte.

Weit bin ich ja noch nicht gekommen, dachte sie. *Der Verkehr war auch verdammt lebhaft gewesen. Aber der Taxifahrer hatte sich ausgekannt. Mein Glück.* Von Zeit zu Zeit war eine Stimme aus dem Lautsprecher seiner Funkanlage gekommen.

„Wagen 223 bitte melden."

Doch der Fahrer hatte hinter dem Steuer gesessen und sich nicht gerührt.

„Wagen 223 bitte melden Sie sich", war ihnen in einer scheinbaren Endlosschleife entgegengeschallt.

Es hatte angefangen zu regnen. Der Regen hatte auf das Dach des Taxis getrommelt.

„Was ist denn los?", hatte sie den Taxifahrer gefragt, aber keine Antwort erhalten.

„Wir haben eine wichtige Durchsage der Polizei an alle Taxen. Wagen 223, bitte melden Sie sich endlich", hatte die Stimme wiederholt.

Da hatte sie den Fahrer gebeten anzuhalten, damit sie aussteigen konnte. Sie hatte am Rande eines Lichtermeeres der Fahrzeuge gestanden, während der Regen unbarmherzig auf sie hinabfiel. In der Nähe des Poppelsdorfer Schlosses war sie in einen Bus gestiegen und nach Ippendorf gefahren.

Sie war überwältigt von dem Chaos der Großstadt gewesen. Ihre Füße hatten geschmerzt und langsam hatte sie mehr und mehr an Mut verloren.

Und jetzt war noch nicht einmal mehr ihr Bruder zu Hause. Eine verdammte Verschwörung war das. Es machte überhaupt keinen Sinn, dass sie weiter klingelte. Sie trat aus dem Haus in den Regen. Wohin sollte sie jetzt gehen? Sie wusste es nicht. Es war schon ziemlich dunkel. Die Straßenbeleuchtung brannte, und aus einem Antiquitätengeschäft fiel grelles Licht auf die nasse Straße. *Antiquitätengeschäft? Da war doch mal etwas gewesen …*

Langsam trat sie an die Auslage. *Oh, was für schöne Sachen.*

Im Schaufenster sah sie ihr Spiegelbild. Es lachte sie an. Aber es war ein teuflisches Lachen. Ihr wurde sehr warm in der Uniform der Reinigungsdame, die sie trug. Auf einmal wusste sie, was sie zu tun hatte. Hastig ging sie zurück zu dem Haus, in dem ihr Bruder Helmut wohnte. *Hier gibt es doch eine Tiefgarage*, dachte sie. *Ich muss mir die Tiefgarage einmal näher anschauen. Vielleicht gibt es da einen Lift, der direkt hinauf in das Stockwerk führt, in dem Helmuts Wohnung liegt.*

Der Lift kam hinunter. Ein Mann öffnete die Tür. Er trug einen grauen Kittel und sah aus wie der Hausmeister. Er winkte ihr zu, sie solle sich beeilen, und stieg wieder ein, bevor sich der Lift in Bewegung setzte.

„Zu wem möchten Sie?“ fragte der Mann.

„Mein Bruder wohnt hier, Helmut Neumann“, sagte sie und lächelte. „Aber er ist nicht im Haus. Ich habe mehrfach geklingelt. Ich hab was bei ihm vergessen, und das brauche ich dringend. Da habe ich gedacht, dass ich vielleicht hier warten kann, bis er kommt.“

„Ja, aber selbstverständlich. Wenn Sie möchten, können Sie gerne hier auf ihn warten.“ Er drückte auf die Taste für den vierten Stock.

Der Aufzug glitt schnell empor und hielt dort, wo ihm geheißen. Daniela Neumann stieg aus. Auf dem weiten langen Flur lagen Teppiche; an den Wänden hingen alte Ölgemälde. Es war niemand zu sehen. Sie ging zu der Tür mit der vergoldeten Klinke, holte tief Luft und drückte sie hinunter. Die Tür gab nach und öffnete sich. Im Inneren des Apartments brannte gedämpftes Licht. Sie wusste, dass Helmut niemals abschloss.

„Wie kommst du hier herauf?" fragte eine überraschte Männerstimme. Helmut stand neben einer leichtbekleideten Dame im Salon seines Apartments und starrte seine Schwester an.

„Na aus der Tiefgarage, mit dem Lift", antwortete sie.

„Ich denke du bist krank? Was willst du dann hier?"

„Ich brauche Geld." Daniela sagte die Worte mit einer Entschlossenheit, die er ihr niemals zugetraut hätte.

„Aber sie haben dich doch in die Klinik ...? Ich meine du warst doch in Manderscheid?"

„Ich bin abgehauen. Und deshalb brauche ich jetzt das Geld. Ich muss verschwinden, verstehst du?"

Helmut war baff. „Wie du siehst, habe ich Besuch. Kannst du nicht morgen ...?"

„Morgen ist es zu spät, du Idiot!" schrie sie ihn an. „Es muss gleich sein! Ich habe keine Zeit! Wenn du also für einen Moment die Nutte da vergessen könntest ... Ich bin deine Schwester, Helmut!"

Noch niemals hatte sie in solch einem Ton zu ihm gesprochen. Irgendwie kam ihm auch ihre Stimme so ganz anders vor. War das wirklich noch seine kleine Schwester, die da vor ihm stand?

„Nun gib ihr doch schon etwas, damit sie endlich abhaut", sagte die leichtbekleidete Dame zu ihm. Daniela machte einen Schritt auf sie zu und gab ihr eine schallende Ohrfeige. Die saß! Jetzt sagte die Nutte kein Wort mehr.

Stattdessen ließ sie sich in einen Sessel fallen, seufzte tief und rieb sich die schmerzende Wange. Helmuts Besorgnis wuchs von Sekunde zu Sekunde.

„Daniela, du solltest in die Klinik zurückkehren! Die können dir dort helfen", sagte er kummervoll.

Doch sie grunzte nur. *Ist er nicht niedlich, wenn er sich aufregt,* dachte sie. *Und so stürmisch.*

„Also, wie viel Kohle hast du im Haus?" fragte sie.

„Ich verstehe dich nicht, Daniela. So geht das doch nicht. Wenn du uns jetzt nicht augenblicklich in Ruhe lässt ..."

„Was dann?" Danielas Augen blitzen. Sie lächelte böse.

Die junge Dame blickte verwirrt zwischen der lächelnden Daniela und ihrem konsternierten Bruder hin und her. Sie stammelte: „Nun gib ihr doch was, Liebling!"

„Also gut", sagte Helmut. „Aber dann verschwindest du, verstanden! Anscheinend kann dich nichts überzeugen."

Er ging hinüber zu der kleinen Kommode, die in einer Ecke stand und entnahm ihr einen Umschlag. Den gab er seiner Schwester. „Hier, damit müsstest du eine Weile hinkommen. Das heißt, wenn man dich nicht vorher schnappt."

Daniela strahlte ihn an. „Oh, das glaube ich nicht, mein Lieber. Ich vertraue ganz auf meine stärkere Hälfte. Leb wohl, Helmut." Selbstbewusst verließ sie das Apartment.

Ein paar Sekunden war es ganz still.

„Gott sei Dank", sagte die leichtbekleidete Frau erleichtert. „Sie ist fort. Was sollte das Ganze eigentlich? Wie ist sie überhaupt hier hereingekommen?"

„Ich hab vergessen abzusperren", sagte Helmut. „Sie muss verrückt geworden sein, aber mach dir darüber keinen Kopf. Verrückte finden immer einen Weg."

„Du meinst, deine Schwester ist wirklich verrückt?"

„Natürlich ist sie das! Haut einfach aus der Klinik ab, kommt hierher und will Geld. Ich könnte mich aufregen ..."

Die junge Dame drehte sich zu ihm um. In der Hand hielt sie eine volle Flasche Wein. „Nun beruhige dich wieder und mach endlich die Flasche auf."

Helmut suchte nach dem Korkenzieher, setzte ihn an und drehte den Korken heraus. Er war noch immer so durcheinander, dass das kleine Gerät abrutschte und etwas Wein auf den Teppich spritzte.

„Na ja, sie ist ja weg", sagte die junge Dame und nahm einen Schluck aus der Flasche.

Helmut füllte zwei Gläser und setzte sich zu ihr auf das Sofa.

„Sorgen mache ich mir schon ein wenig."

Er schüttelte den Kopf und vertrieb alle negativen Gedanken. „Wo waren wir vorhin stehen geblieben?"

Ende

EPILOG

Weiß lag unter ihr die Stadt am Meer. Daniela konnte im hellen Schein des Mondlichtes, als das Flugzeug Málaga überflog, tiefer ging und zur Landung ansetzte, die große Rambla und einige hohe Gebäude erkennen. Sie kannte Málaga, die Altstadt aus der Kolonialzeit und den Hafen, wo die großen Kreuzfahrtschiffe lagen. All das war von ihrem Fenster aus zu sehen, bevor der Flieger aufsetzte, ausrollte und unmittelbar vor dem zweiten Terminal stehen blieb. Der Iberia Flieger hatte seine Verspätung wieder eingeholt und war pünktlich um 23:00 Uhr gelandet. Daniela saß in der ersten Klasse. Für die Touristenklasse hatte es am Schalter der Airline keine Tickets mehr gegeben; sie war ausgebucht. Ihr war es egal gewesen. Dank Helmut verfügte sie über genügend finanzielle Mittel. Zum Glück hatte es keinen Zwischenfall gegeben. Weder in Frankfurt noch während des Fluges.

Jetzt rollten sie die Gangway heran. Die Tür wurde geöffnet und die Passagiere drängten nach draußen. Daniela bewegte sich langsam auf das Flughafengebäude zu, wobei sie sich ständig umsah. Aber da war niemand. Der Airbus einer Charterfluggesellschaft rollte gerade zu einer Startbahn. Niemand fragte sie nach ihrem Ausweis. Draußen war es noch angenehm warm. Vor dem Flughafen winkte sie ein Taxi heran.

„Hotel mar y sol“, sagte sie bestimmt und kuschelte sich in die hinteren Sitze.

Sie fuhren jetzt die N332 entlang. Zu ihrer Überraschung bog der Taxifahrer in eine Straße ein, die direkt hinunter zum Strand führte. Hier hatten die Schönen und Reichen ihre Bungalows und Villen.

„Bitte halten Sie an“, sagte Daniela auf Spanisch. „Es ist so schön einsam hier. Ich möchte zu Fuß weiterlaufen.“

„Está bien“, entgegnete der Fahrer, der so tat, als wäre das nichts Ungewöhnliches.

Daniela stieg aus. Der Taxifahrer reichte ihr den Trolley, verabschiedete sich freundlich und fuhr davon.

Ein laues Lüftchen hauchte ihr entgegen, als sie zum Strand hinunterlief. Sie sah mehrere Autos auf die Reihe der Luxus-Bungalows zurollen. Türen schlugen zu, Menschen lachten. Dann war sie wieder allein. Sie setzte sich in die Dünen und blickte hinauf aufs Meer. Morgen würde sie mit einem der Kreuzfahrtschiffe in See stechen. Sie hatte es geschafft. Niemand würde sie mehr einsperren. Sie dachte an den Artikel in einer Zeitschrift, den sie vor nicht allzu langer Zeit in der Klinik gelesen hatte:

Manch einer mag die Psychologie für Schwindel oder für eine phantastische Wissenschaft des Unerklärlichen halten, und doch ist man dazu bereit, phantastische Phänomene in ihr Weltbild aufzunehmen. Es existiert sogar so etwas wie die Sehnsucht nach dem Phantastischen, auch wenn es eigentlich nur darum geht, für sich und sein Leben eine gewisse Sicherheit zu gewinnen. Unsere moderne Welt ist technisch so weit vorangeschritten, dass sich die Menschen als Ausgleich nach etwas Außergewöhnlichem sehnen. Viele Dinge zwischen Himmel und Erde lassen sich nun mal nicht so einfach erklären. Man sollte allerdings bereit dazu sein, sich selbst zu erforschen, und diese Dinge annehmen.

„Genau so ist es, nicht wahr, große Schwester? Mein Leben kommt mir im Moment ein wenig überfüllt vor, wenn ich bedenke, wie viele Jahre ich allein war.“ Daniela lächelte, griff nach ihrem Trolley und ging.

Der Autor

Peter Splitt wurde 1961 in Remscheid geboren und verbrachte seine Kindheit im Bergischen Land. Nach einer technischen sowie kaufmännischen Berufsausbildung wechselte er in die alte Bundeshauptstadt Bonn und erlangte dort Sprachdiplome in Englisch, Spanisch und Portugiesisch. Neben Musik, Literatur und Antiquitäten wurden Reisen in ferne Länder zu seiner großen Leidenschaft. Besonders Lateinamerika mit seinen Menschen und Gebräuchen sowie den Jahrtausende alten Hochkulturen finden immer wieder seine Begeisterung. Seit mehr als zehn Jahren lebt er teilweise in Lateinamerika und in seiner Wahlheimat am Rhein. Unter dem Motto „Vom Rheinland und der Eifel in die weite Welt" schreibt er Abenteuergeschichten, Thriller und spannende Krimis aus der Region.

Weitere Titel im ACABUS Verlag

Andreas Behm

Hamburg – Deine Morde
Jeder Mord braucht einen Täter
Harald Hansens letzter Fall

Buch-ISBN: 978-3-86282-331-4
BuchVP: 13,90 EUR
204 Seiten
Paperback
14 x 20 cm
Erscheinungstermin: Oktober 2014

Harald Hansens letzter Fall. Weil sich der pensionierte Hamburger Kommissar ‚Harry' Hansen im Ruhestand langweilt, eröffnet er ein Detektivbüro. Sein erster Auftrag, erteilt von einer geheimnisvollen Blondine, scheint harmlos zu sein. Doch dann liegt in seinem Büro die Leiche des Journalisten Konradi. Alle Indizien sprechen gegen Hansen, und er kommt in Untersuchungshaft. Dort legt er verzweifelt ein Geständnis ab, denn ein anonymer Erpresser bedroht das Leben seiner Familie. Bei einem Krankenhausaufenthalt gelingt Hansen schließlich die Flucht. Er nimmt den Kampf um seine Freiheit auf – unterstützt von der Mutter des Opfers.

Michael Hetzner

Phantomspuren – Das Phantom von Heilbronn

Buch-ISBN: 978-3-86282-223-2
BuchVP: 12,90 EUR

240 Seiten
Paperback
13,8 x 20,5 cm

Der Leipziger Kommissar Mike Brand hat viel Geld, aber keine Freunde. Als bei einer Schießerei sein Arm zerfetzt wird und seine Kollegin und Verlobte Susan bei einem Einsatz in Heilbronn einem Mordanschlag zum Opfer fällt, tritt Mike blind vor Hass einen Rachefeldzug an. Doch die Mordkommission verfolgt ein Phantom, das seine Spuren in ganz Europa hinterlässt. Der beurlaubte Mike ermittelt auf eigene Faust und trifft auf undurchsichtige Schausteller, zwielichtige Obdachlose und wütende Raubkatzen. Die Jagd nach dem Phantom führt den Leipziger Kommissar von der Heilbronner Theresienwiese ins tschechische Drogen- und Mafiamilieu. Seine eigene schuldhafte Vergangenheit wirft einen langen Schatten auf das Geschehen – Mike und der Mörder sind sich ähnlicher, als es zunächst scheint. Inmitten eines gefährlichen Gespanns aus Menschen, die alles verloren haben, droht Mike die Kontrolle zu entgleiten und selbst zum Gejagten zu werden …

Richard Surface

Das Vermächtnis
übersetzt von Zoë Beck

Buch: ISBN 978-3-86282-226-3
BuchVP: 14,90 EUR

364 Seiten
Paperback
13,8 x 21 cm

München, Alte Pinakothek, 2003: Ein alter Mann wird im Park hinter dem Museum brutal gefoltert. Doch das Geheimnis um sein Vermächtnis gibt er nicht preis.
Ein Mord, ein verschollenes Kunstwerk, ein gefährliches Vermächtnis. Als die Leiche von Gabriel Schopenhauers Großvater gefunden wird, gerät er in die ungekannten Abgründe von dessen Vergangenheit als illegaler Kunsthändler. Entgegen den Behauptungen der Polizei glaubt Gabriel an die Unschuld seines Großvaters und versucht nicht nur, die Mörder zu finden, sondern auch das Geheimnis um das ihm vererbte, vermisste Kunstwerk zu lüften. Er wird unterstützt von Arthur Whyte, dem undurchsichtigen Partner seines Großvaters. In einem Netz aus Intrigen, in das auch die Polizei verstrickt ist, beginnen die beiden ein tödliches Spiel.
„Das Vermächtnis" ist ein Kulturthriller, der in Deutschland, Italien und Österreich spielt. Das Kunstwerk, um das es in der Geschichte geht, existierte wirklich, und vielleicht ist es immer noch irgendwo da draußen.